知哺集

宁稼雨 著

凤凰枝文丛／孟彦弘 朱玉麒 主编

凤凰出版社

图书在版编目（CIP）数据

知哺集 / 宁稼雨著. -- 南京 : 凤凰出版社,
2023.6
（凤凰枝文丛 / 孟彦弘，朱玉麒主编）
ISBN 978-7-5506-3940-9

Ⅰ. ①知… Ⅱ. ①宁… Ⅲ. ①散文集－中国－当代
Ⅳ. ①I267

中国国家版本馆CIP数据核字(2023)第077004号

书　　名	知哺集
著　　者	宁稼雨
责任编辑	李相东
特约编辑	王晨韵
书籍设计	徐　慧
责任监制	程明娇
出版发行	凤凰出版社(原江苏古籍出版社) 发行部电话025-83223462
出版社地址	江苏省南京市中央路165号,邮编:210009
照　　排	江苏凤凰制版有限公司
印　　刷	苏州市越洋印刷有限公司 江苏省苏州市吴中区南官渡路20号,邮编:215104
开　　本	880毫米×1230毫米　1/32
印　　张	11.125
字　　数	205千字
版　　次	2023年6月第1版
印　　次	2023年6月第1次印刷
标准书号	ISBN 978-7-5506-3940-9
定　　价	68.00元 (本书凡印装错误可向承印厂调换,电话:0512-68180638)

宁稼雨

文学博士。现为南开大学英才教授、博士生导师。主要从事中国古代文学与文化的教学和研究工作。研究领域主要涉及中国古代文言小说（代表作为《中国文言小说总目提要》），中国古代文学与文化（代表作为《魏晋士人人格精神》），中国叙事文化学（代表作为《先唐叙事文学故事主题类型索引》《诸神的复活》）等三个方面。多次承担国家和教育部项目，成果多次获奖。目前为国家社科基金重大项目“全汉魏晋南北朝小说辑校笺证”首席专家。

弁 言

“凤凰台上凤凰游”，是李白《登金陵凤凰台》之诗句，昔年我江苏古籍出版社立足南京、弘扬文史，而更名所由也。

“碧梧栖老凤凰枝”，是杜甫《秋兴八首》所吟咏，今日我凤凰出版社为学林添设新枝，而命名所自也。

30 多年来，凤凰出版社围绕中华传统优秀文化，彰显传承文明、传播文化、服务大众、贡献学术的出版理念，坚持以整理出版中国文、史、哲古籍及其研究著作为主的专业化方向，蒙学界旧雨新知之厚爱、扶持，渐已长大成为“碧梧”，招引了学界“凤凰”翩然来栖。箫韶九成，凤翥凰翔！嘤其鸣矣，求其友声！

“凤凰枝文丛”是本社与学界同人共同打造之文史园地，除学术研究论文外，举凡学人往事、经典品评、学术札记之文化随笔，旧学新知，无所不包。是作者出诸性情而诗意栖息之地，读者信手撷取而涵泳徜徉之处。

“凤凰鸣矣，于彼高冈。梧桐生矣，于彼朝阳。”

愿“凤凰枝文丛”成为我们共同的文化家园。

2019.5.22

生命历程中难以忘怀的滴滴恩泽
——《知哺集》自序

年近古稀，难免追忆往事，尤其难以忘怀的，是有生以来对我有过各种帮助提携的诸多师友。

承蒙苍天眷顾，此生无论是校内课业老师，还是课外私淑师长，加之一二挚友，皆为我人生重要财富。回顾人生历程，我深知倘若没有他们的恩惠，恐怕难以有所成就。《增广贤文》有云："羊有跪乳之恩，鸦有反哺之义。"而况人乎？今虽难效跪乳反哺之行，但铭记旧恩，存之韦编，传之于世，亦古来君子不废之道。于我而言，此举乃力所能及之报恩反哺所为了。

是集所收各位恩人，多为当代中国学术史、教育史和文化史上具有各种影响的重要学人。其中多已作古，健在者亦年过八十。所记事情最早在六十年前，最晚则在近期。就与我本人关系而言，或系嫡传授业老师，或为私淑师长，也有素昧平生的知己。就与我交往时间而言，长则多达四十余年，短则也就三五年。如果把我比作一件画作，那么他们或多或少都在这个画面上留下珍贵的笔触。下面略述本书分类和内容情况：

一、亲炙篇：收从上小学到博士毕业期间亲自教导我的老师的往事。

刘叶秋先生是我的硕士导师，是指引我走上学术之路的命中贵人。从 1982 年我入学到 1988 年先生故去，虽然仅有六年相处时间，但先生留下的学术基因和治学方法令我受用终生。我的学术研究方向和很多研究成果都是因先师生前为我拟定和指引所获。就私交而言，先师曾用“形为师生，情同父子”形容我们的感情和关系。他也曾对友人说过，此生能收我为学生，传承他的学业，“足慰平生”。这些也都深深铭记于我的心中。这里收四篇文章。《叶落知秋》是 1992 年我为《人物》杂志写的纪念文章，《刘叶秋先生与南开大学》是我为《南开大学校庆八十周年纪念文集》所写文章，《〈古典小说笔记论丛〉导读》是 2021 年南开大学出版社再版先生《古典小说笔记论丛》约我所写导读文章，《俞平伯先生致刘叶秋先生印章手札》为近期怀念师爷与先师在“文革”期间患难与共的往事所写。

孙昌武先生的学问和人格，向来为学界交口称赞。我硕士毕业留校工作后，先是与孙先生为教研室同事，因三观相投，学术相近，后来又有幸成为孙先生门下第一位博士。近四十年间，我经常得到孙先生的耳提面命，受益良多。这里有两篇文章，分别总述先生的学术人生和我个人的敬意感怀。

徐世政老师是全国著名中学美术教育家，全国五一劳动奖章获得者，大连十五中前美术教师。1968 年至 1971 年三年间，我师从徐老师学习美术。他在我经历家破人亡的不幸时仍然关怀提携我，不仅培养了我美术绘画的技能，使我成为一位中学美术教师，而且培养和造就了我解决各种不同问题的思维方式和素养。我虽然未能一直从事美术工作，但没有徐老师当年对我的素质培养和训练，就没有我后来一切事业的成功。本文为 2021 年底我中学毕业五十周年时写给徐老师的献礼文字。

刘金兰老师是我六十年前上小学时的班主任。小学三年级时，她把全班唯一一张大连市少年儿童图书馆的借书证发给了我，由此培养起我对书籍和知识的强大兴趣。她是引领我走上学者之路，登上学术大船的起锚人。

二、至恩篇：收虽然不直接教导我，但对我恩惠巨大的师长。

朱一玄先生在学界德高望重，对我可谓恩深似海。他从我读硕士时就对我关照有加，并且还是我硕士学位论文答辩委员会主席，有座师之恩。三十多年间，从推荐出书到撰写序言书评，乃至一起合作写书等，先生一直对我关怀备至，令我永生难忘。在先师刘叶秋先生故去后，朱一玄先生是南开大学校内对我关怀帮助最多的师长。这里所收两篇文章，是我在不同时期所写感怀铭记朱先生恩泽的心底之言。

敏泽先生身为《文学评论》主编，对我一个后生晚辈关爱提携有加，不仅亲自为拙著《魏晋士人人格精神》赐序，对拙著和我本人学业予以高度评价，还多方关照，促成拙著出版。这深深的提携之恩，令我难忘。

卞孝萱先生又是一位虽然不是导师但胜似导师的恩人。从二十世纪八十年代初卞先生加盟南京大学，直到他离世，二十年间卞先生一直对我关怀备至，恩重如山。从我报考他的博士，到他为我解答学术人生问题，再到他多次为拙著赐序和撰写书评，先生恩泽难以尽书。迄今为止，除了先师刘叶秋先生，学界师长中给我手写信件最多的人就是卞先生。

程毅中先生是国内古籍整理和古代小说研究大家。从上大学起，程先生的著作就一直是我专业学习与研究的必读书。幸运的是，我从读研起至今，四十年来一直得到程先生的诸多教诲、提携和著述馈赠。这里两篇文章，分别综述程先生的学术成就和他对我本人的帮助教诲。

我能够上大学，并在大学毕业后考上研究生，得益于两个人的鼎力相助。一个是我上大学前在中学教书时的同事祝恩堂老师，一个是大连图书馆前参考部研究员、《中国古籍善本总目》史部主编王多闻先生。在我高考成绩远远超出录取分数线却险些无缘上大学时，是祝恩堂老师出手相助，帮我圆了上大学之梦。而且，又是他把我引荐给他的老师王多闻先生，由王多闻先生指导，我从大二开始准备考研。经过王先生的悉心指导，我终于如愿以偿考上硕士研究生。没有他们两位，或许也就不会有走上学术道路的我。

三、至情篇：收在精神和情感上深入肺腑的师友故事。

师母汪元澂先生虽然没有直接指导过我的学业，但名门家庭为她塑成的大家闺秀的坚韧性格和高尚人品，特别是那种“富贵不能淫，贫贱不能移，威武不能屈”的正直刚毅性格，是我此生在人格品行方面受益最多的人生营养。我在人格精神和气质修养方面的很多秉性，是深受师母影响的结果。关于师母这篇文章，我是含泪写成，从她的家庭教养，到她与先师之间天地可鉴的患难真情，再到老师去世后师母的无限深情，都是我刻骨铭心的记忆。

庞朴先生是我崇仰的学者，我的小书《世说新语与中古文化》曾经得到先生长达三页的亲笔修改意见和亲笔题写的书名。我曾有机会与先生一起编纂《中国传统文化精神》一书，实属三生有幸。他为我书写的“超以象外，得其环中”条幅，更让我十分珍爱、永远珍藏。

刘泽华先生的道德文章向来为我所崇仰，他的中国政治思想史研究系列成果一直是我从事古代文学与文化研究的重要理论支撑。我们之间又是难得的忘年交，曾经常一起逛天津古物市场，交流收藏乐趣等。我所收藏线装古籍中的一大半宝贝，都是他引荐后的重大收获。

我从来没有想过今生今世会与金庸大侠相逢。2002年，南开大学邀请金庸先生来讲学。我受命接洽此事，金庸先生来天津后由我全程陪同。这篇文章便是回忆我和金庸先生的这段因缘交情。因我是现场见证人，所以有些细节可以否定外界谣传。

刘叔新先生是著名语言学家，我与他没有专业上的交往，却因为是邻居而成为忘年交。这篇文章是我为先生七十寿辰而写的纪念文，回忆他的人品和趣事。

阮国华先生是我在南开大学的前校友和同事，后调至广东民族学院（后改为广东技术师范大学）任副校长，曾任中国古代文论学会前副会长、广东省古代文论学会会长。他于2022年3月5日不幸离世。我受《博览群书》委托，主持该刊2022年第六期“书人语·追述阮国华”专栏，并写下这篇回忆我们之间“如水之交”的文章。

王小舒原是山东大学文学院教授袁世硕先生的高足，是我此生亲如手足的亲密挚友。小舒兄不幸去世后，我含泪写出这篇深情悼念文章。

四、滋学篇：收在学业和修养方面对我帮助很大的学者。

王孝慈先生是民国时期著名收藏家，也是原南开大学著名教授、我曾经的同事王达津先生的父亲。这里讲述王孝慈先生在郑振铎和鲁迅的帮助下刻印《十竹斋笺谱》的故事。

我未曾见过胡士莹先生，但他的《话本小说概论》是我读本科时就奉为圭臬的学术要籍。2010年，商务印书馆出版《中华现代学术名著丛书》，我推荐并承担《话本小说概论》的校点工作。本书文章为全面回顾胡士莹先生生平和著述的前言。

于植元先生是我大连前辈乡贤、前大连师范学校副校长、著名书法家，也是古代小说研究同行。拙著《中国文言小说总目提要》出版后，我借回乡探亲机会，去于先生府上拜访送书，并请得一件墨宝。

李泽厚先生为当代思想巨擘，我虽然未能当面接受教导，但他的主要著作均为我做文史研究的主要理论框架依据。在他逝世当天，我便写就此文缅怀，详述他的著作对我学术研究的具体影响所在。

袁世硕先生是业内古代小说戏曲研究大家，也是我崇仰多年的学术前辈。1986年朱一玄先生带我到山东桓台参加袁世硕先生为东道主的王渔洋学术研讨会，我二人因此结识，多年来我一直受到袁先生的关照教诲。本文为2021年7月我出席《袁世硕文集》座谈会的发言稿。

如果把以上诸位恩人的故事串联起来，简直好比是一幅我曾经走过的人生路线图卷：图上的我每走一段人生路程，都会有恩人相助。他们帮助我走过了迄今为止的生命路程。没有他们，也就没有今天的我。

其实，我需要感恩的人远远不止以上这些，只是篇幅所限，无法一一写到，但对他们的感恩之情是完全一样的。

他们的恩泽我一直铭刻在心，好像形成一种无形的压力。今天能够全盘托出，实在是完成了压在心底的多年夙愿，让我感到无比的轻松和释然。我不知道这算不算“知恩图报”“鸦知反哺”，倘若这能够证明我并非无情无义之人，似乎也就够了。

这些文章为我三十多年间陆续写成。不同时期的心情、感受不同，文风和笔法抑或有所变化。但有一点是共同和坚定的，那就是我对所有恩人发自肺腑的感恩之情。

最后还特别应该感谢的，是凤凰出版社慷慨大度，将本书收入《凤凰枝文丛》中，把我多年藏在心底的感恩之情结集献给恩人，献给社会读者！

宁稼雨

2022 年 6 月 6 日于津门雅雨书屋

目录

第二辑　至恩篇

第三辑　至情篇

第四辑　滋学篇

第一辑　亲炙篇

叶落知秋

——怀念刘叶秋先生

刘叶秋先生摄于二密栖

唐人诗云：“山僧不解数甲子，一叶落知天下秋。”一千多年后，一位学者以后半句意为字。他就是我的恩师，著名学者刘叶秋先生（先生名桐良，字叶秋，以字行）。

今天，我仍以此诗句意为题，撰文表示对先生的怀念。题目中的“秋”字，有两层意思，一是指先生本人，二是指先生身上所体现的中国知识分子的优秀品格。

形为师生，情同父子

还是先从我和先生的关系说起。

1982 年秋，我考入南开大学中文系，成为刘叶秋和宁宗一两位先生的研究生，攻读笔记小说方向硕士学位。刘先生当时为商务印书馆编审、南开大学中文系兼职教授。入学后没几天，正巧赶上先生来南开参加我前届师兄的毕业答辩。初次见面，除了意想中的学者风度，给我印象最深的是先生的慈祥和平和。

京津两地的距离，决定了我们师生间特殊的授业形式。一为面授，二为函授。二者共同的特点是每次都没有固定的课题，完全采用聊天式漫谈的方法。有人将此法拟为古希腊亚里士多德在长廊中与弟子们闲聊中的授业。虽不敢妄附，但味道还有些相似。那几年我每个学期大约去北京一两次，先生每年来南开一或两次。第一次去北京，先生就主动提出："住家里吧，这样节省时间，谈起话来也方便。"从此，我每次去北京，都与先生同吃同住。如果先生来天津，除了上课讲学时间，一般全由我陪同，或在校内散步，或去校外观名胜、逛商场。所有我们在一起的时间，便都是传道授业的时间。这样授课双方都没有讲课的拘束感，十分轻松自由。

但是，这样的授业方法并非没有计划，更非放任自流。大到治学方法、毕业论文题目，小到书信格式、遣词造句，先生无不过问，悉心教诲。刚入学不久，先生对我书信中不合古式的部分一一指出，并告以正确的格式，这就是他后来为《文史知识》所写关于古代书信格式一文的由来。我的所有学习作业和论文，先生都要过目，细加批改。先生批评最多的，是我行文的拖沓，他反复告诉我：可用一句话说明的，不要用两句；可用一字说明的，决不用两字。在一篇文章中，字句尽量不要重复。第一学期期末，先生就为我确定了以志人小说为毕业论文的范围。从此以后，我便有了主攻方向，读书的针对性也就更强。在完成了四万字的毕业论文《志人小说发展史论》后，先生又鼓励我将它扩充为一部学术专著。遗憾的是，当这部 30 万字的《中国志人小说史》面世时，先生却已仙逝。先生曾向别人介绍我们师生间的关系是："形为师生，情同父子。"每当念及此语，想到那幕幕景景、日日夜夜，我便引痛伤怀，潸然泪下！

甘为他人作渡桥

所有熟悉先生的人，无不为他在学术上牺牲自己、帮助他人的奉献精神所感动。这是先生的重要品格之一，也是他受到广泛爱戴的重要原因之一。

先生学识渊博，待人又热情诚恳，所以大家在学问上有什么问题，都愿意请他帮助、指教。无论知名与否，他都一律敬如宾朋，有求必应，应则必使人满意，他与大家的友谊也就愈加深厚。吴小如先生和其胞弟吴同宾先生的《文史工具书的源流和使用》一书修订时，请先生审阅，先生不但细读了全书，提出自己的意见，而且还亲自动笔，改写了其中的部分内容。小如先生十分感动，在书的后记中特地说明，以示谢意。

先生对青年人的关怀和提携尤为恳挚。对青少年刊物的约稿，先生即使再忙，也总是拨冗如约。《文史知识》每年都要约他写几篇稿子，他从未推辞。其他如《中国青年报》《少年文史报》《中学生》等杂志，先生都不厌其烦地多次为之写文章。收到一些外地学人求学的信件，尽管素昧平生，他也总是亲自过目作复。一次有位外地的大学生写信求教，因不知先生在商务印书馆工作，将信寄到南开大学。我因工作忙，没有马上将信转寄北京，后来给先生写信时顺便寄去，还受到先生的责备。有时一些外地来稿（不乏厚重的书稿），先生也总是仔细阅后认真修改，再自费将稿件寄回。我和先生的一些朋友、学生曾多次劝先生，为集中精力将重点科研项目完成，应适当推辞一些约稿和来访。先生却总是一笑置之。就这样，先生早已计划好的《六朝语辞汇释》《京华琐话》《宋代四大类书》等著作最终未能完成。这对先生的学术事业来说，是一个永久的遗憾，而他春风化雨、滋润后学的功德，却将永世长存。

好花时节不闲身

先生又是一位在学术上自甘寂寞、孜孜不倦，因而硕果累累的学者。他把学术视为自己的第二生命，是人生价值的最好体现。他认为自己天资并不出众，只能下笨功夫治学。其实这不仅是谦虚，还是先生的聪明之处。

先生的勤奋，一向为学人交口称赞。他早年在天津办报时，曾多次用过丰子恺先生的散文和漫画，后来二人关系一直很好。丰先生有感于先生的勤奋，二十世纪五十年代曾为先生作画一幅。画面上一位学者凭案远视，窗外春光明媚，莺歌燕舞，题为《好花时节不闲身》。后来这幅

丰子恺先生为刘叶秋先生作画《好花时节不闲身》

画在十年动乱中遗失。二十世纪七十年代，先生向丰先生言及此事，丰先生慨然表示再画一幅。后来这幅将学者远视改为伏案疾书，主题更突出了。几十年来，不管是政治迫害还是生活窘迫，不管是逆境还是顺境，先生都没有放弃读书治学。尤其令人感动的是，先生处在晚年恶劣的环境中，仍然孜孜不倦、锲而不舍。

那几年先生家住房十分拥挤，无法治学，他只好每周回家一两次，其余时间都在馆内著述。从家到馆里，要乘两次公共汽车。先生早晨六点起床，趁乘车高峰前赶到馆里，简单用过早点，便开始馆里的正常工作。晚上不回家时，便在馆里进行自己的研究项目。几把椅子一对便是床，食堂剩饺子煮成的糊涂粥便是饭。对于一位应在家中享受天伦之乐或在优裕的环境中从事著述的古稀老人来说，这一切理应使他的著述加倍得到别人的敬重。

惊人的毅力，换来惊人的成果。先生多年来致力于古代辞书、笔记小说的研究，写出了十余部专著和数百篇论文。二十世纪六十年代初，他先后出版了《中国的字典》《常用字书十讲》《中国古代的字典》三部字典学专著。此三书在社会上极受欢迎，很快售罄。1978 年香港中国语文学社影印《中国古代的字典》和《常用字书十讲》，收入《语文汇编》第十四、十五集中。港台其他书店也曾影印《中国古代的字典》。美国著名汉学家周策纵将此书列为研究学习《说文解字》的必读书。二十世纪八十年代初，先生以此三书为基础，综合自己及学术界二十年来的研究成果，撰成《中国字典史略》一书。这部著作代表了当时国内外字典学研究的最高水平，受到学术界的极高重视。

先生在辞典学方面最杰出的贡献，还要数他在《辞源》修订工作中所起的重要作用。在修订本《辞源》三位编纂（即主编）中，商务印书馆的人占两位（吴泽炎先生和刘叶秋先生）。有人把两位先生誉为《辞源》的“两轮”或“双桨”，认为缺一不可。而商务印书馆的首席代表吴泽炎先生则说：“没有刘先生，不能说《辞源》出不来，但错误要多得多。”使用辞典的人很少理解编辞典之难，尤其是其中的苦衷。十六世纪一位法国语言学家写过一首幽默诗来形容编辞典之苦，大意是：“谁若被判作苦工，忧心忡忡愁满容。不须令其抡铁锤，不须令其当矿工。不妨令其编辞典，管教终日诉苦衷。”对于《辞源》这样的代表国家水平的大型古汉语工具书来说，需要的不仅是这种坐冷板凳的吃苦精神，还需要古代文化的多方面知识，诸如语言文字、音韵训诂、文学艺术、人物事件、典章制度，以及风俗习惯、州郡地理、山川形势、天文星象、草木虫鱼等。先生正是具有这种精神与素养的学者。四册《辞源》1000多万字，光逐字逐句地审阅校样，反复就是四遍，更不要说在审稿过程中对全书所进行的各种修改、润饰和加工。如“采访使”一条，原文仅在“官名”的简单解释下列举三条书证，内容零散，缺乏条理。先生根据自己掌握的材料，修改为：

官名。晋石崇曾为交趾采访使。唐开元二十一年分全国为十五道，每道置采访处置使，简称采访使，掌管检查刑狱和监察州县官吏，略同于汉之刺史。天宝九载，改为但考课官吏，不得干预他政。乾元以后，各地兵起，废采访使而置防御史。参阅《通典》三二《职官》十四《总论州佐》、《文献通考》六一《职官》十五《采访处置使》、宋赵彦卫《云麓漫钞》八。

这样的改动，不仅使一般读者对“采访使”的建置演变有简明的了解，也给专业研究者提供了必要的线索。

先生自幼喜读文史杂书，尤嗜笔记小说。这与祖母对他的影响有关。少年时祖母曾指着东隔壁的阅微草堂对他说：“如果日后你的读书成就能及纪晓岚十之一二，就不错了。”先生不负庭训，年轻时便曾仿《聊斋志异》和《阅微草堂笔记》等的志怪传奇笔法，写成若干文言小说，投与报刊，均获刊载。几十年来，他阅读了大量历代笔记与笔记小说，并分别作了读书提要。这为他在此领域的研究奠定了坚实的基础。二十世纪五十年代，他出版了《魏晋南北朝小说》《古典小说论丛》两部著作，这两本书成为这个领域系统研究的开山之作。二十世纪六十年代，先生应中华书局之约，为“知识丛书”撰写《中国古代的笔记》

一书，完稿后因“文革”爆发而未能付印。至1980年，先生将原稿略加修订，易名《历代笔记概述》，作为中华书局“中华史学丛书”之一问世。这是先生的重要著述之一。该书第一次以横向的笔记小说、历史轶闻、考据辩证三个方面和纵向的魏晋至明清1700年的线索，将1000多年历代具有代表性的笔记梳理缕析，勾勒出中国历代笔记发展的大致脉络。有很多署名文章盛赞此书于学术建设之功。著名学者、中华书局副总编程毅中先生在《书品》1988年第四期发表《甘为他人作渡桥——重读〈历代笔记概述〉》一文，指出：“笔记，爱读的人不少，而精读的人不多；专读某一类作品的人比较多，而兼读各类作品的人则很少。刘叶秋同志学识渊博，读书精细，既熟悉小说故事和历史琐闻类的笔记，又精研考据辩证类的笔记。尤其他长于训诂诠释之学，还著有《中国字典史略》等书。只有像他这样博览群书、旁通杂学的人，才能写出这样综合性的概述。”该书一版所印2700册很快销售一空，至今仍有许多学者期盼此书的再版或重印。此外，几十年来先生还写了大量单篇文章谈及笔记与笔记小说。这些文章的精华被收入二十世纪八十年代初先生的《古典小说笔记论丛》一书中，这也是国内外绝无仅有的一部历代笔记与笔记小说论文集。

治学要通

先生历来主张治学要做通人，要举一反三，闻一知十。我第一次见到先生，他就强调这个问题，嘱我艺术门类众多，但相互间可以启发和补充。张旭观公孙大娘舞剑而悟笔法，吴道子由裴旻的剑术揣摩出线描的神韵，都印证此理。先生在读书治学之余，雅嗜颇多，诸如书法、篆刻、作诗、填词、鉴赏与收藏字画以及做印泥、粘扇子、拉琴、唱戏等，无所不好。他从蠡县吕梅（熙宇）先生认字启蒙，从歙县吴检斋（承仕）先生习语言文字之学，从盐城孙蜀丞（人和）先生学作诗词，从武强贺孔才（培新）先生学作古文和书法篆刻，又从怀宁邓叔存（以蛰）先生学习鉴赏文物、书画等美术常识。在大学期间，他又聆听顾随、朱自清、俞平伯诸师的教诲，还向叶圣陶、吴玉如、陈邦怀诸先生执弟子礼。他善于从诸师学问中择善而从，融会贯通，形成了他渊博的知识储备和扎实的学问功底，使他在其他文史领域也造诣颇深。新中国成立前，他在天津《民国日报》上发表过若干谈书画鉴赏的文章。数十年来，他又经常挥毫作书，操刀治印。他曾作《自题印草》七绝一首云：

从来笔阵尤军阵，寸铁纵横百万兵。
一艺自矜还自笑，雕虫射虎两浮名。

既可视其胸襟，又可见其作诗的功夫。前几年，人们在中央电视台的迎春征联节目中，还目睹了他赏析佳联、裁夺名句的风采。《学林漫录》《燕都》等刊物中也时常见到他回忆京津文坛掌故、风土人情的文章。他曾受王朝闻先生的聘请，为多卷本《中国美术史》的编纂人员介绍历代典籍与民俗对中国美术的影响。《中国哲学史研究》也曾约他写过《笔记与哲学》的论文。

书外功夫给先生带来了伏案倦读后的消遣，带来了养心健身的调适，更带来了治学上触类旁通的契机。一次，先生在审稿时，看到“渭川”一词，头脑中忽然跳出“渭川千亩”一语。原来，先生在观赏郑板桥和其他古代画家笔下的竹子时，常在题跋或题诗中见到以此词形容竹子繁茂。鉴于其他词典未收此条，先生查书证，找释义，在修订本《辞源》中添上了这一条目。

在诸多雅嗜中，先生用力最勤的要数书法。记得先生跟我说过，他年幼时曾酷爱绘画，但因祖母的劝说而放弃。原来，祖母为大家闺秀，颇擅丹青。她看过先生的绘画后，认为他在绘画方面发展前途不大，便让孙子改习书法。从此以后，他对画便只是欣赏，对书法却是身体力行。他的字，楷中带行，遒劲挺拔，疏朗俊秀，深得行家的青睐。除经常书写大字外，每天晚上他还坚持用蝇头小楷写日记，多年不辍。1988年春，先生早晨乘公共汽车上班时，因汽车急刹车而将右臂摔伤。在养伤期间，先生试以左手写字，竟颇有异趣，曾用左手书《戏作》一绝，诗云：

西园左笔人争宝，赝作曾由郑板桥。
自笑无端追老辈，居然今古各风标。

很多行家和友人争先向先生索讨左笔书法，先生便将此绝书写后赠送之。程毅中先生便是其中一位。先生逝世后，程毅中先生追步原韵书挽歌一章：

评联说稗编辞典，甘为他人作渡桥。
两米栖中文百万，遽存遗稿著风标。

二密栖

对他人，对事业，先生满腔热情、鞠躬尽瘁；对自己的个人生活，他却以俭为荣、苦中求乐。程毅中先生诗中所云“两米栖”，是指先生家中的窄小书房。它颇能说明先生的生活态度和乐观精神。先生旧居在虎坊桥，隔壁是清代大学者、《四库全书》总纂官纪昀的旧居，即他所著《阅微草堂笔记》的阅微草堂（今晋阳饭庄的旧址）。后来家道日衰，新中国成立后迁至珠市口 82 号东后院。这里只有一明一暗两间房，1983 年以后，明的那间让给儿子做新房，老两口挤在暗间里。初到先生家的人见到如此窘状，都表示如非亲睹，真是难以置信。这样的环境无法看书写作，先生只好在馆里挑灯夜读。办公室没处放床，他每天中午和夜里将几把椅子拼在一起，便是下榻之所。1986 年，家人见他年事已高，不忍再让他往来奔波，便自筹材料，请人在院内两屋夹缝中搭了一间面积为 2.7 平方米的小屋。此屋除了一张与火车卧铺面积相等的小床和一张老式二屉桌，便只剩一条可过一人的窄走道了。对此陋室，先生不但没有怨言，反而幽默地称之为“二密栖”，以取二米七的谐音，并自书一幅《舟室铭》自勉，铭曰：

寸土偶空，辟兹舟室。不足回旋，聊堪容膝。可供啸歌，可读经史。虽小何碍，纵大无取。泰山沧海，微尘涓滴。巨细齐观，佛家真谛。天游在心，布衣雄世。丙寅夏日于檐前间隙筑室如舟，姑设几榻，以资偃息。书铭张壁，以见自得之乐。刘叶秋。

从此以后，先生就在这间二密栖中继续完成他的著述。商务印书馆答应广桥住宅建好后分他一套，但先生没有等到这一天。一位年逾古稀的著名学者，就在如此简陋的环境中走完他最后的人生与学术道路！（按：先生逝世两年半后，广桥的住房终于分下，师母已迁进新居。）

先生的淡泊还表现在诸多方面。1985 年春，先生赴香港参加英国剑桥大学与香港中文大学联合举办的辞典学讨论会。回来经过深圳海关时，别人都是大包小裹，电器衣物无所不有。可先生却还是只有出境时随身携带的一个旅行袋。海关小姐见状，竟惊愕不解。别人十分珍重的带洋货入境的机会，他却轻易放弃了。

从我认识先生起，对先生四季服装便形成了固定的印象。夏天有两件短袖衫；春秋一身灰色的卡中山装，外出时会加一件风衣；冬季仍为中山装，外出时加一件黑色呢子大衣。馆里的同事也与我有同感。1983 年春节，中央电视台春节联欢晚会中有春联评奖节目，先生为评委之一。当他出现在电视屏幕上时，熟悉他的人立刻发现，先生身着一件前所未有的藏蓝哔叽上衣。节后上班，同事们问起这件衣服，先生不免有些尴尬。原来，这件衣服是借用儿子的结婚礼服。于是，同事们劝他：“以后类似的场合不会少，您该置几身‘行头’了。”先生当时答应下来，过后却不兑现。后来，儿媳妇给他做了一件浅灰法兰绒新上衣，先生却感到穿新衣别扭，很少穿上。我打趣地跟先生说：“您没服五石散，怎么不愿穿新衣呢?”（晋人桓冲服五石散后不穿新衣，见《世说新语》）先生也只是会意一笑。

先生的口腹之欲不似住房和衣着那么单调，但却好而不奢、俭中有趣。“文革”中先生一度失业，经济拮据。全家五口人只靠师母一人工资度日。“文革”后虽然在经济上宽裕起来，但他对粗茶淡饭仍有特殊的感情。窝头、丝糕、小米粥是经常要吃的。有时如有客人所好相投又不分里外的话，这些粗饭竟成了招待客人的佳肴。

先生对京津两地的各种风味小吃也饶有兴趣，既从中满足口腹之欲，又以之作为了解中国饮食文化、市井风俗的重要途径。先生每次从天津回北京，总要带上一包天津风味小吃，如十八街麻花、杨村糕干、什锦烧饼、起士林糕点等。我每次去北京，也要照样带上一套。京津两地的很多风味小吃店，先生都能如数家珍地说出它的风味特点、新旧变化以及有关掌故。记得第一次去北京谒见先生，先生请我们一行四人去后海烤肉季。席间先生告诉我们，从前的烤肉是客人围着火炉，脚踩长条凳，边烤边吃，自烤自吃，其乐融融。现在由服务员在厨房烤好后盛在盘中端上来，韵味就差多了。先生在《燕都》杂志上发表过很多这方面的文章，文化艺术出版社准备结集为《京华琐话》出版。先生对吃的“讲究”和先生为“二密栖”所写的《舟室铭》一样，都反映了先生淡泊、旷达而又乐观的生活态度，而这其中又闪耀着学者智慧的光芒。

先生去了，他以自己的光明磊落、勤奋好学的一生，说明中国知识分子的优秀品格：为人坦诚正直，为事业孜孜不倦，对他人热情诚恳，对自己淡泊自守、达观超脱。古代贤哲的外儒内道精神在他身上得到了充分体现。先生逝世后，所有和先生有过交往的人无不为之感到真切的悲痛和由衷的惋惜。三年多来，人们在谈到先生时，这种心情仍然有增无减。它说明人们对先生品格的认可和向往，也使我深深感到一个人肉体生命的有限和灵魂价值的无限。

（本文原载于《人物》1992 年第 1 期）

刘叶秋先生与南开大学

兼收并蓄，广揽人才，为南开办学服务，这是从张伯苓先生创办南开时就一直采用的办学原则。在粉碎“四人帮”、改革开放开始以后，南开大学各项工作起步复苏时，这一原则又重新得到了发扬光大。刘叶秋先生成为我校兼职教授的经历，就是其中一例。

刘叶秋先生原名桐良，字叶秋，号峄莘，因文章均署名“刘叶秋”，故以字行。1917 年生于北京，1988 年因患心肌梗死不幸逝世。先生早年毕业于北京中国大学文学系，后在天津《民国日报》任副刊主编，并在天津工商学院女子文学院兼课。新中国成立后在天津津沽大学、北京政法学院等校任教。1958 年被调到商务印书馆参加《辞源》的修订工作，为商务印书馆编审，与吴泽炎、黄秋耘并为修订本《辞源》三位主编。新时期以后被聘为中国文化书院导师、中国楹联学会顾问。1980 年，经我校校友——

当时的中华书局总编室主任黄克先生介绍，先生被聘为南开大学中文系兼职教授。从那时起到1988年故去，先生以其渊博的知识和过人的才华为我校中文系在“文革”后的复兴做出了杰出贡献，其中对文言小说学科和编辑专业两个方面的贡献尤为突出。

在南开中文系的各个学科当中，古代文学（包括古代文学批评）的研究一直是在国内领先的强项，其中文学批评史和古代小说戏曲的研究又是其中历史悠久、成果显著、为学术界所认可的研究强项。然而其中各个研究点的研究并不平均。拿古代小说研究来说，“文革”前我校的优势主要在白话小说研究方面，其中以许政扬先生的话本小说研究最为出色，但文言小说的专门研究在我校基本上还是空白。1979年，在华粹深、朱一玄、宁宗一、鲁德才几位先生的努力操办下，中文系成立了小说戏曲研究室，并招收了“文革”后第一届硕士研究生。为扩大研究室的力量，吸收校外人才为我校建设服务，我系向社会及广大校友发出延揽人才的呼吁。黄克先生闻讯后很快向我系推荐了刘叶秋先生。当时我系先请刘叶秋先生来系讲学，然后正式向刘叶秋先生发出邀请，准备聘请先生为我系兼职教授。先生欣然接受。于是刘叶秋先生便成为我系“文革”后第一批在社会上聘请的兼职教授。因1979年入学的几位研究生导师已经确定，所以刘先生只是协助几位导师讲课和指导学业。从此开始，南开大学的文言小说研究和人才培养便开始起步。1982年，刘叶秋先生开始以和宁宗一先生联合培养的方式，在南开大学招收笔记小说方向硕士研究生。这是中国教育历史上第一次也是唯一的一次以这个方向招收研究生。招收的结果是我有幸成为这个专业唯一的入选者，也就开始了与刘叶秋先生终生难忘的师生之谊。

1982年9月，我来到南开大学报到，开始师从刘叶秋先生攻读笔记小说方向硕士学位。刘先生是国内外学术界少数几位较早从事文言笔记小说系统专门研究的学者之一。“文革”以前，他就先后出版过《魏晋南北朝小说》《古典小说论丛》等专门关于文言笔记小说研究的专著。新时期以后，他又出版了《历代笔记概述》《古典小说笔记论丛》等著作。这些著作在当时都具有开拓性的意义。我来到南开时，正好赶上刘先生来参加学兄李剑国和罗德荣的毕业论文答辩。答辩会前，宁宗一先生引荐我匆匆谒见了先生。先生的谦和、慈善和温文尔雅，给我留下了深刻的印象。晚上，我专程到先生下榻的天津大学专家楼去拜访先生。在问过我过去的一些简单情况后，先生才侃侃而谈，与我谈到了做人和治学的道理。他首先告诉我：“要先做人，后做学问。”关于治学，他十分强调一个“通”字。我清楚地记得，当时刘先生用张旭观公孙大娘舞剑而悟草书笔法的例子，说明文学艺术各门类之间的相通之处，因而要观一知十、举一反三。这些教诲我至今仍然铭刻在心。然后，先生要求我要耐得住寂寞、坐得住冷板凳，并且第一个学期不给我安排专业方向的课程内容，要我竭尽全力，打好目录学、版本学、校勘学、考据学及工具书使用等治学基本功底。按照先生的指示，那个学期除了公共课和宁宗一先生的专业课外，我几乎将全部时间都泡在当时在旧图书馆二楼的文科参考室，摸遍了那里的各种工具书和有关文献材料。我在研究生期间写成的两篇论文——《六朝笔记小说拾遗》《关于李垕〈续世说〉——四库提要辨误一则》都是那时看书积累的结果。毕业之后，我之所以能够十年如一日、每天三个时段泡在教研室那间低矮破旧的平房中读书写作，写出《中国志人小说史》《中国文言小说总目提要》这样的书来，都是先生第一次见面给我的精神力量。虽然已是十七年前的事情，但先生的音容笑貌和谆谆教诲，仍恍如昨日，令人伤感。

先生对我的培养只是他对南开大学文言小说学科建设的一个组成部分。他还从大处着眼，注意塑造南开大学文言小说研究的整体优势和广泛影响。1983 年，当我面临学位论文的选题时，鉴于前届研究生已经在唐前志怪小说领域做出突出成绩，刘叶秋先生为我选定志人小说作题目。这实际上是要使南开大学在志人和志怪这两个文言小说主要流派都有专人的专门研究，从而确立南开的特色和优势。为此，在先生的积极倡导下，南开大学于 1984 年在天津主办了全国第一届古小说研讨会。参加这次会议的有全国各地专门和业余从事文言小说研究的专家学者三十余人，但实际上专门从事文言小说研究的学者并不多。相比之下，我校由于有刘叶秋先生作为会议东道主和主持人，加上本校其他学人的研究成果，我也向大会提交了一篇专门研究《世说新语》体例的文化蕴含的文章，因而受到与会学者的关注和高度评价。会上许多学者认为南开的文言小说研究已经形成气候和规模，应当发展壮大。有的学者还积极建议成立以南开为核心的文言小说研究学会。通过这次会议，南开大学在全国文言小说研究领域的领先地位已经基本确立。正因为先生生前对南开大学文言小说研究学科建设的无私奉献和热情努力，我校在这一学科方向上的优势才一直得以保持。从我个人来说，继承刘叶秋先生的遗志，为南开大学的文言小说研究学科建设添砖加瓦，一直是我多年来孜孜不倦、锲而不舍的重要动机和强大动力。1992年，先生逝世四年以后，我们南开大学又举办了一次全国中青年学者古代小说研讨会，巧合的是，这次会议的会址与八年前刘叶秋先生主持的全国古小说研讨会竟是同一地点（天津市社联会议室）。睹物思人，追昔抚今，我竟然在大会发言时泣不成声。我哽咽着追忆起八年前刘叶秋先生在这间屋子里的音容笑貌和对后学的殷切希望，大声疾呼青年学者应当充分意识到并承担起我们这一代人的学术使命。时至今日，先生所种下的文言小说研究的种子在南开已经开花结果。南开大学的文言小说研究近些年来已经出现了丰硕成果，受到学术界的充分肯定和高度评价。应当说，这些成果凝聚了刘先生的心血和汗水。

刘叶秋先生为我校编辑专业的建立也立下了汗马功劳。1984 年，国家教委决定在我校和清华大学、复旦大学三所院校首次设立编辑专业。我校的编辑专业决定设在中文系。这对当时的中文系来说，是一件喜忧参半的事情。喜的是编辑专业的设立对于我系的发展壮大显然十分有利。忧的是白手起家谈何容易。当时我系定下的一个重要策略，就是充分调动系里几位德高望重的编辑出身的兼职教授的积极作用。其中包括三联书店的戴文葆先生、中华书局的黄克先生等。刘叶秋先生就是我系编辑专业创办时的几位元勋之一。

刘叶秋先生本人就是老编辑出身，新中国成立前就在天津《民国日报》担任副刊主编，1958 年后又到商务印书馆任编审，直至故去。他一生中有一半时间在从事编辑工作。他在辞典学编辑方面所达到的造诣是圈内人士有口皆碑的。他不仅写过《中国古代的字书》《常用字书十讲》《中国字典史略》这样的专门性著作，而且专门从事《辞源》修订工作达三十年，并名列三位主编之一。可以说，他是一位典型的学者型编辑。对于编辑业务，他可以说是深谙个中三昧。很多内行的人对我系编辑专业主持人说，你们找刘先生帮助创办编辑专业，算是找对了人。后来的实践证明，这话说的实在是一点不假。有三点可以证明。其一，刘先生在编辑出版界工作多年，为人又谦和善良，所以结识了众多编辑界的知名人士。靠刘先生的推荐，我系联络了许多编辑出版界的重要人士。我校编辑专业第一批学生的任课老师中有许多人就是通过刘叶秋先生联系的，如中华书局的程毅中先生、商务印书馆的姜晚成先生等。其二，因为刘先生为编辑行家里手，所以他对编辑专业应当开设哪些课程、需要哪些知识，都能切中肯綮。当时我系编辑专业建立时的课程设置和实践安排等，都得到刘先生的悉心指导和反复推敲。其三，不仅如此，刘先生还身体力行，亲自上马，主动承担了我系编辑专业“编辑的语文修养”一门课程的教学工作。为此，他还奋笔疾书，写下了《编辑的语文修养》一书，作为该门课程的专门教材。直到1987年即他逝世前一年，他还以七十岁的高龄，每周往返于京津之间，为我系编辑专业学生讲授该门课程。当时我已经毕业留校，在古代文学教研室工作。因为我和先生的特殊关系，所以凡是先生到天津来讲课，则必由我来负责接送和陪同。那时，我看着先生已到古稀之年还那样辛苦奔波，真是既心疼又感佩。但先生总是精神矍铄，乐此不疲。有一次，有关人员忘记给要来讲课的刘先生预订房间和接站汽车。我去车队时发现没有供我们用的汽车，只好临时央求调车，结果我赶到火车站时先生已经下车，我十分愧疚不安。先生到学校时又没有房间，我又临时想办法安排房间。我十分窘迫，可先生却仍旧谈笑风生，并安慰我不要着急，更不要对有关人员有什么意见。他说偶尔疏忽对谁都是难免的，应当学会宽容别人。就这样，先生本来下午三点多钟就已经下火车，可等我们去餐厅用饭时已经晚上七点了。

经过十多年的艰苦创业，我系的编辑专业从无到有，从小到大，已经形成了相当的规模，积累了丰富的办学经验。1998 年国家教委调整专业时，在各方面不利因素影响的情况下，我校的编辑专业最终还是得以保留，其中重要的原因就是我们的办学条件和办学经验已经成熟，数届毕业生的社会反响也非常好。而南开编辑专业有今天，刘叶秋先生的贡献是不能忘记的。

（此文原载于《回眸南开——南开大学八十年校庆纪念文集》）

《古典小说笔记论丛》导读（节选）

《古典小说笔记论丛》书影

恩师刘叶秋先生的《古典小说笔记论丛》即将由南开大学出版社再版，编辑约我写一篇导读文章，作为先生在南开大学带过的唯一的入室弟子，我当然义不容辞。

南开大学出版社初创于1929年，日寇侵华后，南开大学于1937年遭到日军轰炸，学校被迫南迁，出版社被迫停办，1983 年经国家有关部门批准重建。重建后的南开大学出版社急需一批学术名家的重要学术著作来提升学术品位，扩大社会与学术影响。当时刘叶秋先生刚刚受聘担任南开大学中文系兼职教授不久，很快被列为重点约稿专家对象。

当时刚刚重新组建的南开大学出版社编辑以本校转岗的教师为主，负责向恩师约稿并担任责任编辑的是原南开大学中文系古代文学教研室马光琅先生。大约 1983 年春季，马光琅先生刚到出版社上任不久，很快与恩师取得联系并约稿，确定出版这部《古典小说笔记论丛》。

这部书稿涉及的学术领域主要为古代文言小说与白话小说研究，所收文章为恩师在这个领域具有奠基性、开创性和代表性的重要论文。关于该书内容取材和编排，先生在自序中已有交代，毋庸置喙。这里主要就书中内容的历史背景和学术价值略陈己见。

首先是关于这部书稿及其相关内容的时代特征。先生的小说与笔记研究起步于 1949 年之前，二十世纪五十年代是成果集中问世的黄金时期。1958 年之后至本书编纂完成的二十世纪八十年代初，因为参加《辞源》修订工作，先生的“笔记小说研究一直为辞书研究所替代”（先生该书自序语）。实际上，这里还有另外一个重要原因是，“文革”十年间，先生的辞书研究和笔记小说研究也都停止了。二十世纪七十年代末，随着《辞源》修订工作的重新启动，先生的笔记小说研究也重新开始，他陆续为《读书》《文史知识》等有关刊物写过十几篇相关文章。但因为这时先生的主要工作还是修订《辞源》，包括小说笔记研究等在内的其他工作只能在业余时间进行，所以，从二十世纪七十年代末到本书结集的二十世纪八十年代初的几年间，先生的小说笔记研究基本上还是1949年之前到二十世纪五十年代那二十多年时间厚积薄发的结果。但是这个时段的小说笔记研究在中国学术史上却具有特殊的意义。

进入二十一世纪之后，学界掀起一股总结回顾二十世纪学术史的热潮。其中有几种成果都涉及二十世纪中国小说史研究的回顾和评价。这些回顾中有一个未曾引起人们关注的短板问题，那就是忽略了对1949年至1978年这三十年中学术研究工作的发现与肯定。就中国小说史研究而言，不少研究者把回顾二十世纪小说史研究的目光集中在1949年之前和二十世纪八十年代之后，对于1949年至1978年这三十年，则基本上是付之阙如。出现这样的情况固然有其历史原因：那三十年的学术研究很大程度上受到政治运动和意识形态的影响，学术研究的意识形态含量压倒了学术含量。总体上看，这个时段的学术研究缺少学术含量是个事实。但任何事情都不能绝对化，一刀切，都有与基本主流相悖的个案和特例。刘叶秋先生的文言笔记小说研究就是这个学术断档时期难得的学术建树特例。据有关信息统计，从1949年至1978年三十年间，关于中国小说史方面的著作，海外大约有六种，均为中国小说通史。国内学界也有六种，其中小说通史性质的有四种，即北京大学中文系1955级编撰《中国小说史稿》（人民文学出版社1960年版）、北京大学中文系《中国小说史》（人民文学出版社1978年版）、南开大学中文系《中国小说史简编》（人民文学出版社1979年版）、吴小如《中国小说讲话及其他》（上海出版公司1955年版），其余两种为断代小说史，即刘叶秋《魏晋南北朝小说》（中华书局上海编辑所1961年版）和程毅中《宋元话本》（中华书局1964年版）。这个简单的数字说明，刘叶秋先生的《魏晋南北朝小说》和程毅中先生的《宋元话本》是1949年至1978年三十年间仅有的两部具有断代小说史性质的学术著作（此前有刘开荣先生的《唐代小说研究》，出版于1947年）。如果再检索一下1949年之前的研究成果（据笔者主编《六朝小说学术档案》，武汉大学出版社2011年版），发现除几部小说通史之外，关于魏晋南北朝小说的研究只有部分关于单篇作品的研究论文，同样没有关于这个时段的断代小说史。那么就可以断言：刘叶秋先生的《魏晋南北朝小说》是学界最早的魏晋南北朝小说断代史。学界后来的魏晋南北朝小说研究就是在这部著作的基础上继续深入发掘的。对此，《六朝小说学术档案》一书在介绍先生这部著作时指出：

虽然《魏晋南北朝小说》一书限于篇幅，未能作更深入的探讨，但是就中国20世纪50年代到20世纪70年代这一非常时期而言，由于历史等原因，这个时期小说史的编撰与研究几乎到了断层的地步。自20世纪50年代至20世纪70年代末，除北京大学、南开大学三本小说史之外，几乎没有专门的小说史专著。魏晋南北朝小说、历代笔记一直没有专著论述，而《魏晋南北朝小说》一书简明扼要、条理清晰地介绍了魏晋南北朝时期小说，是较早对魏晋南北朝小说进行较为系统的全面研究的专著，为魏晋南北朝时期的小说研究奠定了基础，填补了魏晋南北朝小说研究方面的空白，推动了魏晋南北朝小说研究的发展。

本书所收《魏晋南北朝志怪小说简论》一文和关于《世说新语》的几篇文章，就是先生《魏晋南北朝小说》一书的浓缩和精华。

先生是跨越1949年前后两个时代的学者。1949年之前民国时期的文化氛围下所受到的高等教育和担任《民国日报》文艺副刊编辑时的工作，尤其是个人兴趣，使他对传统旧学和文艺笔记小说下过深厚的功夫。而1949年之后社会环境变化对学术研究的一个重要影响就是辩证唯物主义和历史唯物主义思想背景下的意识形态在学术研究领域的渗透，这一点在先生关于魏晋南北朝小说的学术研究中也得到了相应体现。

对于这个学术领域的时代变化，当下学界的评价基本是毁誉参半。誉者谓其代表了社会发展的新潮流，毁者则指其导致意识形态对学术研究的左右、干扰。对于这个问题，我个人的看法是应该从学术的角度客观公正地认识和评价。2011年，我在为商务印书馆“中华现代学术名著丛书”中胡士莹先生《话本小说概论》所撰后记中评价胡士莹先生类似问题时说：“把唯物辩证法作为放之四海而皆准的绝对正确方法是荒谬的，但反过来，凡是染指辩证法和历史唯物主义便是大逆不道，也未必在理。”从积极方面看，唯物辩证法能够帮助人们从事物的相关联系中去发现、抓住本质和规律，起到提纲挈领、举一反三的作用。故而鲁迅称之为“明快的哲学”。但另一方面，如果将其无限夸大和绝对化，也就容易进入先入为主的机械唯物论陷阱，甚至步入学术成为政治运动工具的邪路，同样会走向科学精神的反面。

拿先生本书中的内容和1949年之前学界前辈的相关研究相比，就会发现一个明显的变化，那就是增加了从辩证唯物主义和历史唯物主义角度对相关文学现象的社会学解读和分析。这一点，从《魏晋南北朝志怪小说简论》(《新建设》1958年第4期）关于魏晋南北朝志怪小说产生的历史背景和社会土壤的介绍与其他相关成果的对比中就能看得出来。鲁迅《中国小说史略》关于魏晋南北朝志怪小说设有两篇，其中谈到历史背景和社会土壤的内容是：

中国本信巫，秦汉以来，神仙之说盛行，汉末又大畅巫风，而鬼道愈炽；会小乘佛教亦入中土，渐见流传。凡此，皆张皇鬼神，称道灵异，故自晋迄隋，特多鬼神志怪之书。其书有出于文人者，有出于教徒者。文人之作，虽非如释道二家，意在自神其教，然亦非有意为小说，盖当时以为幽明虽殊途，而人鬼乃皆实有，故其叙述异事，与记载人间常事，自视固无诚妄之别矣。

鲁迅主要从佛教道教的社会土壤和文人搜奇猎异的角度阐释六朝志怪小说产生的根源，相当简略。先生《魏晋南北朝志怪小说简论》一文则用了约四千字，分别从文学渊源、社会分化、矛盾对立、宗教文化等几个方面详细分析论述志怪小说产生的土壤。这个文字数量和学术含量不仅远远超过了鲁迅的《中国小说史略》，也明显比晚于先生此文两年问世的北大中文系 1955 级《中国小说史稿》一书的相关内容充分详尽。后来学界关于魏晋南北朝志怪小说的渊源、背景研究，基本都是在这个基础上的进一步深入和拓宽。先生在这方面取得成功的重要因素就是融入了唯物辩证法的社会学研究视角，但先生此文没有堕入机械唯物论和庸俗社会学的偏颇。因为先生传统旧学功底深厚，牢牢把握了学术研究的基本要义，即便吸收了新的方法也没有偏离中心线路。正是这样一些根基扎实而又具有开拓性和创新性的研究，才能够成为这个领域的奠基性成果，引领后学在此基础上继续深入探索。

先生这部书稿还有一个突出特点，就是覆盖面大、涉及学科方向多。内容既包括文言小说，也包括白话小说，还包括小说之外的一般笔记，甚至还包括戏曲和民国小说。这正是先生知识渊博和学养深厚的体现。当今学界学科专业分工过细，搞先秦文学的搞不了明清文学，搞诗文研究的搞不了小说戏曲研究，更不要说搞文学研究的搞不了语言研究甚至历史研究了。先生此书的这个特点，对当下乃至以后学者的知识结构建立和学养形成，也具有极好的示范效应。

最后，我要替九泉之下的恩师和在世家属，向南开大学出版社致以由衷谢意！感谢出版社刘运峰总编辑的慧眼决断，感谢编辑田睿和王霆女士的辛苦工作。愿恩师在冥冥天界为本书再版感到欣慰！

（刘叶秋著《古典小说笔记论丛》，南开大学出版社 1985 年初版，2019 年再版。本文原载于《博览群书》2019 年第 11 期）

俞平伯先生致刘叶秋先生印章手札

近几年来，文物市场和部分友人手中出现不少名人手札，其中有两通均为著名学者俞平伯先生致先师刘叶秋先生，且内容均与篆刻有关。因为我是刘叶秋先生嫡传弟子的缘故，清华大学刘石教授和北京大学潘建国教授近日分别向我出示这两通手札的书影。第一通内容如下：

叶秋仁仲：顷寄一函，因思及此章较小，恐费目力也，旋得惠书，知已刻就。铁笔如意挥洒，极妙极妙，布置又妥，感纫之至。近患清恙为念，必俟全愈后方宜出外，原章留存本不亟亟。诸祈保重，匆复，即候。

痊安

平伯

十月卅一日

据信中记载，先师曾为俞平伯先生刻制一方小章。信末所署“十月卅一日”，根据相关资料推算，应该是 1973 年。翌年一月，俞平伯先生在给先师另外一通手札中就用上了这方小章。该札使用荣宝斋笺纸，内容为：

嘉乐和平

一九七四年元月集摹《会稽颂》元申屠驷摹本字。叶秋贤仲粲存。平伯时年七十有五。平伯（钤章）

据信末跋语，知此札为俞平老将其所摹篆书《会稽颂》屠驷摹本赠予先师（此事相关背景故事详后），而落款所用朱文“平伯”钤章，正是上札中提到先师为俞平老所刻的那方小印章。

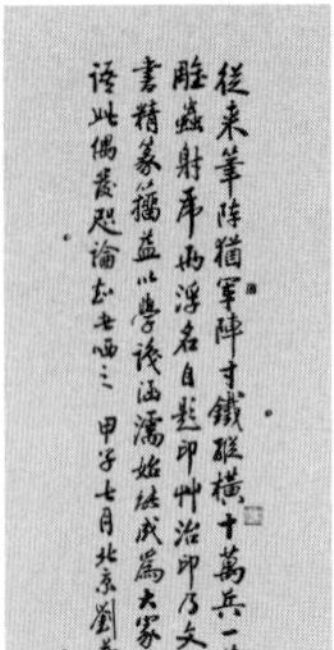

刘叶秋先生自书《自题印草》

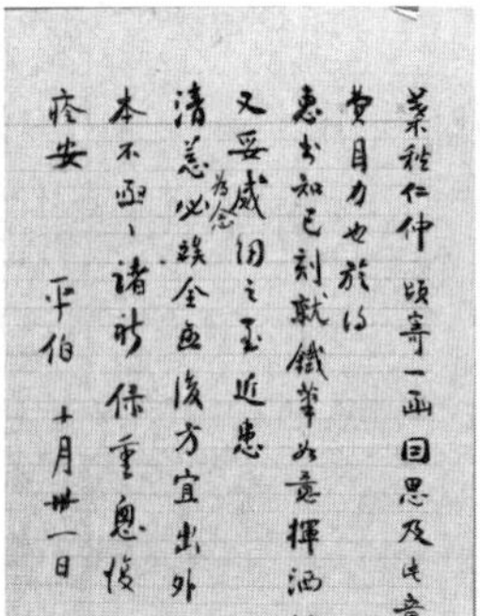

俞平伯致刘叶秋手札

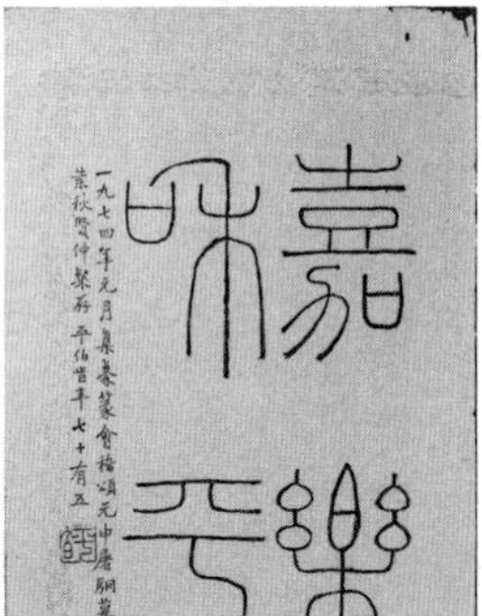

俞平伯先生致刘叶秋手札

刘石先生和潘建国先生不但学问深厚，而且酷嗜古物收藏，对老一代学者更是敬仰有加。但他们都对我讲，他们素知先师学问深厚，但在见到俞平老手札之前，却不曾了解先师尚擅治印。这让我感觉到，老一代学者弃世而去，实际上带走了不少历史。作为先生唯一亲炙弟子，我有责任把先生的这一雅好写出来告诉世人。同时，这两通手札都与俞平老与老师之间关于篆刻印章的感人交往相关。于是，此事不但引起我对先师治印之道的回忆，而且让我更加感念先师和他的老师俞平伯先生有关印章的感人肺腑的师生之情。

先师刘叶秋先生不但学养深厚，而且雅嗜颇多。这一方面是出于个人兴趣，另一方面也是学养积累的需要。1982 年，我负笈入关，来到南开大学，师从先生攻读笔记小说方向硕士学位。第一次见到先生，他就特别强调做学问“通”字的重要。他说，天下学问和知识都是相通的。张旭观公孙大娘舞剑得草书笔法，吴道子由裴旻剑术揣出线描神韵，均印证此理。先生本人就是这样一位学问通才和才艺通才。他本人工作为商务印书馆汉语编辑室编审，为《辞源》第二版三位主编之一（另外两位为吴泽炎、黄秋耘）。从学科角度看，这应该属于语言学范畴。可是先生指导我的专业方向却是中国古代文学学科下的“笔记小说研究”方向。他在《学海纷葩录》自序中说：

学无止境，书难尽读。贵在心知其意，触类旁通。言文一致，说写俱精；文史并重，情采兼顾；研诂训以解章句，究义法以析篇章，间以其余，旁攻艺事，求“学”与“艺”之统一；为自少至老所始终致力，且用策励生徒者。

第一次见面先生对我的训导，可谓这里“策励生徒者”的具体注脚。先生诸多雅兴中，治印是先生十分喜爱、师承名家和刻苦钻研的一项。

先生从蠡县吕梅（熙宇）先生认字启蒙，从歙县吴检斋（承仕）先生习语言文字之学，从盐城孙蜀丞（人和）先生学作诗词，从武强贺孔才（培新）先生学作古文和书法、篆刻，又从怀宁邓叔存（以蛰）先生学习鉴赏文物、书画等美术常识。在大学期间，他又聆听顾随、朱自清、俞平伯诸师的教诲，还向叶圣陶、吴玉如、陈邦怀诸先生执弟子礼。先生善于从诸师学问中择善而从，融会贯通，形成了他渊博的知识储备和扎实的学问功底，使他在其他文史领域也造诣颇深。这些扎实雄厚的学问功底不仅是他整个学识的基础，还为他从事篆刻艺术提供极大的便利。先生曾经写过《略谈金石篆刻》一文，系统总结梳理金石与篆刻的概念范围与演变脉络，并且从行家里手的角度提出自己学习篆刻一道的经验体会。他不但对古代篆刻源流了如指掌，而且还能对历代篆刻名家成就高下作出判断，得出自己对篆刻价值的评价标准：

至于治印之要规模秦汉，正是“取法乎上”的意思。秦时虽行小篆，其玺印文字，增减古籀，实近周制，到了汉代，则法度渐立，摹印自成一体，官私印有的浑厚，有的朴拙，有的精雅，风格各殊，诸式均备。经六朝唐宋，多历变革，汉法遂渐衰歇。至明文彭、何震，虽号称大家，所镌亦未窥汉印之妙。迨清乾隆间浙、皖两派的丁敬、邓石如等出，印学始渐恢闳。晚清的赵之谦、吴大澂和近代的吴昌硕，实为直承汉法，超越前代的大家。赵氏效法汉印，兼取秦诏、汉镜之神，巨细咸工，朴秀交至，天资学力，俱过前人，实能熔铸古今，自成一家，承先启后，厥功甚伟。吴大澂集金文，慕古钵，亦开印家无数法门。吴昌硕采《石鼓文》和封泥的雄浑古拙之趣以入于印，钝刀动笔，恣意纵横，继起为一代宗匠。学篆刻，追踪秦汉，取径一赵二吴，可跻上乘；是我的一贯看法。

深厚的篆刻知识和多年摸索实践，也形成他自己对学治印者的看法：

我一贯主张，从事篆刻，必须具备三个条件：第一是长于书法，通晓文字学，使篆笔精严，点画不错，第二是懂得画法，善于经营布置，使印文之繁简疏密，各得其宜，第三是精于刀法，运腕自如，铁笔纵横，心手相应。具备了这三个条件，还得博览群书，丰富学识，提高自己的艺文修养，才能取法乎上，妙造精微，否则，工力即深，也不过是个凡工俗手，难脱匠气。因为古今的许多治印名家，如清代的金农、奚冈、赵之谦，近世的吴昌硕、陈师曾等，无一不是三绝兼擅，学养深醇以金石篆刻为余技的。

除此文外，先生还写过篆刻治印方面专门文章，如《奇气郁勃，腕挟风霆——略谈邓散木的书法篆刻》《〈近代名家印集〉序》等。如此深湛的学问修养为他治印奠定了雄厚基础。他早年曾坚持治印，既有为自己所刻各种书画印章，也有为师长友人所治者。俞平伯先生手札提及先生为其治印，即为一例。

先生晚年曾有《自题印草》绝句一首及跋语，陈述自己对于学人治印的认识见解。

先师与俞平老的印章交往，有过这样一段令人感怀的文坛佳话。1973 年，俞平老整理了其曾祖曲园公（俞樾）所摹《会稽颂》残篆两种，自为跋语（即为前文潘建国教授所示手札）。先师根据清代钱泳《履园丛话》的记载函告俞平老申屠駉本刻石在绍兴府学，并云少时曾见邓石如的《会稽颂》写本。俞平老回信云："钞示钱梅溪文，弥感起予之益，岂仅少许之助哉！"他又据此补充上述内容，修订了跋语，同时还让先师在其跋语后写篇题记：

平翁老师以家藏曲园公摹秦《会稽颂》残篆大小字两

本，与《史记》会稽刻石之辞对照，参酌《索隐》《正义》之说，撰跋语二篇，又校以申屠本为附录一卷。考证详明，论断有据，不惟两本之渊源异同，了如指掌，且足正史文之讹，补注释之阙。复钩勒原篆，别为一册；摹拟曲园公书迹，录序册首，并皆笔势精妙，神采焕然，俾与跋语合观，更便研讨。惠及后学，功留文献，岂仅珍重先人手泽而已哉！一九七四年甲寅元月刘叶秋。

俞平伯先生认为先师的这段题记，说得简明而具体，十分满意，并为先师的摹篆之本题词："叶秋重摹精审，跋语另册，兼留副墨，以广其传，感其惓惓之意甚盛！岂惟文字因缘，令人长忆三十年前惠园共学时也。"

1974 年冬天，先师以三十多年篆刻的印拓，编为《霜桧楼印存》一、二集，先后请俞平老题跋，俞先生欣然命笔：

叶秋同学贤仲，早岁即耽治印，曾为刻一名章，见本编下册。后又承惠新镌数石，弥见道美，殆如良辅所谓矩度既正，巧由熟生者。此虽论歌曲，或亦通于其他技艺欤？顷以《霜桧楼印存》属题，自云视力稍减，而其技与年俱进。他日挥洒铁笔，当更自在也。一九七四年十二月俞平伯识于京寓，时年七十有六。

观自题云三五日刻一石，锲而不舍之诚与得手应心之乐，并见于斯编，则余前跋所云巧由熟生技与年进者，洵不虚也。又得欣瞻元澂夫人新镌十石，倡随切磋，俪采相彰，尤为嘉话云。时丙辰三月，腕疾稍愈，为叶秋仁仲题《霜桧楼印存二集》。俞平伯

前跋中“良辅”乃明代著名戏曲理论家魏良辅，所著《曲律》总结“昆山腔”体制，号称昆曲之祖。所述虽系论歌，其意可通他艺，俞先生精于度曲，故引用“矩度既正，巧由熟生”一语以言篆刻之甘苦。“元澂夫人新镌十石”即指二集中含师母汪元澂先生所刻十枚印章。先师与师母志同道合，雅趣相同。不但一起治印写字，还一起拉琴唱戏等。所以俞平老用“倡随切磋，俪采相彰”形容先师与师母的琴瑟和美。这让先师和师母“颇感亲切”。

不久，俞平老到先师家里做客，将其四叔父印谱一册赠予先师，并题词卷首云：

先四叔父（讳箴玺）所治印谱，偶附题识，其年最早者为一八九一年（光绪十七年辛卯），距今甲寅八十余年矣，犹存故箧。会叶秋贤仲时顾小楼，喜其研攻琢刻，与年俱进，即以赠之，时一九七四年十二月也。平伯

俞平老将自己亲叔父所治印谱慷慨赠予先师，可见他们师生之间交情有多么深厚。局外人不大了解的是，先

师与俞平老这段与印章相关的频繁交往的时间正是在他们俩人生最困难的时刻。1973—1974年，虽然“文革”“破四旧”风暴过去，但政治压倒一切的风向没有改变。“文革”以来被打倒迫害的人也均在受压状态。俞平伯先生早年因为《红楼梦研究》的风波，一直被打倒在地，尚未平反。而先师因为政治问题，“文革”前勉强在商务印书馆以临时工身份参与工作。“文革”爆发后则处于失业状态，直到粉碎“四人帮”后才被商务印书馆纳入正式职工。当时一家五口仅凭师母一个人的工资维持生活。就在此境遇下，他们仍然如此乐观面对生活。其人生态度和精神境界，足令我辈顶礼膜拜，受益终生。先师忆起此段交往不无深情地说：“我和俞先生能够同寓京华，常常聚首，商量文字，赏鉴金石，在寂寞中互相慰藉，确实是很难得的！”

在《霜桧楼印存》的基础上，先生曾计划治印百枚后收官，以“百印堂”之名结集留存，可惜未能实现夙愿。

二十世纪八十年代初我师从先生问道时，曾多次赴京，得先生耳提面命。当时先生家中住房紧张，曾在两座房屋之间自己搭建一间仅2.7平方米的窄小书房，先生自命名为“二密栖”。即便如此，为读书治学写字方便，他还经常晚上在单位办公室过夜。我曾几次陪伴先生在办公室过夜。在附近简单用过晚餐并散步之后，我们回到办公室，有时各自读书，有时先生兴起，便铺开纸笔，挥毫书写，并钤上先生自己刻制的印章。先生曾允诺我，待写字治印状态进入佳境时，顺便为我写字并治印。因为先生身体非常健康，所以我总觉得此事不急。没想到，先生退休一年后，竟然因心肌梗死突然离世。得到先生墨宝和治印的愿望成为我永久的遗憾。

刘石、潘建国两位先生与我既是学术同行，也是收藏和书学好友。为纪念他们关注并出示俞平老与先师手札这段佳话，我不揣浅陋，特地书写先师总结治印见地的绝句《自题印草》为报：

从来笔阵尤军阵，寸铁纵横百万兵。
一艺自矜还自笑，雕虫射虎两浮名。

记下这段不为公众所知的往事，既算是对老友刘石、潘建国两位先生出示俞平老手札的报答，也是对师爷俞平老和先师刘叶秋先生这段印章因缘的告慰，更是对所有关心文化名人佳话和书法篆刻艺术朋友的贡献。无论是写字和治印，我都未能得先师之万一。但我仍然乐意以驽钝之才，为传承传统书法篆刻艺术尽绵薄之力。

壬寅上巳日于津门雅雨书屋

（本文原载于 2022 年 6 月 8 日《中华读书报》）

锲而不舍，金石可镂

——孙昌武先生的学术人生

学人小传

孙昌武（1937 年 9 月—　），男，辽宁营口人。1961 年毕业于南开大学中文系，任营口师范学校、营口教育学院教师，1979 年调回南开大学，任南开大学文学院中文系教授。曾任日本神户大学、韩国岭南大学客座教授，日本京都大学人文科学研究所外国人研究员，中国社会科学院宗教研究中心特约研究员。主攻隋唐五代文学、佛教文学与文化，为二十世纪八十年代以来国内较早从事宗教与文学研究的学者，在国际宗教与文学研究领域享有盛誉。著有《柳宗元传论》《唐代古文运动通论》《佛教与中国文学》《中国文学中的维摩与观音》《禅思与诗情》《隋唐五代文化志》《柳宗元评传》《道教与唐代文学》《中国佛教文化史》等二十五种。2019 年春，中华书局结集孙先生全部著作和论文，重新审阅、编辑、校订，编排为《孙昌武文集》三十卷，已陆续出版二十六卷，将于明年出齐。其中古籍整理有《观世音应验记（三种）》《祖堂集》《韩愈集》等六种，译作有《中国诗歌原理》《中国的神话传说和古小说》等五种，论文有200余篇。

当一个人把一种精神追求视为第一生命后，也就意味着他放弃了世间所有的利害关系和物质欲求。无论怎样的艰险与困境，都不能动摇他心中那份对真理和精神价值的渴望和执着。只有具备这样的执着忘我精神，才能达到进入佛教所谓修成正果的境界。而孙昌武先生学术一生便是这种执着追求达到成功彼岸经历的真实写照。

荆棘坎坷，艰难求索

孙昌武祖籍东北辽宁营口，幼年失怙，后随母亲到北京上中学。他中学时期就勤奋好学，不但读了很多古今中外名著，而且还自学俄语。中学时他的俄语就已经达到口语笔译顺畅交流的程度。他中学时候翻译过《巴甫连科的创作道路》，为他后来的国际学术交流奠定了重要基础。

1956年是新中国历史上科学技术和文化事业发展的重要节点。鉴于当时国际国内的各种复杂情况，中共中央提出著名的“向科学进军”口号，并制定了《1956—1967年科学发展远景规划纲要（草案）》。在这样的社会环境下，尊重知识、尊重文化成为当时社会的主流观念。正是在这样的背景下，满怀读书热情的孙昌武于这一年考入南开大学中文系，希望能在书海遨游一番，实现读书兴国的宏愿。

南开大学自建校起即有国文学科，并一度设有文学系。1937 年组建西南联大时，原南开文学系张清常、邢公畹等几位重量级教授加盟西南联大中文系。1946 年西南联大解散，南开大学返回天津后正式建立独立建制的中文系。除了引进大量著名学者外，教育部特别选派鲁迅研究专家李何林先生出任南开中文系主任。到孙昌武 1956 年考入南开，经过调整的南开中文系已经渐入佳境，进入全盛时期。

这个背景下入学的青年学子，孙昌武和很多同学一样，满怀热情，踌躇满志，很快投入紧张而充实的学习和读书生活中去。他现在还记得，那时喜欢学习的同学除了上课，课余大量时间都投入到图书馆的苦读中。每当结束一天的课程和自习后，他往往和一二好友买一袋小吃，漫步于新开湖畔，分享交流一天的学习收获和想法，再回宿舍休息。他说这是大学时代最幸福和快乐的时光。

就在孙昌武进入学习最佳状态，准备进入更深入、更广泛的学习状态中时，转眼到了 1957 年。这一年开始，国内形势急转直下，“向科学进军”的口号被“拔白旗”和轰轰烈烈的反右运动所取代。风云突变不仅打破了大家平静而惬意的学习生活，对于孙昌武，更是遭遇人生最为严重的打击和不幸。在这个过程中，他因为说了一句同情被打成右派的一位中学好友的话，给自己带来二十多年的坎坷命运。作为一名本科生，他先是在班级受到批判，继而在全系大会受到批判，最后被定为“阶级异己分子”。

因为这顶帽子，这位大学本科生在上课读书的同时，还要被迫接受劳动改造。因为这顶帽子，他 1961 年毕业分配本来应该回到北京母亲身边，结果变为去东北小城营口。在营口，他一待就是 18 年。

对于一位曾经满怀热情、憧憬美好未来的二十出头的年轻人，这样的命运似乎过于残酷。但尽管如此，严酷的打击也并没有改变孙昌武对于真理的执着和对于学术的追求。

从 1957 年的反右运动遭受不公，到 1961 年大学毕业，一共四年时间。从 1961 年大学毕业头顶一只“阶级异己分子”的帽子发配到辽宁营口，到 1979 年平反昭雪调回南开大学，又是 18 个年头。在这前后 22 年的坎坷遭遇和不幸命运中，孙昌武从未放弃专业学习和学术研究。大学生活的后四年中，他白天要被迫接受劳动改造，晚上还要在灯下消化课程内容，阅读经典文本，思考学术问题。在营口师范学校完成正常教学工作的同时，他给自己制订了读书和研究计划，并且持之以恒，付诸实施。那个时候，他们全家住在窄小的平房中，冬天的墙上挂着白霜，墨水瓶中的墨水都要结冰。为了每天晚上的青灯摊书能得以维持，妻子每晚烧一盆开水，放在孙昌武脚下，让热气温暖他的身体，融化墙上的寒霜和瓶中的墨水。这 22 个年头，孙昌武身处今天人们难以想象的逆境当中，而且当时的形势确实又每况愈下，看似“万劫难复”。能够支撑他不被打击压垮、坚持读书、钻研学术的动力，正是来源于他对真理的执着和对国家社会光明前景的信心。

锁定目标，持之以恒

学界大都了解，孙昌武先生的学术研究起步于以韩愈、柳宗元为代表的唐代古文运动研究，继而扩大到唐代文学研究，再进一步发展到整个唐代文化研究。这个轨迹和走向，充分显示出孙昌武学术视野的开阔。纵观他的唐代文学与文化研究，我有一个突出感觉就是他在该领域中不断追求、不断更新、不断升华。

先生从大学入学不久就明确下来以唐代文学作为专业方向。

1956 年，大学开学不久，在一次全系学生大会上，系主任李何林向全体学生宣讲了中文系的培养目标和大家为此应该做好的准备。大意是说：中文系不培养作家，只培养学者。所以，大家要按学者的方向打造自己，早些确定自己的研究方向。

李何林先生的话在学生中引起轩然大波。学生中有些已经是小有名气的作家，听了这番话大失所望，有的甚至干脆退学了。而另一部分则大受鼓舞，踌躇满志，打算大干一场。孙昌武属于打算走学术之路的。他从中学时就读过《古文观止》《唐诗三百首》等古代文学选本，对古代文学产生浓厚兴趣。他从那时起就立志从事古代文学研究，其中唐代文学又是重要主体部分。从大学到毕业之后在营口工作期间，孙昌武的主要精力放在唐代文学研究方面。

作为这个时段读书研究成果的是孙昌武先生在“文革”前发表的唯一文章，即发表于 1965 年第 4 期《文史哲》上的《关于司空图〈诗品〉研究的几个问题》。用今天的眼光看，这篇文章还有明显的历史痕迹。其主要观点是站在唯物主义的立场，批评否定唐代司空图《诗品》所提诗歌神韵意境说的唯心主义倾向以及当时学界肯定这一诗歌主张的学术观点。这个观点与今天学界主流观点显然相左，但我们回到二十世纪六十年代那个历史环境，显然能够理解。而且即便在那个时代，这篇文章在批评司空图及其推崇者的同时，仍然对司空图《诗品》强调艺术表现的完整自然和形象的含蓄、对形象深刻内涵的要求、对某些诗境的说明以及他阐明理论的形象比附方法等，都给予充分的肯定。除此之外，这篇文章的重要价值，就是能够证明这个时候孙昌武先生在学术上已经具备的学术功底和研究能力。该文发表的时候，孙先生年仅 28 岁，大学本科毕业也就刚刚四年。抛开文章观点，无论是对司空图《诗品》，还是对学界相关研究前沿状况，他都了然于心，同时又能从前沿动态中分析思考，拎出一家之言，自圆其说，并且能够在《文史哲》这样的学界重量级刊物发表。由此可见，无论是大学时期头顶“阶级异己分子”帽子的劳动改造，还是毕业后继续头顶此帽发配小城，都没有动摇孙昌武对真理和学术的追求。他在磨难和迫害中坚持追求学术理想的惊人努力，已经换来成功的验证。此时的孙昌武，已经完全具备胜任高端学术研究的能力。这里还需要补充一点的是，在当时的处境下，这篇文章能够顺利发表，应该得益于背后许多善良正直人士的默默帮助和支持，这样的帮助几乎体现在孙先生在逆境中的各个时段。

1976 年形势变化到 1978 年拨乱反正，此期间的形势变化给孙昌武带来的是命运的改变和无限的学术希望。他在遭到不公正待遇时对未来学术人生的无限憧憬和热烈期待，终于变为现实。随着那顶压了他近 20 年的沉重帽子卸掉，母校又向他伸出关怀之手。他在毕业 18 年之后，终于回到母校任教，从此激发了孙昌武先生的学术新生，他的学术生命以破竹之势，厚积薄发，产生琳琅满目的成果。

“文革”后，获得学术新生的孙昌武把自己的学术研究领域锁定在以韩愈、柳宗元为首的唐代古文运动代表作家上，先后出版过若干学术专著，发表过诸多学术论文。

从这些成果的内容来看，它们既各有特色，又相互支撑。尤其明显的是，这些题目内容一直处于不断补充变化和升华中，从中能够看出孙昌武先生对这些研究对象的不断思考、不断探索、不断升华。

孙昌武第一部学术力作是《柳宗元传论》，这部著作1982年由人民文学出版社出版，但实际上它是先生蛰居营口时期多年苦读钻研的结晶之一。在书稿正式出版之前，书中部分精华内容改写的论文已经在国内一些高层重要刊物（如《文学评论丛刊》《中国哲学史研究辑刊》《南开学报》）公开发表，而发表的时间基本集中在1980年前后。不难看出，从1979年调回母校到这些重要文章井喷式发表，仅有一年时间。他不可能在回到南开之后才开始写作完成这些文章。符合逻辑的解释只能是：这部洋洋四十万字的巨著是他在营口落难的18年期间，在并不能预见此生还是否有翻身机会的情况下执着完成的。只有这样的心态和意志，才能成就一位优秀学者。这部著作奠定了孙昌武在国内柳宗元研究领域的领先地位。二十世纪八十年代初由匡亚明先生发起的《中国思想家评传》系列丛书中《柳宗元评传》一书，由孙昌武撰写完成。可见从二十世纪八十年代初到二十世纪末这二十年间，孙昌武在柳宗元研究领域的领先地位不但没有动摇，反而愈加强化。但孙先生却将该书中文学研究的相对不足引为遗憾，并且希望在另一位古文运动大家韩愈研究那里得到弥补。

在深入进行韩愈研究之前，孙昌武曾出版《唐代古文运动通论》（百花文艺出版社 1984 年版）一书，将韩愈、柳宗元等古文运动领袖人物个人研究汇入对整个唐代古文运动的研究，并由此拉开韩愈研究大幕。韩愈研究是孙昌武唐代古文运动研究的又一重镇，他先后出版《韩愈散文艺术论》（南开大学出版社 1986 年版）、《韩愈选集》（上海古籍出版社 1996 年 8 月初版，2013 年 4 月新一版）、《韩愈诗文选评》（三秦出版社 2004 年版）、《韩愈集》（袁行霈主编“中华传统文化百部经典”，国家图书馆出版社 2019 年版）。与柳宗元研究相比，孙昌武的韩愈研究似乎更偏重于艺术方面。他在《韩愈散文艺术论》“后记”中强调说明，《柳宗元传论》《唐代古文运动通论》二书谈艺术偏少，希望能在《韩愈散文艺术论》中补充。从中可以看出孙昌武先生在学术问题上不懈努力和虚怀若谷的风范。

在柳宗元、韩愈和唐代古文运动研究的基础上，孙昌武又将唐代文学研究提升扩大到整个隋唐五代文化研究。二十一世纪初，萧克将军主编百卷本《中国文化通志》。这项浩大工程包括中国文化纵横两个维度的多种角度方向，并且采用向国内外公开招标的方式组织编纂。孙先生在已经年近古稀的情况下，仍然主动请缨，积极申报并获批承担《隋唐五代文化史》的撰写工作，于 1998 年随全套通志出版（该书于 2007 年由东方出版中心改名《隋唐五代文化史》单独出版）。该书在总结梳理隋唐五代文化背景和特征的基础上，从教育科举、学术、文学、艺术、科学技术、宗教、民族关系和国际关系等方面，全面总结梳理隋唐五代文化的基本脉络和总体面貌，是全面了解隋唐五代文化历史的重要参考书。从中可见孙昌武在唐代文学与文化学术研究道路上持续不断和逐步深入的学术追求与研究。

从学术史的角度看，从二十世纪八十年代改革开放的社会环境，为古代文学研究带来了重大转变和无限生机。此前机械唯物论和阶级斗争学说体系为古代文学研究所设下的众多障碍不断清除，代之以历史文化学及文学本身的研究视角，学术研究取得前所未有的巨大成就。孙昌武先生就是这个时代进步潮流中的代表性学者之一。

另辟蹊径，精益求精

能够代表孙昌武先生学术成就、奠定其国际学术影响力和学术地位的还是他的佛教文学与文化研究。为此他曾经历过常人难以想象的困难，付出极为艰辛的努力，终于获得卓越的成就和巨大的影响。佛教及其与古代文学关系的研究在 1949 年之后的大陆学界基本处于空白状态。1979 年孙昌武回到母校任教，正是佛教文化及其与古代文学关系研究刚刚起步之时。孙先生及时抓住了这个机遇，成为国内最早一批从古代文学研究转向佛教文化与文学关系研究的学者。

孙先生对佛教与文学关系的兴趣，也产生于古代文学研究本身思考之中。此前他研究重心的两个人（韩愈和柳宗元），在各种思想史、哲学史和文学史中，一直都在强调他们与佛教对立的“辟佛”一面。但孙先生在对两位作家进行深入研究的过程中发现，无论是他们的文字作品表述，还是行为本身，都很难说与佛教是那种水火不容的关系。他在《柳宗元传论》一书中，实际上已经充分肯定和论证了柳宗元思想中的儒释统合问题。如果说这个论断主要基于思想层面的话，那么从二十世纪八十年代开始，孙先生则花大气力从佛教文化与文学的关系上来研究唐代文学及整个中国文学。他发表了一系列佛教与文学关系的重要学术论文，如《王维的诗歌创作和佛教信仰》(《文学遗产》1981年第二期)、《唐代古文运动与佛教》(《文学遗产》1982年第三期)、《关于中国古典文学中佛教影响的研究》(《文学遗产》1987年第四期)等。这些论文已经基本奠定他在佛教文化与古代文学关系研究中的权威地位。但他仍然不满足既有的成绩，还发愿花更大的气力把佛经佛典搞透，进而更加深入地研究佛教文化与中国文学的关系。

1983年，中国社会科学院哲学所举办了一个佛学讲习班，意在请老一代佛教学者（主要有黄心川、巫伯慧、虞愚等著名佛学专家）带一下中青年佛教学者和大专院校教师。孙昌武听到这个消息时班上授课已经过半，但他还是积极报名、参加听课。这个班每周六上午八点半开始授课。那时京津之间没有高铁，快车也要两个多小时。听课这天，已经46岁的孙先生需要早上五点多赶最早班公交车到天津站，赶最早一班火车，八点多到北京站下车后，需要一溜小跑赶到建国门的社科院教室，才能在上课前赶到。在这个班上，孙昌武主要听了近代佛学大师欧阳竞无弟子、精通法相唯识之学的虞愚先生所讲《因明入正理论》和《百法因明论》。这次学习让孙昌武眼界大开，感觉收获甚丰，他认为是虞愚先生的授课和点拨才使他真正进入了佛学大门。这尤其表现在两个方面：一是研究佛教和佛教学术注重点要放在准确理解名相即佛教概念；二是佛教部派的划分及其教理的基本内容、特点等基础知识。尽管师从虞愚先生的时间不长，但虞先生却是真正指点迷津、将孙先生引向正路的导师。这个学习过程也能充分体现出孙昌武先生那种孜孜以求、永无止境的求学精神。

这次讲习班学习是孙先生从事佛教文化与文学关系研究的一个转折点，它不但使他眼界大开，而且由此形成自己独立的佛学态度和治学理念：一是把佛学作为一种学术研究的对象，而不是自身去信奉实践的宗教信仰；二是始终把佛教的中国化作为全部佛教文化与文学关系研究的底线和基础。从此开始，孙昌武先生出版发表了大量佛教与中国文学研究论著，把自己的佛教文化与中国文学研究推向了高潮。

《佛教与中国文学》(上海人民出版社 1988 年版)、《中国佛教文化序说》(南开大学出版社 1990 年版、2000 年修订版、2002 年韩国岭南大学韩文版),这是孙昌武佛教文学与文化研究的两部起步著作,是国内较早全面介绍中国佛教文学与文化的普及性著作。在此基础上,他又继续深入挖掘,在佛教文化与文学的探索中又进入更深的层次和更高的水平。

《中国文学中的维摩与观音》(高等教育出版社 1996 年版、天津教育出版社 2005 年再版),这是孙昌武关于佛教与中国文学研究的一部力作,该书从浩如烟海的文学材料中钩稽爬梳,挖掘材料,分别以维摩和观音作为中国士大夫佛教信仰和世俗佛教信仰的文学形象代表,进而总结梳理中国士大夫佛教与世俗佛教两个相互联系,又相互区别的佛教信仰体系,为学界中国佛教与文学研究提供了一块重要开创性基石。著名学者夏星(黄夏年)说:"现在《中国》的出版,是近年来我国学术界撰写的又一部高质量的学术专著。全书脉络清晰,分析精到,论据平实,资料丰富,观点独到,自成体系。尤其是注重在分析资料的基础上再进行立论,反映了作者的良好学风和素养。"

《禅思与诗情》(中华书局 1997 年版、2006 年增订版)为孙昌武先生的佛教与中国文学研究向纵深发展的一个例证。该书书名中的"禅思"指禅宗史上从东山法门到南禅宗、洪州禅、分灯禅的思想演变轨迹，“诗情”是指诗歌史上的盛唐诗、中唐诗、晚唐至五代诗、北宋诗的文学演变过程。全书的主题则是通过大量事例分析，探讨说明二者之间禅史与诗史、思想与情感的互动逻辑关联，进而发现总结佛教与文学之间的有机关联。该书角度新颖，论证缜密深入，也是学界佛教与文学研究的重大成果。马奔腾《当代禅美学研究述评》一文认为：“其力作《禅思与诗情》以对历史清晰确切的把握，对具体问题的深入探讨而引人注目。此书以大量事实为基础，对中国禅宗的发展，禅文学的发展，禅宗对诗歌、诗人的影响三个方面进行‘描述’。这些问题看似都已为很多人涉及过，但孙先生的研究论述精深，发人之未见，更令人信服。”（《北京大学学报》2001 年第 3 期）

《中国佛教文化史》（中华书局 2010 年版）。经过近 30 年的佛教与中国文学研究，孙昌武对于佛教在中国文化传承发展中的作用和地位又有了更加深入的体会和认识。这套 5 卷、长达 180 万字的皇皇巨著，就是多年对此问题深入思考的结晶。在作者看来，之所以要将中国佛教文化作为一个独立整体加以系统研究，这固然是由于佛教在与中华文化长期的相互磨合、相互交融的基础上，逐渐形成体大思精的中国佛教文化，并构成中国文化传统的三大支柱之一。但是还有更重要的一层原因在于：尽管信仰是宗教的核心，但是在具有浓厚理性精神和人本观念的中国传统中，佛教文化本身已超越了纯粹的信仰意义，取得了独立的价值和意义。就整体的中国历史文化价值来看，佛教的文化价值已经超过其信仰价值，具有更加深远广泛的意义。基于这样一种深思熟虑的深刻文化信念，孙昌武先生在书中阐述了他的一个精辟观点：“中国佛教的核心和特色不在其信仰层面，而在于其文化层面。”这个高屋建瓴的深刻论断不仅准确概括出该书的全部立论基础，更重要的是，它为人们正确认识中国佛教在中国文化中的地位作用，提出了前所未有的科学视角，并把学界的佛教文化研究提升到一个崭新的阶段和水平。

《光明日报》2010 年 6 月 27 日报道：“《中国佛教文化史》出版首发式暨学术研讨会 6 月 24 日在京举行。《中国佛教文化史》由中华书局出版，是作者南开大学孙昌武教授治佛教文化数十年学术成果全面、系统的总结。《中国佛教文化史》全面、细致地描述了中国佛教文化发展史，阐发了中国佛教文化的伟大成就，总结了中国佛教文化的发展规律。作者把中国佛教文化的历史发展分为四个阶段，厘定全书为上、中、下三编，共计 180 万字。著名学者傅璇琮、楼宇烈、黄心川、方立天、刘跃进等在研讨会上对孙昌武教授的《中国佛教文化史》给予了高度评价，认为这是迄今有关这一题目论述最为全面、说明最为翔实、资料最为丰富的著作。”

作为二十世纪八十年代以来中国佛教文化与文学研究

破冰方队的领军人物之一，孙昌武先生在该领域做出的杰出贡献为学界所共识。他同时也是能够与国际同行对话，在世界汉学领域中屈指可数的杰出中国学者之一。

水到渠成，如鱼得水

国内很多文史领域的学者，往往因为外语的限制，难以与国外同行交流，因而也就难以成为真正的国际型学者。但孙昌武先生恰恰相反，他在早年能够熟练地用俄语进行会话阅读和翻译的基础上，又自学了英语和日语（阅读翻译）。外语方面的天赋和苦读使他能够如鱼得水般地与国外同行交流学术研究，成为出类拔萃的国际型学者。

机会是为有备而来者准备的礼物。外语为孙先生加上了一对翱翔学术天空的翅膀，使他能够自由地在国际学界飞翔。1984 年，孙昌武以中国教授身份，赴日本神户大学任教，1986 年结束回国。在这两年期间，孙昌武除了正常的教学工作外，又以他扎实雄厚的学术积累和外语能力，打开了与国际学术同行交流接轨的大门。在此期间，他不但与国际汉学、中国学界的学术同行广泛进行学术交流，结识诸多国际同行，建立广泛的国际学术联系，并且由此代表中国学界多次参与重要的国际学术交流活动。

首先是多次出席代表国际汉学最高水准的若干学术会议，如“国际东方学会议”“日本国际东方学者会议”“美国东方学会议”等，发表许多关于佛教文化和中国文学的重要学术讲演和报告。

其次是多次受邀到世界各国进行主题讲学活动，包括美国、日本、韩国、匈牙利、捷克等等。

再次是代表中国学者参与部分外国政府举办的重要国际文化交流活动。如 2014 年 5 月在北京，出席印度文化关系委员会、印度驻华大使馆主办：A Regional Conference 区域会议，做主题讲演《佛教输入中国：印度对中国的伟大贡献》等。

不仅如此，孙昌武还以他本人所获得的国际学术威望和重要学术地位，为国内学者对外学术交流提供大量帮助，促成了很多中国学生和学者的对外学术交流事项。1993 年，孙昌武曾应邀到韩国岭南大学任教，获得高度赞誉。1995 年，韩国著名学府高丽大学又邀请他去该校任教。孙昌武先生在与该校进行沟通后，竟然把这个机会让给了我，让我有幸赴韩国高丽大学中文系任教一年。又据现中国佛教协会副主席、北京大学东语系湛如教授向我介绍，他在二十世纪九十年代赴日本留学前，曾专程拜访孙昌武先生。孙先生向他介绍了很多日本汉学学者，尤其是佛教研究领域的重要专家，为他在日本的学习交流提供了非常重要的帮助。

我和孙昌武先生已经结识 30 多年，应该算是对他比较了解的学生和同事了。以我对他的了解，从二十世纪五十年代到今天大约70年的人生过程中，除了学术，他好像什么也没做过。他也几乎没有任何嗜好，甚至缺乏起码的生活自理能力。1993年他去韩国岭南大学任教时，开始对方只请了孙先生一个人去。结果因为孙先生不会做饭，生活没人照顾，校方只好派专人来负责孙先生的饮食起居。尝到这个苦头，校方赶紧让师母高老师赴韩，这才解决了这个难题。俗话说“有舍有得”，孙先生在其他方面的放弃之“舍”，换来的正是学术领域的惊人之“得”。

可见，“锲而不舍，金石可镂”正是孙昌武先生整个学术人生的精准概括和真实写照。

（本文发表于《中国社会科学报》2022年12月28日“学人剪影”栏目，发表时有删节，这里是原文全文版）

学问如山，人格如海

——孙昌武先生的学术与人格

作者为孙昌武教授的第一届博士，这是当时的毕业典礼

今年适逢孙昌武先生八十华诞，我不免思绪万千、感慨万千。

从我二十世纪八十年代投身学界以来，也算是结识不少大学者了。从与他们的交往过程中，我自己慢慢形成一种认识，即一位真正的学者应该具有双重魅力：学术的建树和人格的魅力。二者缺一，都难当大学者的名号。孙昌武先生就是这样一位具有双重魅力的学者。

孙先生的学问可用“如山”来形容。孙先生“文革”前就读于南开中文系。那个时候虽然还没到“文革”，但“左”倾思潮在高校已经有相当广泛的市场。尤其是 1958 年的反右和“拔白旗”运动，堪称是意识形态对各个学术专业领域专业冒尖人物的重创式打击。身为大学本科生的孙先生，由于专业学习优秀，竟然也受此风浪波及，作为“白旗”的典型代表受到批评和围攻，毕业后被打发到营口师范学校去任教。但这些丝毫没有消除孙先生对于专业知识的渴求和对学术境界的向往，相反更加激发了他的“白专”意志。他的学术根基很大程度上是在那个时期打下的。正是由于他对学术事业持之以恒的追求和不懈的努力，“文革”结束后，他多年恶劣环境下不断的学术积累得到了迸发而受到学界关注和认可。他的每一部代表作，都可以说达到了当代学术界在此领域所能达到的制高点，是海内外学界公认的经典著作。孙先生常年刻苦读书，得到了以学术为生命的价值体现和丰硕成果。用“学问如山”来形容他的学术应该是不为过的。

孙先生的学术文章，高山仰止，海内共知，学界自有公论，但任何有大成就的学者（尤其是人文学科学者）往往不是单纯的学术机器，而是具有令人感怀敬佩的人品和人格魅力。他们的学术文章是历史文化列车的车厢，会随历史驶向未来。但我深深以为，他们的人格人品也理应与历史文化列车同步，留给历史和未来。想到 30 年来与先生的共事、求学、交往，虽然遇事每每心有灵犀、尽在不言之中，但我想有些先生的高风亮节，需写下来留给后人，这也是中华传统美德传承的应有之义。回忆记录先生品德的过程，也是我等晚辈精神净化和升华的过程。

佛家最讲缘分，过去我也不尽信。但这些年想起我和孙昌武先生的交往，内心却不能不惊叹缘分之说的神奇。

事情要从 34 年前我负笈入关，来到津门南开求学开始说起。1982 年，我在辽宁师范大学本科毕业，考取南开大学中文系古代文学专业笔记小说方向硕士研究生，导师是刘叶秋先生和宁宗一先生。学校的录取通知书写明的报到时间是 9 月 1 日，此前我没有来过天津和南开，为保险起见，就提前一天来到学校。8 月 31 日下午来到学校后，迎新工作尚未开始，在安顿好宿舍之后，我便赶到当时在老主楼的中文系办公室，想与导师宁宗一先生取得联系。来到中文系办公室后，当时办公室其他老师不在，我在南开中文系见到的第一位先生竟然就是孙昌武先生。

记得当时孙先生身穿一件稍旧的深灰色中山装（这是那个年代的最大众普通的服装），应该是到办公室的信箱取信件。我向孙先生说明自己的身份，并打听宁宗一先生的住所。他没有任何为难和迟疑，痛快回答了我。这便是我和孙先生，也是和南开中文系第一次打交道的故事。这件事过去多年之后我几乎都要淡忘了，但后来和孙先生打交道越来越多，最后以至成为他的授业弟子时再想起此事，便感叹、服膺缘分的魔力。

此后不久，在我硕士学习期间，孙先生受命东渡扶桑，赴日本神户大学任教。其间我和孙先生也就没有机会交往了。

我和孙先生的再次交往是从 1985 年我硕士毕业留校工作开始。当时南开中文系古代文学专业共有三个教研室：古典文学教研室、小说戏曲研究室和中国文学批评史研究室。我从受业的小说戏曲研究室毕业之后，来到古典文学教研室工作，与孙昌武先生同在一个教研室。时间很巧，在我留校工作不久，1986 年，孙先生结束日本神户大学的工作回到南开。我们的交往也就由此开始了。

那是一个冬日周末的上午，我正在宿舍一边整理内务，一边欣赏德沃夏克的《自新大陆》录音磁带。小说戏曲研究室主任鲁德才先生陪同孙昌武先生来到我的单身宿舍找我。这让我受宠若惊，惊慌失措。不要说当时宿舍的狭窄局促甚至难以下脚令人感觉对师长不敬，就是从身份上说，我一个刚留校工作的后生晚辈怎么能承受起两位师长的造访？我赶忙请两位先生入座，并请示来意。原来孙先生刚刚回国，与教研室诸位同事两年不见，疏于联络，想请诸位同事一起吃个便饭坐坐，联络一下感情。因为我留校在古典文学教研室工作后受命担任教研室秘书，鲁、孙二位先生便专程找我来联系大家安排一下此事。我当然责无旁贷，联系教研室诸位同事在天南街的文苑餐厅聚会。当时南开校内和周围没什么饭店，更谈不上包间。十几位南开古典文学教研室同事在文苑餐厅大厅吃了简单便饭（记得到场的先生除了孙先生和我外，还有郝世峰（已故）、王双启、鲁德才、郝志达（已故）、朱家驰、杨成孚（已故）、宋绵有、陈洪、张红等先生），交流了同事朋友情谊。大家一边感谢孙先生的盛情，一边从孙先生嘴里听到很多海外见闻（1986 年是改革开放开始不久，大家对国门以外的世界知之甚少），气氛温馨亲和。

这是我第一次和本教研室同事有了这样近距离的深入接触和了解，也算是融入这个集体的开始。这虽然与学术研究没有直接关系，但后来的经历让我明白，好的学术研究，需要一个和谐稳定的环境。孙先生能在学术事业上成就大业，跟这种和谐相处的人际关系有着不可分割的关系。

说到人际关系，我感觉孙先生在这方面能够在适当的分寸上把握得游刃有余。一方面，他能和系里、教研室的同事们友好相处，相互敬重，对朱维之、朱一玄、邢公畹等老一辈先生敬重有加，经常问候；另一方面，对平辈、晚辈的同事则是相互关心、相互照应。

这里尤其要说说孙先生与教研室同事杨成孚先生的交

往。杨成乎先生出身北大，其学问根底之深厚，在南开中文系有口皆碑。但身体和生活的困难影响了成乎先生的学术建树。一方面是长期病魔缠身，行动不便。他平常要拄拐杖外出行走，有时病情严重，上课都需要学生用自行车驮到教室。另一方面，他家在郊区杨柳青，平常一个人住在学校单身宿舍，周末回家。这对杨先生来说，既有生活上的不便，也有精神上的孤独。我作为教研室秘书，平日对杨先生的照顾和联系是分内之事，所以无论是有事上门联系公务，还是私人拜访，都是家常便饭。但我从杨先生的嘴里得知，教研室同事中跟他联系最多、对他最关心的人是孙昌武先生。他们之间大到学问之道，小到生活琐事，无不款洽投机，其乐融融。二十世纪八十年代校园普通教师都还没有家庭电话，相互联系只能步行或骑自行车登门拜访。而那个时候，也正是孙昌武先生处在学术事业的高产黄金时期。外人能看见的，只是孙先生的皇皇巨著和大块文章，也许根本想不到与此同时他与教研室的普通同事（从现在的眼光来看，就是最没有利益关联的同事）却保持着如此纯净、如此圣洁的友情联系（这也正是当今社会和高校学界最最匮乏的东西）。

还应该提到的是我本人与孙先生之间淡如水的君子关系。30 多年来，我和孙先生兼有同事、朋友和师生三重关系。这三重关系可以说是我有生以来处理各种人际关系中最成功和最值得珍视纪念的关系之一。

从同事的角度说，可以说同事关系打开了我和孙先生联系交往的大门，成为进一步发展成为师生和朋友关系的基础。那个时代没有电脑，没有手机，没有网络，同事的交往都只能靠原始的人工手段。不太着急的事情可以用信件方式放在每个人在系里的信箱中。而着急一点的事情就只能靠教研室秘书跑腿来解决了（和现在从院系到教研室足不出户一个邮件就能遍告所有成员相比，那时的教研室工作量之大可想而知）。但正是这样的工作，这样的联系，却能有效地避免当下同事之间和单位领导群众之间那种老死不相往来的人际关系冷漠状况，具有一种原始淳朴的情感。而我和孙昌武先生的关系和感情，正是建立于这样一种工作关系基础之上的。它把普通的同事关系升格为相互照应帮助的友情关系。

随着工作关系的逐渐增多，我和孙昌武先生的交往增多，私人感情也逐渐加深。我们不仅交流学问，还交流人生各种问题。巧的是，我儿子小学三年级的数学老师正是孙先生的贤内助高淑珍老师。这样一来，我们的关系又加了一层。每次去孙先生那里，除了和孙先生交流外，必不可少的内容就是听高老师反馈儿子在学校课堂的学习情况。孙先生也时而插入家庭教育的意见。可以说，我们儿子的成长，倾注了孙先生夫妇的心血。所以，我个人与孙先生的私人关系已经慢慢发展升格为我们两个家庭的关系。我们很多持家之道和为人处世之道，都受到孙先生夫妇的指导帮助。

当然，孙先生对我学术事业上的关心提携就更是无微不至、不胜枚举了。早在1994年，中韩刚刚建交不久，各种文化教育往来还不多。当时作为韩国大学三巨头之一的高丽大学邀请孙先生前去任教。让我意想不到的是，孙先生和高丽大学中文系经过协商并得到同意后，竟然把这个机会让给了我。从1995年3月至1996年2月，我作为外聘教授在韩国高丽大学中文系任教一年。其间不仅传道授业，锻炼了对外汉语教学能力，还结识了韩国汉学界（尤其是中国古代小说研究界）的学者，为后来的跨国学术交流奠定了坚实基础。2007年，浙江台州邀请孙先生参加济公文化国际学术研讨会，孙先生考虑到济公作为文学人物与我的学术领域关联，主动推荐我参加该会，使我在该领域扩大了学术视野和学界交往，并由此指导博士研究生撰写出《济公故事的文本演变与文化意蕴》博士学位论文。

当然，在学术事业方面让我受益最多、进步最大的还是在孙先生指导下完成的博士学位论文《魏晋士人人格精神》。

1997年，我考入孙先生名下，成为孙先生指导博士学位研究生的开门弟子。此前我在《世说新语》和中古文化研究方面有些积累，1996年我又获得一项教育部人文社科规划项目“六朝小说的文化研究”。因此，孙先生希望我利用发挥以前的基础，力争在学术上提升一个台阶。他给我提出具体建议，把博士学位论文范围锁定在《世说新语》的文化研究，尤其是魏晋士人精神史研究方面。为此，孙先生还特地向我推荐了日本学者吉川忠夫的《六朝精神史研究》一书，从而为我在这个领域的深入思考和研究开阔了视野，启发了新的研究角度。思路明确后，我每写完一章，孙先生都一一仔细阅读，提出修改意见。可以说，这篇论文的字字句句都凝聚了孙先生的心血。论文完成后得到学界的好评，著名学者侯敏泽先生和卞孝萱先生欣然作序，肯定成绩。其中主要观点也发出多篇论文，在学界产生一定影响。

如果说以上都是一些现实中摸得见、看得着的具体关心，那么最令人刻骨铭心、永志难忘的还是那些精神上的鼓励和支持。由于多年的交往，我和孙先生在很多问题上能够没有任何顾忌地深谈。这一方面表现在很多学术问题和时局问题上，更重要的是在遇到人生重大问题，思想焦虑甚至彷徨时，总能得到孙先生在精神上的开导和宽慰。我以为，人生若能遇到这样的师长和挚友，是人生最重要的宝贵财富，而我则恰恰拥有了这样的幸运。

三十多年来我和孙先生的过从交往，不可不谓深厚。但外人也许难以想见我们之间交往的平淡和纯净。无论是作为同事、师生，还是挚友，发生一些物质往来都是极为正常的。但这方面一直让我对孙先生敬佩并感动的是，他的一贯作风是宽以待人、严于律己。无论是作为同事、弟子，还是朋友，对长辈有些简单的人情往来和礼貌性的薄礼，应该是情理之中的。但孙先生却从不接受哪怕是微薄之极的小礼物。记得 1995 年那次由孙先生引荐，去韩国高丽大学任教一年。这是孙先生对我的提携和厚爱，我感铭无以，思有报答。暑假回国探亲时，我给孙先生带了一盒韩国高丽人参表表心意。但没有想到的是被孙先生拒收了。理由是礼物太重，根本用不着。我虽然十分不过意，但也无法勉强。于是，这些年来我对孙先生的情意心意，只能以一些再简单不过的方式来表达。比如我家里腌制了东北酸菜，送一颗给东北老乡品尝家乡菜的味道，如此而已。这么多年来我只请孙先生夫妇单独吃过一次饭。那是 1993 年孙先生应邀去韩国岭南大学任教一年。结束回国时从仁川乘船回到天津港。因一年工作寒暑变化，行李较多。在孙先生安排下，我找好出租车，跟车去天津港接他们回家。回到南开校园天色已晚，他们刚回到家里没法生火做饭，那时西南村也没有吃饭的地方。我提前安排在我家简单吃了一点家常便饭。诸如此类，仅此而已。

作为晚辈和弟子，为长辈和老师做些事情本来是理所应当的。但孙先生从来都是自己能做的事情尽量自己做。实在需要别人帮助的，他都将其视为一种人情，要用适当的方式予以回报。1993 年孙先生去韩国任教期间，转寄天津家里各种信件，以及托人把孙先生需要的生活物品带到韩国等事务都由我代劳。这本来也都是些举手之劳的分内之事，但孙先生却将其视为重重的人情。回国时特地从韩国为我带回来一个当时在中国还是稀缺之物的电饭煲。我们夫妇是却之不恭，但又实在是受之有愧。2005 年我买车之后，跟孙先生说如果需要用车不要客气。孙先生往往也是遇到重要事情才肯开口。比如有几次有国外重要客人来访，像美国著名汉学家康大维教授来北京访学交流，他专程从北京来天津拜访孙先生。孙先生请我开车陪同他和康大维教授游览天津市容。这实际上也是给我提供了和国外汉学家交往沟通的机会。2010 年暑假，孙先生的两个女儿都从国外回来探亲，全家难得团聚，很想一起游玩一下。于是先生要我开车带全家游览了天津市。这点小事做完后，孙先生全家还特地设宴款待我和一起帮忙的张培锋师弟。2015 年暑假，我们夫妇应邀赴日本爱知大学讲学并参加该校孔子学院成立 10 周年纪念活动。孙先生得知后主动与在日本京都的大女儿联系，要她为我提供一些在日期间的帮助。这些事情虽然不大，但孙先生对晚辈无微不至的关心和情谊，让人难以忘记，难以言表。

我认为：一位学术上取得杰出成就的学者，必然有其人格力量的支撑。正是这种杰出人格力量的支撑，无论是应对人生重大事件，还是面对日常生活琐事，先生都能够淡泊宁静，严于律己，宽以待人，能够从人生境界上把握自己，并影响别人，所以完全担得起“人格如海”这个提法。也正是在这个意义上，我觉得孙先生不仅是我个人学术和人生方面的导师，还应该是很多年轻人的人生楷模。孙先生在学术上取得那样的成就，是跟人格上的这种境界和操守分不开的。就在几天前，孙先生在悼念傅璇琮先生逝世的文章中提到，越是在学术窳败的年代，傅璇琮先生的人格也就愈显珍贵。我以为，这句话同样可以用在孙先生身上。正是傅璇琮先生、孙昌武先生等这些用人格实践其学问的学者的存在，才证明了中国当代部分文人在窳败的学术和社会环境下，还仍然坚守一份淡泊明志、宁静致远的人生境界，给学术史留下一丝希望的光亮。

（本文原载于《关东学刊》2016年第7期，后收入《孙昌武教授八十华诞纪念文集》，百花文艺出版社2016年版）

刻骨铭心：大连十五中毕业 50 年记

——献给我事业和人生启蒙老师徐世政先生

1971 年作者毕业时与徐世政老师及同学合影

2021 年 12 月 27 日是我中学毕业、离开大连十五中 50 周年纪念日。中学三年给我留下最深刻、最难忘记的印记，就是徐世政老师对我的栽培和再造之恩。

1968 年秋季，经过“文革”两年停课的散漫生活，原在校初中、高中六个年级学生同时上山下乡，腾出校舍。

我们原小学高年级三个年级学生同时进入中学学习。我从大连青泥洼桥小学升入大连十五中，开始了为期三年的中学生活，并于1971年12月底提前毕业，被保送至大连师范学校美术师资培训班在职学习。

中学三年是我人生中极为重要的时段，如果说我一生中能有什么成绩和进步，必须感谢中学时代各种历练给予我的各种人生营养。尤其难以忘怀的是，我作为大连十五中著名美术教育家徐世政老师带出的第一届“红画室”学生，从恩师那里不仅学到绘画美术技能，更重要的是从他那里学到做好任何一件事情所必须具备的正确思想方法和坚韧不拔的毅力。在离开大连十五中50年之际，我回想半个世纪前的林林总总，尤为感慨。一幅幅当年生活图景，即刻浮现在脑海。我心里愧疚亏欠徐老师半个世纪的这份“笔债”，也到了必须偿还的时候了。

特殊时期的另类选用

1968年秋季，“文化大革命”还在进行中，但已经结束了“破四旧”、革命大串联以及造反派武斗等混乱局面，并且于1968年9月实现了“全国山河一片红”，即除港澳台外，全国29个省及直辖市全部成立革命委员会。那场所谓“革命”开始进入有序阶段。

我们进入中学之后，并没有马上进入系统的文化课学习，而是成天被接踵不断的政治学习和会议运动所左右。我所在中学有一个重要“革命”工作，就是深入开展批判前校长王心明的运动。为此，学校组织了一个叫宣传组的专门班子撰写批判材料，并计划打印出来，供全校批判使用。这个班子主要成员都是没有上山下乡插队、即将进入工厂工作的师兄师姐。他们本来人手就很少，加上很快就要离校去工厂上班，所以亟需补充人手，尤其需要刻钢板的人。经当时班主任胡老师的推荐，我被选拔到这个宣传组做刻钢板这类基础工作。

当时没有正规文化课学习，这个时段我基本不用到班级按部就班上课，大部分时间都是在宣传组工作。我最初的任务只是刻钢板，就是把人家班子写好的稿子在钢板上刻蜡纸，用油印机印制出来（就是小说《红岩》里面刻印《挺进报》那种方法）。这个活儿我在“文革”中接触过，我曾为自己的小小家庭图书馆刻印过图书登记簿、借书登记簿等，大致了解其程序环节。但表格内容少，相对好控制。我到宣传组接受的任务就是用钢板刻印那个批判校长王心明的材料。这些材料的内容多半比较无聊，印象中好像没多少硬邦邦的政治材料，基本是一些类似我们现在说的八卦材料。什么学校班子开会，王校长说家里发的面发酵了，要回家蒸馒头；还有一次学校搞什么活动，王校长穿了条大裤衩子等。我当时全把这些内容当八卦新闻看了，主要精力还是放在如何把蜡版刻好上。这种文件需要刻密密麻麻的小字。字小了就非常不好控制，刻轻了，蜡刻不掉，印刷的时候油墨渗不下去；刻重了，容易把蜡纸划破，甚至撕裂而作废。同时，还有字体的美观问题。以前刻印图书登记簿字少，也比较大，相对好刻一些。可这次是可普通批判文章材料，字很小，大概是 5 毫米见方，相当于现在 5 号字那么大。刚开始刻得很艰难，不是忽深忽浅，就是刻破了蜡纸。至于字体，虽然小时候上过书法课，自己也练过几天字。可刻钢板的字不能刻楷体、行书那样的书法字体，而是需要刻方方正正的黑体字或仿宋字。这对我又是一个艰难挑战。不过好在那不是正式出版物，大家对我的期待值也没那么高。所以只要工工整整，能看懂，也就基本能过关了。当然作为我自己，还是感觉字是脸面，不敢懈怠。而且我初出茅庐，生怕人家不满意，所以总是想办法精益求精，就这样连续刻了一个多月，果然见效。各方面都比较满意，我自己也感觉大致能拿出手了。刻钢板这段基本功锻炼，为我后来写好美术字奠定了比较坚实的基础。所以，只要方法得当，没有白费的功夫。

我刚进入宣传组的时候，新生只有我一个人。大约过了一个多月，带我们的师兄师姐都离校去工厂上班了。这样我一个人忙不过来，老师就在我们新生中又物色了一位同学——我的小学同学杨杰。杨杰的画比我好，我的字稍好一点。这样，我们俩除了刻钢板，还担负起全校普通的大标语、大字报的书写工作。但随着形势逐渐稳定，学校各种宣传杂事也越来越多。我们俩已经越来越不堪重负。这既有能力的原因，又有精力的原因。我们多次向学校反映这些情况。按当时一般惯例，这些工作应该由本校美术老师来承担这些工作。当时大连十五中本来有两位美术老师，一位叫易挺柏，出身于书香世家，但因为历史问题尚在“牛棚”关押，无法参与此事了。另一位就是当时已经名声在外、被市里借调在外工作的徐世政老师。这样，两位美术老师都无法参与，只能我们两个小鬼当家了。大约到 1968 年入冬时候（可能是 11 月份），终于从学校领导那里得到振奋人心的喜讯：被借调到市里的徐世政老师，终于结束借调，要回到学校主持美术宣传方面的工作了。我和徐世政老师的结缘，也即将开始了。

入门拜师学艺

在进入大连十五中之前，我对徐世政老师一无所知。我是来到学校宣传组以后才陆陆续续从师兄师姐和一些老师那里得到关于徐老师的背景和情况。

徐世政老师出生于旅顺龙王塘一个渔民家庭，沈阳师范学院美术系毕业。毕业后即在大连十五中任教。他本来最擅长的画种是水彩画，但“文革”开始后，水彩、国画都成为封资修的东西靠边站了。能够进入红色宣传的只有宣传画、美术字，毛笔字，以及最高大上的伟人像绘制

（油画）。在当时，绘制伟人像不但需要高超的油画造型艺术能力，而且还有一定的政治风险。所以一般的美术工作者往往要望而生畏。徐老师利用水彩画的色彩基本功和大学受过的扎实素描基础训练，成功实现了向绘制伟人像工作的跨越转型。而且，当时他已经是大连市屈指可数的几位绘制伟人像权威之一。他被市里借调，就是市里征调他们几位能手为大连市几个重要建筑（火车站、码头、市政府等）绘制巨幅伟人像。

自"全国山河一片红"开始，全国各地都掀起了几乎将所有的建筑物都做红色装饰的运动。不但每个单位外墙上要悬挂巨幅伟人像，而且建筑物从里到外的墙面、缝隙，都要填上具有"革命"内容的宣传口号。这个运动进行之深入和普及后人难以理解和想象。现在已经时隔半个多世纪，虽然一般大城市里基本看不到当年这些所谓"红海洋"的影子，但这些年我在旅行途中，在一些比较偏僻的农村旧房子上，还是能够看到当年留下来的这些标语口号。学校之所以顶住压力，用"十二道金牌"把徐老师从市里要回来，是因为紧迫需要做好学校的"红色化"装饰工作。

因为那时没有现在这么多现代化通信设备手段，在第一次见到徐老师之前，我对他毫无印象。但我见到他的一瞬间，立即被他英俊潇洒和睿智深沉的形象气质所惊骇震慑。记得他出生于 1935 年，那年他刚刚 33 岁，正是风华正茂、玉树临风的美好年华。尽管当时环境气氛并不提倡这种人物审美，但“爱美之心人皆有之”，老师留给我的第一印象至今深刻难忘。

徐老师回校后，按学校安排，接管了之前由我和杨杰组成的宣传组，我也从此成为徐老师“文革”后的第一批学生。徐老师按照学校布置的红化任务，对全校红化工作作出规划。其中主要包括两个方面：一是学校重要位置的伟人像，二是建筑物外的大标语和走廊内墙上的伟人语录。伟人像由他本人负责，而标语语录则由我们在老师指导下完成。就在这时，曾经和我一起在宣传组工作过的杨杰同学，离开学校和城市，随父母到农村落户了。我一个学生显然无法完成那些艰巨的工作任务。从这时开始，徐老师开始对我表示充分的信任和依靠。

为了完成任务，同时也考虑到培养人的长远计划。徐老师开始大力招兵买马，扩大人员构成，陆续把三五个人发展到十几个人。为保证任务完成，徐老师请示学校，把所有这些人从原班级抽调出来，在寒假组成工作班子。从性质上说，这个班子实际上就是以前的学校美术小组。但美术小组是培养学生美术兴趣特长的课外教学组织，而眼前这个班子是个带有繁重宣传任务的工作组织。为体现这一变化，徐老师专门为这个组织取了一个带有时代特色的名字——“红画室”。“红画室”这个响亮的名字曾经享誉大江南北，其来源却是在那个特殊的年代。

人员集中后，我作为这个班子的元老，被徐老师委以组长的重任。早晨到校后，我要负责组织大家去操场出早操、跑步。回来之后便进入制作标语语录的工作当中。

这次制作标语语录是要在一定时间内稳定悬挂在学校墙上和走廊的宣传品，既要有内容的稳定性，又要有制作工艺的专业性。这个工作我们学生都没做过，我在此之前写过一些临时性的大标语和语录书写，算是稍有一点点基础。老师在向大家讲解工作程序要领之后，一般由我来示范实践。室外墙上大标语一般用红色油漆打底，白色油漆写字。室内走廊一般用浅色水粉在道林纸上打底，红色水粉色写字。其中浅色水粉没有现成涂料，需要配色勾兑。一般用白色广告色加少许赭石色（技术含量全在“少许”比例量的把握）。红色水粉写字，一般用油画笔写黑体字。写字之前，不但要把底色涂刷均匀，还要根据字数多少用铅笔轻轻打上格子（每字一格），以显得整齐美观。这些技巧经过徐老师的精心传授，我很快掌握，并作为老师的“助教”，帮助大家来掌握操作。这项活动给予我的重要启示就是，做事情要有章法，有步骤，还要极其认真。因为稍一失误，前功尽弃，造成时间和财富的浪费。有一次徐老师做写字示范时一个意外动作，让我们十分震惊：他写到中间时，突然一个笔画写错了。我们正在感到惋惜，心想老师可能需要换纸另写时，徐老师却出人意料地突然低下头，用舌头把刚刚写上还没有干的红色错字直接舔掉了。舔掉之后，写错处底色基本恢复原貌，其他写好的字不受影响。这张纸还能继续用。这个镜头深深刻在我脑海之中，成为我做事情要认真认真再认真的鞭策力量。直到今天，它好像还在眼前。

经过大约一个寒假的工作，学校校园的红色美化工作大体告一段落。虽然不见得尽善尽美，但总算完成了一件为全校师生关注并满意的工作。工作结束后，好像正赶上全校老师寒假期间的重要政治运动“清理阶级队伍”结束，学校专门为此在教工食堂慰劳大家。为了肯定我们“红画室”一个寒假红化校园的工作，学校特别让我们几个参与者跟老师们一道，享受了这次慰劳。慰劳的内容是两道经典东北名菜：小鸡炖蘑菇和酸菜猪肉粉条。这两种菜在今天已经完全不算什么，可在当时副食供应困难的大连市，简直赛过山珍海味。更重要的是平生第一次感受到自己的辛苦工作所换来的社会肯定和鼓励，的确有幸福感和成就感。

除了赶制这些红色美化的工作之外，当时社会政治活动很多，也需要我们配合形势，做好各种宣传工作。其中比较突出的一项就是，每当毛泽东主席发表最新指示，我们都要在第一时间赶到学校，书写张贴大标语。记得1968年12月，毛主席关于“知识青年到农村去，接受贫下中农再教育，很有必要”的指示在晚八点新闻广播中正式发表。当时我们已经回家，听到这个新闻，立马从家里赶到学校，书写标语，制作粘贴糨糊，连夜上街张贴。这方面活动最隆重的有两次，一次是1969年的中共“九大”庆祝活动，一次是1969年建国20周年庆祝活动。“九大”那次分别在开幕和闭幕做过两次大型宣传。开幕活动做完之后，就开始准备闭幕的宣传活动，其中最大的亮点就是在大连十五中马路对面一片巨大空墙上张贴庆祝大标语。这幅大标语每个字由四张标准红纸粘贴拼接而成。每张标准红纸的尺寸大约是110厘米 ×78厘米。四张纸拼起来的尺寸就是220厘米 ×156厘米，比普通的双人床还要大。这类重要任务徐老师一般都交给我来做。写这幅大标语时，需要脱下鞋子，用当时最宽的刷子蘸墨汁来写。每个基本笔画宽度需要用最宽刷子并列刷三排（刷子宽度约10厘米，则每个笔画宽度约为30厘米）。写的时候要把刷子捆上长杆，蘸上墨汁在纸上行走来写。张贴的时候，需要用两部梯子，中间搭上横板，几个人上下左右忙乎，又是刷糨糊，又是找准位置粘贴上墙。一幅标语大约贴了几个小时。我不知道这是不是世界上最大的人工书写标语，不知是否有希望打破吉尼斯世界纪录。有了这次经验，1969年国庆节的大标语也采用了同样的规格和方法。两次均由我来完成书写。在这些活动中，老师培养了我的能力，也逐渐增强了对我的信任。我们之间的师生感情也越来越深了。

跟老师深入学习绘画与摄影

在学校环境红化工作告一段落之后，徐老师在培养我们方面又有了新的想法。按当时的社会环境，要想完全恢复“文革”前那些素描、色彩、线条基本功训练是不可能的。但徐老师作为受过专业训练的过来人，深知一位有造诣的美术工作者，不能只停留在写写大标语、美术字这些实用美术的层面，要想提升艺术品位，需要在艺术能力方面更上一层楼。为此，徐老师想出了至今我都一直拍案叫绝的妙招：他凭借在绘制伟人像方面的能力和声望，向学校提出，除了学校固定位置的伟人像之外，出于当时社会环境风气，尤其是经常去市里参加大型集会以及本校每天课间操时间的全校队列大检阅的需要，还应该配合形势制作一些可以移动的伟人像。学校的伟人像由他本人来绘制，而全校各基层单位的伟人像，需要培养尖子学生（其实他就是瞄着我来的）来完成，同时也是重要的培养人工作。当时无论是军宣队还是工宣队的学校领导，都无法反对这个提议。唯一困难的是物质材料问题。因为绘制伟人像需要用油画绘制，它需要用小帆布做画布，将其绷紧在木框上，上面涂胶（使画布与油画颜料隔绝），用专用的上海颜料厂生产的油画颜料来绘制。全国“红海洋”需要大量画布、颜料。所以当时画布、颜料都是紧俏控制物资，别说买不到，就是能买到，经济负担也会比较重。真是苍天不负有心人。经过大家群策群力，还是想出了解决办法。解决最困难的画布问题算是苍天相助。当时每个学校有个派出工宣队的管校工厂，大连十五中的管校工厂是大连橡胶厂。橡胶厂生产雨衣用的雨布和雨靴。而雨衣所用雨布正是小帆布外面涂上橡胶。可是工厂的小帆布作为生产原料，那是不能动的。可是厂里经常会出现一些残品或次品雨布，这些雨布往往要报废。于是工宣队师傅就拿来部分这种次品雨布，请徐老师试用一下，看能否作为画布使用。徐老师经过试用之后说，虽然达不到小帆布的效果，但只是能使画面整体色调偏暗一点，不影响正常使用。至于颜料问题，为缓解颜料紧缺问题，大连油漆厂研制生产了自己的油画颜料。这种颜料虽然还不能与上海颜料厂的产品媲美，但作为学习使用是没有问题的。于是，徐老师向学校提出建议：使用橡胶厂的残品雨布和大连油漆厂的颜料，先培养部分尖子学生的绘画能力。待达到专业标准后，根据需要为全校各基层单位绘制伟人像。当时没有年级概念，所谓基层单位是按军队编制来设定组织结构的。现在的班级单位当时叫作“排”，每三四个排组成一个“连”，全校共有 14 个连。这样就需要 14 幅伟人像供基层单位使用。我们几个能力好一点的同学被徐老师选作培养对象，进行伟人像绘制培养训练。

不要说画伟人像，之前就连油画的画笔我们都没有拿过。开始的时候我连很多油画的颜料名称都叫不出来。但年轻人的好奇、好学以及这件事情的严肃性使我下定决心，不辜负学校对我们的希望。我们完全白手起家，从零开始，从一无所知的油画盲到初步掌握了用油画绘制伟人像的方法和程序。

有些基础性准备工作，此前在老师绘制伟人像的时候，我们都曾帮忙参与，所以还算是轻车熟路，比如画布绷框、煮胶水、刷胶等。正式绘制的过程大致分为三步：第一步先按方格缩放比勾勒轮廓（原稿画上网状方格，画布上按比例放大网状方格）；第二步在轮廓线上用赭石色大致做出明暗记号，有点像小素描；第三步开始正式着色，程序是从暗色到亮色。从了解程序到绘制出像样的人像，这中间的距离是非常非常遥远的。其中既有绘画理论问题，也有具体实践方法问题，更多的还是经验和感觉问题。为了解决这些困难，我采用了当时能想到的各种方法。一是四处寻访伟人像画师的个人心得。我们老师自己这方面有很多经验，我们从他那里学到很多基本知识。此外，他在伟人像画界认识很多人，又介绍我们广泛向其他名师学习。记得我们当时经常去请教的画师有大连市宣传站（即后来的大连市群众艺术馆）的周建志老师、大连交通公司的杨乃美老师、大连妇女百货公司的黄正元老师等（这三位老师加上我们徐老师，号称当时大连市伟人像绘制的“四大金刚”）。其中杨乃美老师还借给我们他自己总结的画伟人像的经验笔记。我们回来后都手抄下来，经常翻阅参考。二是认真向我们徐老师学习。当时我是学习最认真的一个，其认真程度连老师都深受感动。当时只要我没有其他任务，凡是老师在画伟人像的时候我必定在旁边观看学习，而且一边看，一边把老师每一笔的造型手法和使用色彩都记录下来。后来有同学告诉我，老师在背后跟他们说："你们当中只有他像个干事的样子，如果你们当中有人将来成气候，非他莫属。" 因为这个缘故，老师对我也偏爱有加，经常给我开小灶。除了绘制方法和颜色调制外，有件小事我也至今难忘。因为油画颜料有限，我们学生用的是大连油漆厂生产的本地颜料，老师用的是上海美术颜料厂生产的正式颜料。有几次其他同学不在场的时候，老师拿出他使用的几种主要色系颜料，挤到我的调色板上。每当这样的时候，我立刻感觉一股暖流充满全身，几乎要热泪盈眶。我能够清楚真切地感受到老师对我的期待、希望和偏爱。但这对我更是一种激励，为了不辜负老师的期待和希望，我更加珍惜时间，跟老师认真学艺。有几次老师在学校为其他单位赶制伟人像，当时大连暑期学校都要组织学生去海边搞游泳活动等。为了学习，有几次我主动放弃了海边的活动，跟在老师身边学习、做笔记，再自己实践。这些经历，不但提高了自己对绘画的理论和实践认识，而且也加强了我们师生之间的感情。在老师的培养和个人的努力之下，我在同时学习伟人像绘画的同学中脱颖而出，成为第一个把伟人像正式挂出的学生。这段经历常常使我感觉到，学习任何东西的过程，都是一个培养当事人品德、毅力和素养的过程。有了这个过程培养形成的素质，做什么事情都可以成功。

除了学习绘制伟人像，我还从徐老师那里学到了摄影全套技术。说到学习摄影，其实我们徐老师也是半路出家。他原本也不会摄影，但后来因为搞创作的需要，为解决模特儿写生的需求（当时模特儿写生还是禁区），便改用拍照的方式来代替。当时大连十五中只有一台135胶片相机（苏联制造），但是没有暗房。大连橡胶厂派驻学校的工宣队有位张师傅，是一位摄影发烧友。不知怎的，他和徐老师竟然成为莫逆之交，经常在一起切磋摄影技术，而且还千方百计鼓动学校领导，在一个楼梯下的亭子间，建立了大连十五中的第一个摄影冲洗暗房。老师学会摄影不久，就把我拉下水了。我成为学生中唯一能够和徐老师、张师傅一起在暗房工作的人。在这里，我学会了胶片摄影的全部程序技术。从往相机里安放胶卷，到手持相机拍照，再到拍照之后自己冲洗胶卷，然后再用胶卷放大照片。全套程序都能够熟练掌握了。除了给模特儿拍照，我们这个暗房摄影组还为学校各种活动拍摄了很多珍贵的纪念照片。多年之后我开始使用单反相机，感觉当年这些摄影基础还是蛮能派上用场。现在很多使用单反相机的人因为没有摄影基础，只能使用最简单的傻瓜拍摄功能。其实有些功能如果能根据摄影原理，针对不同拍摄对象灵活运用，会拍出不同效果的照片来。比如光圈和速度的比率，单反相机的“光圈优先”和“速度优先”就非常有用。如果拍照近景人像，采用“光圈优先”，能够使拍照对象更加突出清晰，并能使背景部分适当虚化。而固定光圈应该采用的速度，则由相机电脑去处理了。这些能力的获得都是来源于当年徐老师对我的特殊照顾和培养。每当我拿起单反相机，总要想起徐老师当年的栽培，感恩之情油然升起。

一个艰难而幸运的“狗崽子”

就在我跟随徐老师如鱼得水般地学习和进步的时候，我却遭遇到人生道路上的一次严重打击。又是徐老师帮我走出了困境，步入正轨。

进入 1970 年，当时的社会虽然不再有“破四旧”和武斗等激烈的运动形式，但各单位、各系统的政治运动仍然时起时伏，连续不断。我的父母躲过了 1966 年最严酷的政治灾难，却没有躲过 1970 年的那场灾难。先是父亲被关进“牛棚”，同时母亲被勒令“交代问题”。当时我的姐姐已经出嫁，哥哥插队在农村。父亲被关押后，家里只剩下我和母亲。记得在父亲被关押后的那些夜晚，母亲经常一个人唉声叹气，甚至吸烟哭泣。我几次半夜醒来，都能看到她这个样子，虽然心疼她，但也没有办法，迷迷糊糊又睡过去了。终于在 1970 年 5 月的一天，我正在学校红画室工作，传达室赵大爷神色慌张赶来通知我赶快回家，说家里出大事了。我回到家里才知道，母亲因为实在无法承受连日来自单位运动的精神折磨，自己走上了绝路。

因为这件事情突然发生，所以没有很快给出结论，加上正在关押的父亲还在受审当中，这使我本人的社会身份骤然发生变化，由一个普通人家的孩子，突然变成了“可以教育好的子女”，当时俗称“狗崽子”。这无论是对我本人，还是学校方面，都面临两难的选择：对于我自己来说，或者采取理性态度，在要求单位根据政策和实际情况对母亲问题尽快给出明确结论的基础上，继续保持既有生活状态；或者采用激烈态度，向单位领导“要人”。对于学校来说，要么立刻把我视为另类，以“狗崽子”相视；要么继续保持既往一切做法，把我作为正常学生继续培育。在办理丧事期间，父亲因为还在关押期间，没有能够去殡仪馆给母亲送葬，只是在单位短暂逗留时对我简单交代了一句话：“想一想，你怎样做，母亲才能安然离去?”带着对这个问题的思考，我办理完丧事之后回到学校，第一时间和徐世政老师做了一次长谈。谈话中徐老师饱含深情，几次落泪哽咽对我相嘱：“不但要想到离世的人，还更要想到在世的人。几年来你自己已经走出一条不错的路来。要认真考虑牺牲这些作为代价是否合理。尤其重要的是，造成母亲的问题既有单位的原因，也有大环境的原因。大环境我们无法改变，单位的态度和结论也需要时间。所以需要理性处理。至于我本人和学校的态度，我可以负责任地告诉你，只要你一如既往在学校学习，学校和我本人都不会对你有任何歧视和另眼相待的做法!”徐老师的这番感人肺腑的话让我万分感动，我几乎不能有任何其他选择，只能按老师的说法去做。而且，半个世纪的历史证明，老师给我指出的做法是唯一正确的选择。我能够有今天的状态，全然是徐老师当年这番推心置腹的开导和点拨的作用。在我面临人生重大问题选择的关头，是徐老师把我拉入正确的路径。

在当时环境下，无论是从新闻途径，还是周围所见，“狗崽子”所遭受的冷眼歧视的事情太多太多，几乎成为一种模式。所以从家里的事情发生开始，我就一直对自己的未来命运充满忧虑。徐老师和我的谈话让我吃了一颗定心丸，心想无论如何，在徐老师这里我不会遭受歧视。但其他人乃至社会会怎样，我还是感觉心里没底。但从此事发生开始，我那颗敏感的心好像没有或者极少受到白眼或歧视，相反倒是感受到不少的温暖和关爱。

首先是我所在班级的老师和同学。我所在的四连共有六个班级，连长是周家昌老师。他是辽大生物系毕业，前辽宁省游泳队队员，曾获全运会蝶泳第三名。但我们入校后，他本人也因为某些原因进过“牛棚”，他被“解放”时，正是我离开班级到红画室做红化工作那段时间，他的第一个工作就是做我的班主任，后来升任连长。在我结束那段红化工作回到班级时，他就在全班对我为学校做出的贡献大加赞扬，甚至动情地用了一些文学修辞：“当我们大家按正常生活轨迹行走时，我们在饭点吃饭时，宁家儒（我的曾用名）和他的团队还在饿着肚子为学校伏案工作；甚至当我们已经进入梦乡时，他们还在学校书写和张贴大标语……”我在和徐老师谈话之后，首先找到周老师，向他汇报了我家发生的情况和我的基本态度。他立即对我给予充分肯定。在他的影响带动下，我所在连队和班级老师同学大多对我给予友善的态度，没有发生过因歧视产生的不愉快事情。

除了所在班级之外，因为我在红画室的工作经常要和全校很多部门打交道，从学校领导层，到几个主要职能部门（像政工教务、后勤总务等），再到大部分在校老师，我都比较熟悉。从我家里出事，我的身份发生变化后，我能明显感觉到，他们对我的态度不但没有走向冷淡和歧视，相反好像更加热情和关爱了。我有时会就学校政工组交给我们的抄写任务与高俊龙老师联系，一向不苟言笑的高老师有时竟然会带着微笑和我说事情。办事组（即总务处）组长王淑兰老师像个慈爱的妈妈，每次我去领取纸张笔墨等办公用品或办理其他事情，她总是带着微笑亲自为我办理。有时她甚至还要摸摸口袋，如果摸到几块糖果，她会马上递给我吃。有位原来教政治的张老师，因为某些政治问题没有恢复教学工作，临时在学校托儿所帮忙带孩子。我有时张贴大标语需要打糨糊，需要用托儿所的明火加热。张老师总是热情照顾，而且每次都嘘寒问暖，让我感受到亲人般的温暖。

我自己深深知道，除了他们自己善良的品行外，一定有人在背后为我做了大量工作，力挺我，才使我处于“狗崽子”身份时，仍然还能感受到人间的温暖。这个人不会是别人，他只能是我的徐世政老师！

外界环境的这些宽容关爱给予我精神上莫大的支持和鼓励，使我能够坚持下来，继续学习。但实际上从家庭经济生活上来看，无法否认，这是一生中我本人和家庭最为艰难困苦的一段时间。

在母亲去世之后、父亲还在关押的一段时间，当时16岁的我一个人生活了一段时间。后来单位开恩，父亲白天在单位受审，晚上可以回家照顾陪伴我。尽管如此，我们父子二人还是经历了前所未有的困难和拮据。母亲去世，家里的经济来源只有父亲的微薄工资，还要不时接济在农村插队的哥哥，十分紧张。最困难的是，当时粮食和副食定量供应。我们父子的粮食勉强维持自用，因母亲去世，哥哥回来办理丧事，还有奶奶等亲属前来探视驻问，都需要一起吃饭（那时除了在家吃饭，不敢有外出下馆子的奢望）。我们很快就出现了粮食危机。而当时大家基本都是人人自危，难以接济他人。为解决危机，除了变卖家里的东西之外，父亲抱着孤注一掷的想法，到郊区大辛寨子我的一位表姑那里求援。没有想到获得意外成功，他不但带回若干粮票，还带回不少米面粮食，立即缓和了我们的粮食危机。我们等于从表姑一家的嘴上，分来了那些救命的粮食。表姑的这番举动让我至今也难忘。我把表姑此举奉为我生命中的“漂母之恩”。离开大连之后，我几乎每次回大连，必定要带上礼物去看望这位当年救我于水火的“漂母”。

除了粮食危机，还有很多生活的困难危机。母亲离去，家里失去了操持家务的主心骨，加上父亲还在关押状态，家里就变得脏乱无序。我每天早上七点多吃完早饭去学校，中午带饭在学校吃，晚上一般七八点回家，回家和父亲一起吃完饭，就差不多要睡觉了。那时的房子没有暖气，冬天要生火取暖，夏天要防蚊虫叮咬。遇到一些特殊情况，冬天挨冻和夏天挨咬是家常便饭。最困难的 1970 年夏天，父亲在单位接受“审查”，无暇顾及家里的蚊虫打药工作，我也不会弄这些，致使家里臭虫肆虐，蚊子横飞。我有时睡到半夜，感觉被叮咬难受，朦胧中顺手抹去，早晨醒来便能看到一片被碾死的臭虫和一片血迹。有时半夜被咬醒，难以入睡，我干脆卷起铺盖，到楼上阳台露天而睡。每当这个时候，我往往仰望星空，思念离去的母亲，含着泪水，哽咽吟唱《智取威虎山》中小常宝的一段唱词——“爹想祖母我想娘……”，朦胧中再次入睡。

即便在这样困难的局面中，我仍然还在坚持求学。之所以如此，很大程度上是徐老师给我的精神力量。当时没有现在这么发达的通信条件，最多看看报纸，听听广播。但那都是距离自己很遥远的东西。在我身边能够对我精神和生活道路产生导师作用的只有徐世政老师。当时大连十五中在松山街鲁迅公园对面，我家住在昆明街南山大庙附近。每天晚上回家要穿过风景如画的大连劳动公园。望着荷花池中月光倒映的涟漪和微风吹拂的杨柳，我常常对自己发出提问：似这般美好景色能否与我常在？我几乎每次都对自己给出这样的答案：似这般美好景色与自己常在的办法只有一个——克服困难，努力拼搏，走出自己的人生道路。这就是徐老师指导我在艰苦条件下形成的坚定生活信念。

执着学习有限文化知识

我上中学的年代，是文化课最低谷的时候。因为当时还在停止高考，施行工农兵学员上大学。学校里面最可有可无的事情就是文化课。当时三天两头有各种政治活动，动辄上街游行，或到火车站、体育场参加大型集会。文化课的时间自然被挤掉。而从课本编写来看，也是充满了政治色彩。物理、化学叫作《工业生产知识》，生物叫作《农业生产知识》。教材的内容也要突出政治，所有例题都要编写一段与时政和革命色彩有关的背景，才能把相关知识融汇进去。最糟糕的是数学也要结合工农业生产实际，我只是学到简单的代数和平面几何，连函数和解析几何也没学过。1978 年参加高考时，文科成绩平均七八十分的我，面对数学试卷只能望洋兴叹，因为大部分内容没有学过，只能凭借最简单的四则运算和平面几何得到可怜的 8 分。相比之下，文科情况要稍好一点，但不是好在可以不联系时政，而是因为更需要联系时政，但因为使用频率高，涉及相关知识点的概率更多更大，而且文科能够自学的领域范围比理科要多得多。

即便在这样的环境背景下，徐世政老师作为非主科教师，不仅时常告诫我们要重视文化课的学习，还在作为课外活动的红画室，专门讲解很多关于色彩学、实用美术、美术创作等很多专业文化知识。不仅如此，他还结合政府关于纪念《在延安文艺座谈会上的讲话》发表二十八周年的背景，组织我们一起学习这篇文章。这是我第一次阅读学习这篇文章，从中了解了文艺为工农兵服务和知识分子改造世界观这两大主题。我后来关于对这篇文章提出观点的深入思考和其他角度的认识，原文阅读的基础是那时候打下的。徐老师这些做法，在很大程度上推动鼓励了我的文化课学习。

了解那段历史的人应该还会记得，当年有过 1972 年“回潮”之说。指的是在周恩来总理努力下，工厂生产、部队训练、学校学习重新被提到与革命同等地位上。但实际上在此之前，在 1971 年，风向就已经开始松动。学校开始重视文化课学习，但也只能有限地重视和强调。尽管如此，我们还是赶上这个尾巴，学到一点东西。一些老师开始在有限范围内，注意在课堂上增加知识含量。政治课上，我们的连指导员郑月芬老师响应上头发布老人家关于“学点哲学”的精神，在课堂上专门学习了《实践论》和《矛盾论》。这是我最早接触哲学知识，为我以后深入学习哲学奠定了一定基础。而且我至今还这样认为，这两篇文章是毛泽东所有著作中政治意识形态色彩最少、学理性最强、最通俗易懂的两篇哲学论文。我在政治课上关于这两篇论文和相关时政的汇报发言，每次都能得到老师的高度评价。语文课老师是我们后来的班主任——印尼归国华侨刘统宣老师。他也开始在课堂上十分卖力地讲起文言文《方腊起义》等等。这使得一向关注并喜欢文言古文的我，有了十分亲切的归属感。当时我们学校各位老师已经开始推行考试后按分数排名次的做法。我的各科成绩在班上基本都能排上前三名。这对课外活动队的同学来说，是非常罕见和显著的。

为推动鼓励文化课学习，学校专门组织了一次以学习文化课为主题的全校学生经验介绍大会（当时的名词叫作“讲用会”）。会上主要由来自各个年级和方面的同学介绍文化课学习经验。因为当时学校有了几个比较活跃的课外活动组织，除了红画室，还有文艺宣传队和体育运动队。

为了鼓励课外活动队的同学重视加强文化课学习，学校在这次经验介绍大会上，还特别安排了一个课外活动队代表发言，介绍课外活动队成员加强文化课学习的经验体会。而我有幸被推举为这个发言代表（应该还是徐老师的推荐）。我的发言中大致从文化课学习与课外活动内容之间的支撑关联和具体方法两个方面来谈。在第一个方面，我举了一些我本人暨我们红画室在书写各种宣传材料时，或因认字不准把文稿抄错，或因文化课成绩差受到相关老师批评的情况，以说明课外活动对加强文化课学习的必要；在第二个方面，我主要强调充分利用时间和灵活掌握时间的方法。因为当时文化课学习作业负担并不重，我除了上课认真听讲，在课堂上即刻消化老师讲过的内容外，力争在上午上课时间就把文化课的作业完成解决掉了。三年多中学学习阶段，我的上课书包在课桌里放了三年。我的作业基本在早自习和课间时间就完成了。这样，中午放学之后，整个下午和晚上就能安心在活动队学习工作了。我能在文化课上取得较好成绩，同时在红画室还能做那么多的工作，两方面都没耽误，和合理紧凑的学习方法是分不开的。

回顾中学时段对文化课学习的重视对后来工作和人生的收益和成效，我想主要表现在两个方面：其一，后来我到中学担任美术教师后，被学校领导发现文化课基础较好的潜能，先是让我在“批林批孔”运动中给学生做辅导发言，后来就干脆让身为美术教师的我开始上中学文科的若干课程。记得除了外语和语文（我后来吃饭“饭碗”的学科），其他的文科课程几乎被我讲遍了（政治、中国史、世界史、地理等）。其二，正是因为有了这些广泛上文科课程的经历，1977年恢复高考时，我先后在1977年和1978年两次准备报考美术学院。到1978年6月高考报名时，我才接到通知，因为国家政策规定，国家正式公办学校教师只能报考师范院校，而当时在辽宁招生的师范院校都没有美术专业。为了圆儿时上大学之梦，珍惜期盼多年的改变人生轨迹的机会，我毅然决定改行报考文科。从6月接到通知立即报名，到7月上旬正式考试，只有一个月的准备时间。经过短短一个月的准备，我能以高出录取分数线50分的成绩考取大学文科。其重要的原因就是之前文化课基础的牢固和后来中学任教时教过大部分中学文科课程那段经历。也正是因为有了这样的基础和过程，我也才能从一个中学美术教师变为今天的中国古代文学学者。而这一切的背后，还是需要感谢当年徐老师对我文化课的重视和强调。

不辱老师外派使命

因为徐老师的名誉声望日隆，外面请他帮忙的美术事务日渐增多，同时，校内相关事务也逐渐增多。与此同时，在徐老师的培养下，我的美术成绩在那时同学中比较突出，大约从 1970 年下半年到 1971 年开始，我不断被徐老师委以重任，替他或与他一起出马，去完成部分美术宣传工作。其中包括：一、我本人奉命去大连工艺美术厂，完成两件任务，绘制一件高 3.6 米的伟人像，制作一期大批判专栏；二、我和徐老师师生二人受命去大连煤气公司，分别为其单位绘制一件伟人像，老师的那件 5.6 米高，我的那件 4.3 米高；三、受命与大连标准件厂合作，完成市里统一布置的、位于大连劳动公园五一塔下的大批判专栏（有其他同学合作完成了几期）。这方面最艰巨、印象最深的还是受老师指派出任大连十五中宣传队排演芭蕾舞剧《红色娘子军》舞台美术的经历。

如今 60 岁以上的大连人或许还会记得，在二十世纪七十年代初，由大连十五中排演的芭蕾舞剧《红色娘子军》曾经在大连风靡一时。当时这个剧组开始分为两大部分：舞蹈部分和音乐部分。负责舞蹈部分的是教过我们体育的体操王子唐健民老师，负责音乐部分（合唱队和演奏乐队）的是教过我们音乐的蔡美珍老师。最开始，这个剧组与大连市红代会宣传队合作，排演《红色娘子军》的第二场和第四场，主要角色都是十五中的同学。后来十五中独立排演了全剧。经过一年多的准备，大约在 1971 年初，大致排练完成，准备逐渐进入市里公演。学校指令由徐老师带领红画室成员完成舞台美术工作。因老师和全校还有正常的美术宣传工作，老师就让我出马，带一位低年级同学作为助手完成这项艰巨任务。

我此前虽然做过许多红色美术宣传方面的工作，也画过伟人像，但舞台美术却从未染指。而舞台美术与一般的宣传标语和绘制伟人像，还完全不是一回事。只能说具有一些美术绘画基础和实用美术经验的人，学习舞台美术要方便一些。与现在正规的舞台美术系统工程相比，我们那时的舞台美术只能说是土法上马的急就章，勉强完成任务而已，距离真正意义上的舞台美术不啻有天壤之别。但那个时代的条件也就只能如此，我也就是在那样的条件下，大致完成了最基本的全部舞台美术工作。

全部的舞台美术包括幻灯片布景、天幕布景、实物道具、演员服装、化妆、舞台效果等。其中幻灯片布景和天幕布景有相当的技术含量，而其他几个方面则要求有一定的舞台美术工作经验。开始面对这些，我几乎一筹莫展，后来在学校各方面协助帮助下，从外面请来一些专家帮忙，我才逐渐掌握了其中比较重要的几个技术难点。

最难掌握的是绘制幻灯片布景。这个需要在幻灯胶片上绘制出所需背景图案，比如第一场“常青指路，奔向红区”的黑色雨夜中的椰林，第四场“党育英雄，军民一家”的万泉河畔等。幻灯片绘制出来后，装入幻灯投放灯中，由聚光投放灯把幻灯片图案投放到天幕上，显示出图片的整体效果。为解决绘制幻灯片的难题，学校出面聘请了当时大连市绘制天幕幻灯片的权威专家——大连贝雕厂的蔡老师来向我传经送宝。他告诉我，绘制幻灯片的要领和画水彩画一样，要充分掌握好水分。因为在十五中做红色宣传和绘制伟人像基本都是油画和水粉画，二者共同特点就是深浅变化由不同颜色调制而成，但水彩画的深浅变化主要需要用水分多少来控制，所以开始掌握起来很不顺利。为解决困难，我反复琢磨练习，最后总算差强人意地勉强过关了。

为解决其他舞台美术难点，学校还从管校工厂请来了一位有过舞台美术工作经验的贺师傅。他帮我解决了很多实际问题，比如近距离的大型布景，第二场的巨大红棉树、第六场的大榕树等，都需要在画布上画好之后剪下来，缝到一个大网上，把大网悬挂起来，大树的效果就出来了。其他的一些小件道具，他告诉我，不要细抠，画出大体效果就足矣。最有意思的是一些舞台效果，比如第一场吴清华被南霸天毒打之后，出现电闪雷鸣的效果。闪电可以用闪灯来解决，可雷鸣怎么办呢？当时又没有现在的录音、放音技术。贺师傅找来一块钢板，悬挂起来，人工抓住钢板来回煽动，雷鸣的效果就出来了。至于演员的化妆，倒是与我们的人像绘制接近，所以我还能对付一下。但其中几位主要演员（洪常青、吴清华）的化妆，是专门请化妆师做了化妆定型，他们几位牢牢记下之后，每次都是自己负责自己的化妆。其他没有受过化妆定型的演员，有的相互化，也有许多就来找我化。我先后为南霸天、老四、连长、赤卫队员、小战士和其他群众演员化过妆。

这些问题一件一件解决后，终于迎来正式出演。从正式出演到我毕业，舞剧先后在大连人民文化俱乐部、艺术剧场、工人剧场、群众剧场、实验剧场、棒棰岛宾馆剧场、周水子空军机场演出过。每场演出我都要全程跟踪，主要是更换不同场次的天幕幻灯片，为部分演员化妆以及预防临时情况等。

对于我来说，这次出任剧组舞台美术，收获的不仅仅是一次全面的舞台美术实践，还在这方面有了进步。更重要的是，作为大连十五中宣传队的光荣历史，我也为其做过力所能及的贡献。唐健民老师每次看见我，都非常热情和客气地招呼我，称我为剧组的“有功之臣”。剧组刚刚演出不久，我有家人亲戚想看这个演出，我向唐老师索票，唐老师不假思索地回答：“你的需要必须解决！”同时，剧组的一大批演员，也是我当年的那些老同学，也都与我结下了多年的友情。女一号吴清华扮演者廖丽霞同学后来加盟海政文工团，出演海政文工团的舞剧《红嫂》女一号，至今还有联系。宣传队队长杜宏和剧中连长官美秋、赤卫队员郑国春，还有乐队小号黄浪群、中阮郭敏、合唱队张连宝、许峰，都是我的同班同学，一直保持联系。甚至在我毕业之后入学参加该剧演出的小提琴手戚琦同学，竟然也和我取得了联系。

然而，外人一直有所不知的是，其实这次出任剧组舞台美术，我本人的更大收获是从中获得的巨大艺术感染和艺术熏陶。由此与《红色娘子军》这部舞剧结下深深的情缘。因为担任舞台美术期间，每天都要和剧组在一起，或者排演，或者演出，对剧组演出的所有细节几乎都能烂熟于心。以至于当年我曾经能够达到这样的境地：全剧的任何一处音乐响起，我脑子里都可以立即反映出舞台上应该出现的演员表演姿态和动作。在我中学毕业后至少十年内，我能够用嗓音哼出全剧的主旋律音乐。甚至为了这部舞剧，我毕业之后竟然专门学习了小提琴演奏，到 1978 年我上大学之前，我终于能够比较顺畅地演奏出该剧中几个我最喜欢的小提琴独奏曲：第一场清华被毒打昏倒起来之后的雨中独舞，第二场清华找到红军之后的红旗下热泪盈眶舞曲，第四场开场的大提琴独奏曲和《万泉河水》歌曲等。直到现在，无论在任何场合，只要听到《红色娘子军》中的任何一段乐曲，我几乎都要热泪盈眶。差不多每年春节假期，我独自一个人的保留节目就是找出该剧全部音乐，一边听，一边流泪。

从前我自己说不出何以对此如此深陷，到后来我自己研究《世说新语》好像从中体会到一点答案："桓子野每闻清歌，辄唤'奈何'，谢公闻之，曰：'子野可谓一往有深情。'"而宗白华先生的解释更是让我豁然开朗：

深于情者，不仅对宇宙人生体会到至深的无名的哀感，扩而充之，可以成为耶稣、释迦的悲天悯人；就是快乐的体验也是深入肺腑，惊心动魄；浅俗薄情的人，不仅不能深哀，且不知所谓真乐。（宗白华《世说新语与晋人的美》）

这种艺术感受和艺术精神的投入，也正是来自徐老师的培育和熏陶。

命运与老师的知遇之恩

从 1970 年我上一届同学毕业开始，无论是徐老师，还是我本人，都开始把我的毕业去向问题提到日程上来。

老师曾经为我作出两套去向方案，第一方案是把我送到好一点的单位去做专业美术工作。这个时候，也正是很多单位招收特长人才的时候。我们学校宣传队《红色娘子军》剧组的女一号和男一号，分别被海政文工团和空政文工团调走。以我当时的能力和成绩，有关单位招收美术方面的人才，应该有机会入选。事实也是如此。当时曾经有空军某部、大连话剧团等若干单位来我校招人，徐老师都把我列为一号种子推荐，但都没有成功。原因还是政审不过关，出在我的家庭问题上。当时我父母的问题都没有做出结论，所以这些单位都不敢冒这样的风险。这条路基本走不通之后，徐老师才跟我交底他的全部设想和第二方案。

这时，我才完全明白老师的良苦用心。他的想法是，如果可能，他想尽力把我送到更好一些的单位。如果此路不通，他就想把我留在他身边，做他的助教。这个预案其实他早就在暗中进行了。1970 年的某一天，还远离毕业就业问题的时候，老师向我提出代他上一节美术课的要求。理由是他要去市里办某些事情。我作为他身边最信任和依靠的学生，这个要求我责无旁贷地接受了。经过几天的准备，在把写好的教案请他过目并得到认可批准后，我就在规定时间到教室上课了。来到教室，我才惊讶地发现，徐老师已经坐在教室的后面，准备听我讲课了。这是我没有想到的场面，当时有点小紧张，但老师平静地提醒我：你准备得很充分，该怎么上就怎么上。老师的话给我吃了定心丸，让我坦然讲完了这节课。下课后，老师在充分肯定讲课成绩的同时，也提示我可以注意克服的几个弱点。我这次教学生涯的处女作，就这样被老师设计并验收通过了。后来我才慢慢明白，原来在 1970 年那个时候，老师就已经有了让我留校做他助手的想法了。

转眼到了 1971 年底，在我们年级大部队毕业离校前夕，大连市从我们应届毕业生中选拔一批学生，以在职师资培训的形式，送到大连师范学校在职学习，用以缓解当时迫在眉睫的师资匮乏局面。也就是说，我们虽然是学生的状态，但实际上等于已经参加工作。有一天，学校负责教学工作的尹久贞老师把我和同届另一位同学宋美华找去谈话，大意是说，学校经过研究已经决定让你们俩留校工作，但现在市里统一要求都要参加这个师资培训班学习。你们自己心里有数，毕业之后还要回母校工作。学校期待你们的归来。我知道这是徐老师对我的最后去向安排，心领神会地接受了。

就这样，我离开三年多摸爬滚打但收获巨丰的中学母校，带着母校和徐老师的重托和期待，进入大连师范学校美术班学习。

毕业至今的难忘难舍深情

我从 1971 年离开大连十五中到现在，50 年来一直与徐老师保持联系。其中分为几段时间：

第一段从 1972—1978 年，这 6 年是我从事美术学习和教学的时段，和徐老师联系比较密切。1971 年底来到大连师范学校美术班学习，开始那段时间我非常非常不适应。因为三年多的中学生活形成了相当固定的生活模式，尤其是和徐老师一起慢慢形成的默契而深厚的情感生活状态突然中断而换为另外一种陌生模式，我明显感觉失落和沮丧。师范学校的地点在大连夏家河子海滨，距离大连市内三四十公里，需要乘坐火车往返。每周末能回到市内家里。但开始一段时间我每个周末傍晚下火车之后，都不是直接回家，而是直接回到我熟悉的大连十五中，去见见徐老师和同学们。徐老师也和我有同样的感觉，他跟我说："你离开之后让我感觉非常失手，常常感觉有话没人说，想分配的工作任务也习惯而本能地先想到你。"有一次我下火车赶到十五中，徐老师跟我说有件东西找不到了，问我是否还记得在哪里？我说可能在某某地方，老师一找，果然在那里。师生二人开怀大笑。

我们在师范学校学习的时间原定是两年，但是到1973年2月，大连市师资奇缺的情况更加严峻，市领导决定让我们提前结束培训，立即回到市内分配工作。按照当初离校时学校对我的嘱咐，我回到母校找到徐老师，心想按约定回来报效老师和母校。但结果让我们师生二人都非常失望和沮丧，原来因为市内教师奇缺，大连十五中原定让我回母校任教的计划请求被区教育局驳回。理由是现在区里还有很多学校根本就没有美术老师，在这种情况下不能让你们十五中一个学校就有两位美术老师。这个理由学校也无法反驳，我也只好放弃回母校的想法。正巧原大连十五中教导处副主任韩行恩老师从农村五七干校回市里任职，被任命为大连第三十八中革委会主任，在取消革委会后任校长。他在离开十五中下乡之前就了解我的情况，这次不知从哪里知道我从师范学校结业待命。他从区领导到徐老师，跑了一大圈，坚持把我要过去在三十八中任教。

这样我就成为三十八中的首位美术教员。

从这时开始，我和徐老师成为同一个区两个不同学校的美术教员，经常有机会在一起参加教研活动和美术创作交流活动。所以来往还是比较密切。为了开创我在三十八中的工作，我把很多十五中时期了解的一些工作程序方法运用于新的工作环境，也就是把徐老师的教育成果移植到我的工作环境中。我上任之后不久，学校开春季运动会，我想起十五中时代我所做的事情，便去找徐老师求援，借用了十五中的相机，为三十八中的运动会拍了很多照片，然后又借用十五中的暗房，冲洗胶卷，放大照片，把照片挂在三十八中的宣传橱窗展示。这个三十八中从未有过的举动在全校师生中产生不小的震动和影响，为我在三十八中的工作奠定了较好的基础，但背后的支持力量却是栽培我多年的徐老师。

我从 1973 年作为美术教师第一次到北京参观全国美术作品展览开始，就被北京的文化底蕴和诸多景观所震慑吸引，对北京充满了向往之情。1975 年，我和徐老师一起到北京参观全国美展，其间我们一起游览了北京很多地方，有香山、颐和园、故宫等。闲谈中我向徐老师表示了对北京的向往，说如果有机会，我将来很想到这边来工作。徐老师听说后大加鼓励，说年轻人就是需要有理想抱负。当时他半真半假地说，以后咱们俩无论谁先到北京工作，一定要设法把另一个人也弄到北京来。当时完全没有想到的是，十年之后，我就真的来到北京跟前的天津学习和工作，并定居下来。这就是我们师生之间的心灵相通。

转眼到了1977年恢复高考，我喜出望外地向徐老师报告，并告诉他我要努力报考美术学院，得到徐老师的热情鼓励和肯定。那一年我报考了鲁迅美术学院。第一次恢复高考，报名情况盛况空前。当时鲁迅美术学院面向全东北招生，共有1万多人报名，经查验报名作品，发放准考证300张，分哈尔滨、长春、沈阳、大连四个考点。我有幸得到一张准考证，于1977年底参加大连考点的考试。考试之后，感觉尚可，但始终没有收到录取通知。这没有让我灰心，我向徐老师做了汇报，打算复习半年之后再考。为此我把行李搬到学校，白天工作，课余时间全力复习考试，晚上在办公桌上打开铺盖卷睡觉。这样大干了半年，到1978年6月报名的时候，我收到鲁迅美术学院的通知，说按国家政策规定，国家正式公办学校在编教师，只能报考师范院校。1977年报名时尚未接到这个政策通知，所以你通过了资格审查并得到了准考证。但考试过后到录取阶段便得到这个通知，所以1977年你的作品没有进入录取审查范围，今年也没有资格报考了。接到这个通知让我非常失望，因为前些年因为政审原因，我已经多次失去被选拔机会。现在有了这样的公平竞争机会，我是非常希望能够从此改变命运的。但造化弄人，当时在东北招生的师范院校都没有美术专业。所以我如果执意报考美术学院，就会失去上大学的机会。为此经过慎重思考后，终于毅然决定改行参加普通院校考试，报考文科。

当我向徐老师报告这个决定后，他一方面感到遗憾，但同时也表示非常理解。因为当时世界上只有他亲眼见证了我是怎样因为家庭政审问题而一次次失去高就的机会，所以他非常理解我这次决意通过高考改变命运的决心和信念。

1978 年高考也经历了一些曲折过程，详情我在其他文章里面已经详述。从那时开始到 1982 年我大学毕业考上南开大学研究生，因为学业等原因，我和徐老师见面的机会就少了。在我离开大连之前，我和徐老师只见过两面，一次是他遭受爱子夭折的严厉打击，我闻讯后立即去看望安慰他。这个安慰虽然无力，但也能略表我的一点心意。第二次是我大学毕业离开大连之前去向他告别。这个时候因为我们的专业方向已经不同，这方面的共同语言少了，只能就家庭个人生活状况进行相互的勉励和安慰。所以，从 1978 年到 1982 年我离开大连这段时间是我中学毕业后我们师生关系的第二段。

第三段则是从我到天津学习工作至今。这个漫长的时间历程是我们各自生活和命运都发生巨大变化的时段。虽然我们各自生命的轨道向不同的方向越走越远了，但我们的心和灵魂却不曾分离。

从我离开大连十五中开始，徐老师的美术教育事业蒸蒸日上，日新月异，在全国产生了无与伦比的重大影响，也获得了诸多荣誉和花环，如：全国劳动模范、全国五一劳动奖章、具有突出贡献的专家。由于他的卓越贡献，大连十五中这所以前的普通初级中学，经大连市教委批准，1984 年变为全国唯一的美术教育特色学校，成为全国各大美术学院的生源摇篮。全国报考美术学院的考生和家长都坚信，把孩子送到徐世政老师那里，考入美术学院起码有了一半的保证。据说每年艺术学院入学考试期间，徐老师带领的考试大军至少要包下一个楼层的酒店房间。每年收到的美院录取通知书，少则两位数，多则三位数。2001 年，大连十五中光荣地成为清华大学挂牌授匾的“清华大学美术学院生源基地实验学校”，2010 年被中国传媒大学动画学院挂牌授匾授予“优质生源基地”称号。这一切，来源于他一直不曾中断的事业心和与时俱进的清醒头脑。

二十世纪六十年代末，我在大连十五中时是徐老师麾下的红画室草创时期。那个时候刚刚结束“文革”的混乱，社会秩序刚刚要向正轨转移，加上当时政治氛围紧张的关系，美术专业的红色宣传功能成为当务之急。我在校期间主要接受的就是以红色宣传为中心的实用美术技能。但从 1971 年我中学毕业开始，全国的“红海洋”运动陆续开始降温。之前全国各地各个单位墙上悬挂的伟人像都骤然撤下，每逢重要节日在墙上刷大标语的做法也骤然停止。徐老师从这个政治氛围的巨变中，敏锐意识到中学美术教育应该发生本质性的巨大变化。他很快扭转方向，把之前的大标语、伟人像的培养传授内容开始转向传统的素描、速写和色彩培养教育等美术人才培养的基础教育。这个超前意识在全国具有领先性，加上徐老师本人坚实的美术基本功和持之以恒的事业心，使他在中学美术教育方面取得全国一枝独秀的巨大成就。我本人虽然没有赶上这个好时机，但作为大连十五中美术教育的早期受益者和建设者之一，也一直感到与有荣焉。

那个时候通信手段简单，基本上只能靠写信来完成。但好像这种原始的方式似乎更能代表和反映通信双方情感的温度和纯度。来到天津入学后我很快给徐老师写了信，报告我在这里的一切，并再次向他表达谢意和歉意。他很快给我回信进行鼓励和宽慰，并预祝我在学术事业上取得他所期待的成就。我每当工作事业的重要关口步骤，都要写信向他汇报。

大约二十世纪八十年代中期，徐老师的中学美术教育刚刚在全国产生影响的时候，有一次他受天津美术学院邀请，到该院做学术讲座。但因为那时通信不便，我根本不知道这个消息。直到徐老师回到大连给我写信，告诉我这件事情，我才得知，并为没能去看望并聆听老师讲课而深深惋惜遗憾。后来我们各自忙自己的工作事务，交流就更少了。

直到 2003 年，我各方面情况稍微稳定后，那年趁回大连探亲的机会，在老同学的联络操办下，我们部分当年十五中的学生和老师举行了一场小规模的师生重逢聚会。参加这次聚会的有我们当年的连长——后任大连市教育局副局长的周家昌老师、当年宣传队两位掌门老师唐健民和蔡美珍老师、我的恩师徐世政老师等，参加的同学除了我之外，主要是当年参加《红色娘子军》演出的部分演员同学。聚会活动中，大家饱含深情，深切怀念大连十五中共同生活的美好时光。我在发言中主要说了两点，一是自己没能继承和发扬徐老师传授给我并希望我发扬光大的美术事业，深表歉意和遗憾；二是深情表示：我虽然没有继续发展美术事业，但当年徐老师给我培养的对于事业的执着精神，做好事情的正确思路和坚定毅力，以及观察事务的敏锐目光和解构步骤等很多良好素质，却是我一生取之不尽，用之不竭的灵魂宝藏和精神源泉。没有当年徐老师的精心培养和关照呵护，就没有我的今天。去年有家学刊要我写一篇个人学术自传，我开头用了四分之一的篇幅写的是“十年学画”，内容全部是十年期间我如何在徐老师的培养教育下通过学画而掌握的思想方法和思维方式，以及做任何事情先从自己观察了解得到第一手材料的习惯，尤其是年复一年、日如一日的工作学习习惯等等。可见在我心里，徐老师为我打下的人格和资质基础的功绩，永远都是无可替代的。

2008 年春节我回大连探亲，又专程去徐老师家拜访

2003年作者拜见徐世政老师

他。他高兴地跟我回忆往事，并赠送他的画册和教材，并再三跟我说："你的改行，让中国多了一位学者，却少了一位优秀画家。"话语之间对我个人价值的充分肯定和隐含的深深遗憾怅惘之情，令我永生难忘。我此生能有如此对我施以再造之恩、如此知我挺我的恩师，死而无憾矣！

2021年初，我听说徐老师身体情况已经不好，便在五一假期之前，挤时间回大连探望了徐老师。令我十分伤感难过的是，我这次在徐老师家里见到的他，已经完全没有知觉。师母告诉我，徐老师几个月前情况不好被送到医院抢救后，虽然脱离生命危险，但已经不能与人交流，基本是植物人状态。医院也没有更好的治疗办法，他只能回家静养。徐老师回家后只能依赖医院配置的流食，请护工帮助进食和翻身照顾。望着此时老师瘦小、苍老的面孔，以及我们相见却无法相认的遗憾，我不禁心如刀绞，悲痛万分，抱着师母失声痛哭。想到这可能是我此生最后一次见到我的恩师，心里更加痛苦不已，难以释怀。

我带着极度的悲伤离开老师家，直到踏上归途，老师那清瘦苍老又没有知觉的面孔，一直浮现在眼前。回想起与老师相交五十多年的时光岁月，除了感恩之外，心里最深最大的感触心声就是：也许徐老师和普通人一样，将无法抗拒自然规律对自己物质生命的安顿，但他和别人不同之处必定在于他的高尚品德和丰功伟绩，包括对我本人的培育之恩，将永世长存，万古流芳！

一张借书证
——我的小学老师刘金兰

二十世纪六十年代的大连青泥洼桥

我上小学的时候，在班上不是什么头面人物，但却是大家公认的书虫子。这个地位是由一张图书证奠定的。一张图书馆的借书证在今天要得到它也许易如反掌，但在我的小学时代却是比今天保送研究生还要重要的大事。

1964年，我小学三年级时，刚经过自然灾害，全国各方面的条件很差，尤其是教育领域，但却也在慢慢恢复和建设起来。这时市少年儿童图书馆给我们学校发放一部分借书证。因数量有限，每个班级只发一张。我们年级六个班，其余五个班的班主任老师都不假思索地把图书证发给了他们的宠儿——班长，只有我们的班主任老师却意外地把我们班唯一的一张借书证发给了我。

这件事立即在班里引起了轩然大波，很多同学不以为然，为我们的班长鸣不平。为此，班主任老师专门为此在班里讲话安抚大家。其大意是说，图书证不是职务证明，应该发给更喜欢读课外书并不会因此而影响正常学习的同学，而宁家儒（我以前的名字）恰好具备这样的条件……

其实那个时候的我比较混沌，虽然喜欢看书，但当时能看的书实在太有限，没有老师说的那么伟大，但也并没有把看书和学习当成是矛盾的东西。我当时听了老师这番话，只是兴奋异常和心存感激，兴奋的是从此就可以免费在市少年儿童图书馆借阅图书了，感激的是心想既然老师这么看得起我，我可不能辜负老师的希望和苦心，既要看好书，又不能耽误学习。

从此以后，我每个周末都泡在图书馆。不管是风吹日晒，还是早出晚归，或者在那里阅览，或者借回来阅读，我成了名副其实的书虫子了。说实话，那时候图书馆的书

大连少年儿童图书馆旧址

可远远不能和现在的相比。一是数量有限，二是那时候的书受官方意识形态的制约，多半都是革命传统教育的内容（什么《高玉宝》《刘文学》之类），很少有今天我嗜之如命的古代书籍。但尽管如此，不能否认的事实是，那段时间的读书，锻炼和提高了我的阅读能力。后来尽管“文革”中中学几乎没有正经上过几天课，但我的文字阅读和表达能力却在同龄人中明显好一些，并能够成为专门从事文学研究的人员，想来应该归功于那时打下的基础。

随着我的“馆龄”的增长，我对书的兴致也如雨后笋芽日益膨胀。我的书虫子形象也慢慢形成了。由于多读书，对知识无限渴望而带来的知识优势也慢慢在课堂学习上显示出来。有一次语文课上，老师让大家用同义词解释“固执”这个词。同学们说了好多，老师仍然还在摇头。这时我举手发言，说应该是“倔强”。老师立即予以肯定，并对我进行了表扬。这时同学们都投来赞许和羡慕的目光。还有一次地理课，老师讲到全国的行政区划，说目前我国有三个民族自治区，新疆维吾尔自治区、内蒙古自治区和广西壮族自治区，又问大家最近刚刚又成立了一个民族自治区是什么？正在大家面面相觑的时候，我又举起手来说："是西藏自治区。"因这种机会的不断增多，同学们由开始办证时的某种妒忌和不平，逐渐接受和认可我在班级的书虫子和读书王地位。

那个时代的信息渠道非常有限，除了书籍报刊就是广播，哪有现在的网络和电视？可是令我吃惊的是，近年在我接触的大学生当中，有不少人不知道贵阳是哪个省的省会，伊斯坦布尔是哪一国的首都？也不知道六方会谈在干什么？"靖国神社"是怎么回事？而说起"传奇""杀人"却是眉飞色舞……

终于有一天（大约是1965年冬季），我发现市少年儿童图书馆（小学部）已经没有我可以借和看的书了。这使我很扫兴。正在我打算结束图书馆的借阅活动时，图书馆的老师非常理解和帮助我，她对我说："你来馆里当管理员吧？管理员可以到楼上中学部借书看。"我不假思索地立刻应允，理由非常简单，因为我可以继续借书看了。

中学部的书果然比小学部多许多，不但有许多文学名著，也有很多历史传记之类的书。这使我大开眼界，并踌躇满志，准备大干一番。不想好景不长，在中学部当了大约半年管理员，轰轰烈烈的“文革”开始了。学校停课了，图书馆也关门了，我的第一张借书证也就完成了它的使命。我们流落到社会上，我又开始了新的读书历程……

在一生的书缘旅途上，我要感谢许多许多人，但首先要感谢，并且让我永远不能忘记的，就是那位破例发给我第一张借书证的老师——刘金兰。

第二辑　至恩篇

山高水长，感恩无限

——朱一玄先生对我的教诲恩泽

2005 年为朱先生祝寿时合影

今年是著名中国古代小说资料学者——南开大学朱一玄先生诞辰 110 周年。在南开大学中文系所有师长中，朱先生对我的恩惠最大，是我在南开最感恩的人。回想当年朱先生对我的提携恩惠，感恩和激动之情难以遏止，遂挥笔书之。

失之交臂的授业导师

1982 年，我大学本科毕业，打算报考硕士学位研究生。那时候报考硕士学位有点像现在报考博士学位，是直接报考到导师名下的专业方向的。因为我从大二开始就一直在着手准备报考明清小说方向，所以在查阅报考专业方向导师目录时，主要检索范围就在这个圈子当中。那一年招考明清小说方向的学校和导师不多，除了南开之外，记得还有辽宁大学的高明阁老师和河北师范大学的朱泽吉老师。相比之下，无论是学校还是导师本人，我感觉南开大学的朱一玄老师更胜一筹，所以最初的报考目标就是朱一玄先生的明清小说研究方向。

让我改变主意的主要原因是我发现在当年的招生导师方向目录中，第一次（也是唯一一次）出现了刘叶秋先生招收的“笔记小说研究”方向。这个发现对我触动很大，并对最初的报考想法产生动摇。

动摇的主要原因是，我从大二开始的备考工作，一直受到《中国古籍善本总目》史部主编——当时大连图书馆古籍特藏部研究员王多闻先生的指导帮助。报考明清小说研究方向，本来也是他为我拿的主意。主要原因就是大连图书馆那批富有特色的“大谷文库”所藏明清小说，他的想法是将我作为未来这批小说研究的后备力量。为此他全面设计安排了我的全部备考复习计划。在这个备考学习计划中，之前我未曾想过的一个重要内容是他要我重视加强对古代笔记的学习。他说，治明清小说，不可不熟悉古代笔记。为此，他亲自给我开了一个古代笔记必读书目。就在我按他的布置全面复习明清小说，同时兼顾古代笔记的时候，刘叶秋先生的《历代笔记概述》出版。我又通读了刘叶秋先生这部著作，同时还按书上的介绍选读了部分古代笔记作品，对古代笔记有了初步了解，并且也对古代笔记产生浓厚兴趣。看到招生目录上竟然会有我已经比较熟悉的笔记小说研究方向，就动了报考的念头。但这样要放弃准备三年的明清小说研究，事关重大，我特地就此请示了王多闻先生。他了解这些情况后，果断为我做出改变报考方向的决定。他说，笔记小说与明清小说并非井水不犯河水，即便研究笔记小说，明清小说的知识不会没用，只能更有帮助。最重要的原因是，明清小说是个热门方向，准备的人会比较多。而笔记小说从来没有招过生，所以有准备的人也不会多。相对来说，竞争对手会少些。而且如果能师从刘叶秋先生学习，将来在京津一带的发展空间也应该更大。于是，我便听从他的意见，改变了最初的报考方向和导师。

虽然没有报考到朱一玄先生门下，但我没有失去对朱一玄先生的敬重和仰慕。来到南开大学之后，也正是在朱先生所在的中文系古典小说戏曲研究室求学，不仅能与朱先生经常见面，而且还能经常向他求教。

第一次见到朱先生时，我还特别汇报了当年那段曾经想报考他的打算。朱先生听说后不但没有不快，反而热情地对我说，刘叶秋先生学问好，你能学到更多的东西，而且咱们同在中文系，交流很方便。你有任何问题随时可以找我。朱先生的热情态度和坦荡胸怀打消了我的顾虑。我从来到南开就一直把朱先生作为自己亲近的师长请教和学习。

我的答辩委员会主席

朱先生对我的第一次重要帮助是我的硕士论文答辩。

我硕士学习的最后一个学期发生了一些意想不到的情况，影响了我的硕士论文写作和答辩工作。具体原因是我的另一位硕士导师宁宗一先生因为个人问题发生意外情况。1985 年寒假过后回到南开，我没有立即投入到论文修改和答辩准备工作中，而是立即投入到紧张的抢救和陪护工作中，先是总医院的两天紧急抢救，然后又是河东医院的一周抢救和血液透析，最后是我一个人在李七庄空军医院陪护一个多月。虽然寒假之前，我的硕士论文《中国志人小说发展史论》已经有了初稿，但刘叶秋先生看过后认为还有比较大的修改空间。而如此状况也就不能不影响到正常的毕业论文修改。与此同时，因为刘叶秋先生五六月间要去香港开会，所以本来定于五月底六月初的答辩又临时提前到四月底进行。这样给我留下的论文修改时间就更少了，这个临时状况造成我对自己的硕士论文不甚满意，乃至发愿以后要做好修补工作，这也是我的第一部学术著作《中国志人小说史》撰写的重要缘由之一。

就是在如此尴尬困难的情况下，朱一玄先生出任我的答辩委员会主席。当我去向朱先生说明这些情况，请求他给予我的论文以指导和关照时，他对我说："你的学习情况和论文情况我都了解。从目前你可以达到的目标水平来看，的确还有提升的潜力和空间，但从硕士论文的一般水平标准来衡量，应该说已经基本达到了硕士论文水平。所以你既不要紧张有压力，又要虚心听取答辩委员的意见，争取以后进一步打磨好这篇论文。"朱先生的话给我吃了定心丸，让我放松下来，坦然地面对论文答辩。由朱一玄先生任主席的答辩委员会还包括我的两位导师——刘叶秋先生和宁宗一先生，另外还有当时南开中文系古典小说戏曲研究室主任鲁德才先生，以及天津师范大学著名戏曲研究专家陈玉璞先生，答辩秘书由我的师兄许祥麟老师担任。在朱先生的主持关照下，答辩得以顺利通过。但同时也有一些问题，我都悉心记下，留作备用。这是我在南开的学术人生中第一次得到朱先生的恩惠。

带我走入学术殿堂的引路人

我硕士毕业留校工作之后，虽然人事隶属在古典文学教研室，与朱先生不在一个教研室，但我和朱先生的私人交往丝毫没有受此影响，相反，我能够继续得到朱先生的分外帮助和恩惠。这些都让我感铭无已，深入肺腑。就在我留校工作的第二年（1986 年），朱先生的故里山东桓台要召开“王渔洋全国学术研讨会”，朱先生作为乡贤和学术名家受到邀请。朱先生为此专门把我找去，告诉我这个会议的消息，并对我说：我从你的硕士论文中知道你研究过王士禛的笔记。现在有这个会议的机会。你最好能写出一篇关于王士禛笔记小说研究的论文，我帮你转送并申请参加会议。朱先生的主动热情帮助让我喜出望外，赶忙认真撰写了《〈香祖笔记〉的小说价值》一文，由朱先生转呈给大会组委会，得到与会资格。于是，我作为朱先生的晚辈跟班参会，极大地开阔了学术视野。

这是我毕业之后第一次参加如此高规格的学术会议。说它高规格是指参会人员基本都是专门的特邀专家代表，年轻学者基本都是山东本地代表。像我这样的外地年轻学者，几乎很少见到。毫无疑问我完全是沾了朱先生的光才得以跻身如此高档的学术会议。虽然这是一次桓台县举办的学术会议，但实际的大会学术东道主是山东大学的袁世硕先生。他以他的学术地位、威望和广泛人脉，邀请到当时（二十世纪八十年代中期）很多名家巨擘。其中包括前上海市社联主席、《汉语大辞典》主编罗竹风先生，以及萧涤非、钱伯城、蒋维崧、朱一玄、吴调公、金性尧、严薇青、何满子、袁行霈、袁世硕、徐城北等一大批名流硕儒。当时在参会人员中，袁行霈、袁世硕先生还只能算是年富力强的中年学者。这次会议对我个人来说最重要的意义在于开阔了视野，见到并结识众多学界名家，同时还能有机会当面向他们讨教学习。比如我曾单独拜会袁行霈先生，向他请教他和侯忠义先生编著《中国文言小说书目》的入选标准问题。袁先生给我的答复是，他们基本采用“客观”原则，即凡是历代公私书目中子部小说家类著录的作品一概揽入。会议期间我还拜会了何满子先生，何先生人非常随和，和我们年轻人相谈甚欢。他自称自己是“烟酒生”（离不开烟和酒），并随口历数自己的“烟酒”往事。在如此轻松融洽的气氛下，我们几位年轻人甚至还和何满子先生凑了一桌桥牌。他的牌技显然比我们高出一筹，但好像大家并不在意输赢，那种和前辈先生的融洽交流却是永生难忘的美好记忆。

除了结交前辈学者，还结交了不少同辈朋友，尤其是当时袁世硕先生门下的三大弟子：王平、王小舒、孙之梅。从那时起我们就来往密切，成为三十多年的挚友。与此同时，这次会议还结识了齐鲁书社的几位领导和编辑，尤其是齐鲁书社文学编辑室主任周晶先生。正是这次结识，才为我们后来《中国文言小说总目提要》的成功合作打下坚实基础。而当时宫晓卫兄也是硕士毕业不久，到齐鲁书社供职。从那时起，我们也经常交往，成为多年好友。可以说，引荐我参加此会并非朱先生的分内事情，完全是他提携后进精神在我身上的具体体现。朱一玄先生把我带入学界广阔天地并融入其中。这个恩泽我永远难以忘怀。

我第一部学术著作的引荐恩人

1988 年 6 月，恩师刘叶秋先生因心肌梗死不幸猝然逝世，这对我是一个非常严重的精神打击。曾经很多美好的设想（和先师一起编著《中国历代笔记总目提要》，期盼先师为我留下墨宝和篆刻等等）顿时化为泡影。我仿佛有一种没长大的孩子失去父母的孤独痛苦感。然而在这方面为我化解痛苦、承担起导师一样的关怀提携责任的，是敬爱的朱一玄先生。

朱先生对我又一次非常重要的学术提携是我的第一部学术专著《中国志人小说史》。因为担任过我的硕士学位答辩委员会主席，朱先生不但了解这篇论文的情况，也非常了解我本人不太满意自己的硕士论文、计划将其深入钻研的愿望。就在先师刘叶秋先生逝世之后不久，二十世纪八十年代末，辽宁人民出版社规划出版一套《中国小说史丛书》，并邀请朱一玄先生担任学术顾问。朱先生在推荐自己的嫡传弟子罗立群将其硕士论文《中国武侠小说史》列入该丛书出版后，又向出版社推荐，将我的硕士学位论文《中国志人小说发展史论》增补扩充成为《中国志人小说史》。可见我自己心底的宏愿，朱先生早已了然于心，而且遇到合适机会，就见缝插针地帮我完成。因为朱先生的推荐，加上刘叶秋先生的学术威望，这部书稿很快通过选题，进入撰写程序。在我撰写书稿的过程中，朱先生仍然不厌其烦，继续向我提供多方面的帮助。因为写书的重要基础就是图书资料，当时这本书还没有机会申报项目，争取经费支持，只能自力更生解决困难。当时很多图书也很难买到。朱先生不但慷慨解囊，而且对我说："凡是我书架上有你有用的书，尽管拿去用，也不用归还了。"就是这样，直到今天，我手里还有不少从朱先生手里拿来的部分文言笔记作品和文史工具书。他还同时为我写了一封信给南开大学图书馆特藏部和古籍部，说明我的情况，请他们对我开放绿灯。就这样，那时我进入南开大学图书馆古籍书库和善本特藏部查阅文献，非常方便。这大大减少了我查图书资料的困难，加快了书稿的撰写速度。大约经过两年时间，我终于完成了我的学术处女作《中国志人小说史》。书稿完成后，还有一个请人写序的问题。按照常理，这篇序言理应由先师刘叶秋先生来写，但先师已经过世，设想无法实现。于是我便去请另外一位导师宁宗一先生来写，不想被婉言谢绝。于是，我又像一个没娘的孩子一样请朱先生出手。结果朱先生二话没说，爽快答应，很快就写好交给我了。

手捧朱先生的序言，我激动万分。从最初的硕士论文

《中国志人小说发展史论》作为胚胎，进而到向出版社推荐立项，再到提供各种帮助，再到最后撰写序言，全过程都饱含朱先生的拳拳爱心和山海恩情。没有朱先生的关怀提携，这部书稿绝不可能那么顺利出版。朱先生对我的再造之恩，天地可鉴。

我对朱先生泉水之恩的滴水报答

《中国志人小说史》出版后，我开始着手进行《世说新语》和魏晋风度方面的研究，并同时构想《中国文言小说总目提要》的蓝图。就在这个时段，我终于有机会来报答先师刘叶秋先生和朱一玄先生了。

在我毕业留校工作一两年后，天津师范大学的姜东赋先生和张守谦先生找到朱一玄先生，并通过朱先生向刘叶秋先生发出邀请，请他担任一部大型工具书《中国古典小说大辞典》的主编，朱一玄、张守谦、姜东赋三位先生为副主编。本来先师十分繁忙，但碍于老朋友的情分，不但痛快应允了，而且很快投入工作。先师亲自动笔，撰写了该辞典的编写体例和样条，列出全书大纲细目，而且还依靠他的人脉网，亲自邀请学界众多名家学者担纲词条编写作者。像端木蕻良、程毅中、袁行霈、吴小如、王多闻、于植元、李汉秋先生等大牌学者，都受邀撰写词条。但是十分不幸的是，先师于1988年去世，使这项工作陷入瘫痪状态。大约过了一年，在出版社的敦促下，朱先生和另外两位副主编协商，决定接手先师未竟大业，重新上马这个项目，并决定把作者署名改为四位先生共同主编。但几位先生遇到的一个大麻烦是如何接手先师生前已经完成的工作。这些工作包括：如何得到先师为此书已经完成的所有手稿，以及如何与先师已经联系的所有作者重新接头工作。为此朱先生找到我，要我协助他和另外两位先生，完成先师未竟的事业。其中包括两方面的工作：一是联系先师家属，拿到先师生前所作该辞典的全部手稿，并设法联系先师已经联系过的全部相关作者；二是我自己也身体力行，多写词条。我向朱先生表示："无论是先师与我的特殊关系，还是您对我的巨大恩泽，鼎力支援该书工作都是我义不容辞、责无旁贷的分内工作。"我为此专程找到师母，说明此事。师母深明大义，非常支持，一一阅读家里和单位里先师所有的遗稿，分拣出与该辞典有关的文件以及联系相关作者的全部信件，交给了朱先生。同时，除了完成先师生前交给我的词条撰写任务外，我还完成了朱先生交给我的一部分补遗词条撰写工作。最后我为该辞典撰写的词条大约有二十多万字。这些工作得到了朱先生的肯定和答谢。遗憾的是，当这部辞典最后出版面世时，师母也已经离世三年了（1998 年）。但我相信，先师和师母在九泉之下看到此书的面世，一定也会满意微笑的。然而，无论是对先师，还是对朱先生，我都远远够不上"滴水之恩，涌泉相报”，最多也只能算“泉水之恩，滴水相报”而已。

最后一次教诲与合作

我最后一次得到朱先生的教诲，同时也是共同完成的一项工作就是由朱先生领衔、我和朱先生的高足陈桂声兄参与、由人民文学出版社出版的《中国古代小说总目提要》。此书组稿启动于 1992 年，出版合同签订于 1997 年，最终出版于 2005 年，前后历时 13 个年头。在此之前，国内已经陆续出版了部分古代小说方面的几种工具书。但要么是文言白话分开出版，要么是只有书目没有提要。鉴于这种情况，朱先生的得意门生，前人民文学出版社总编刘国辉先生为发挥南开大学古代小说文献学研究的整合优势，提出编写一部涵盖中国古代文言和白话小说两个部分而且全部加上提要的完整工具书的选题方案，并邀请我们承担这个工作。启动这个选题的时候，朱先生已经八十高龄，以此耄耋之年，朱先生还是主持制定了该书的体例，撰写了前言，并亲自撰写了《三国演义》《水浒传》《西游记》《金瓶梅》《儒林外史》《红楼梦》等六部经典白话小说的大词条。

除了全书体例为我们规定的工作方针外，在这项工作中，我再一次感受和体会到朱先生严谨的治学态度和渊博的知识学养。因为长期做小说资料学工作，朱先生积累了丰富的相关工作经验，对很多编撰细节都能够意在笔先，考虑十分周到。诸如很多跨朝代作家作品的年代归属（从前代还是从后代）、作家或作品的异名问题、现存作品与亡佚作品的处理方式、文言与白话小说之间交叉问题、全书索引的编撰方式等，朱先生都有通盘考虑安排。该书能够成功完成出版，首先应该是朱先生这位总设计师、总工程师的功绩。

除此之外，我本人在编写过程中遇到的一些困难和疑惑，往往也能在朱先生那里得到解答。在朱先生负责撰写的词条之外，陈桂声兄负责其他白话小说，我则负责全部文言小说。我负责的文言小说作品中有很多没有标点排印本，只能看线装古籍原书。尽管已经和古籍打交道多年，但仍然还是会遇到一些断句、释义，以及部分草书序言的认字困难。遇到这种情况，我总会随时去向朱先生请教，而往往都能得到满意答复。记得一次某书的草书序言中有几个字书写潦草，难以辨认，我便去向朱先生请教。朱先生张口就告诉我，这是《易经》里面的话（原句内容现在记不清了）。我震惊于朱先生的博闻强记，他却坦然地跟我说："这些东西都是我们小时候启蒙学习需要背诵的。"正是朱先生作为强大后盾，才使得我本人乃至全书的学术质量能够得到基本保证，避免了很多错误。

无限的感恩

朱先生在学界广受赞誉，主要表现在两个方面：一是他常年默默耕耘，打造出中国古代小说资料学的学科体系和成果实绩。凡是从事中国古代小说研究的人，在资料文献方面，一般很难避开朱先生的资料体系。这种甘为他人做渡桥的人梯奉献精神，以及从中体现的学风和治学态度，都是我辈后学的学术楷模，终生受用。二是他谦逊低调、平易近人的待人之道。俗语说“江山易改，本性难移”，这句话在朱先生这里似乎是个反例。据说朱先生年轻时候不是现在这样的脾气。二十世纪五十年代初，朱先生曾经担任南开中文系主任秘书（大约相当于现在的办公室主任），或许是位置使然，那时的朱先生还时而有些年轻气盛的棱角。但随着 1957 年被打成右派，朱先生完全像变了一个人，逐渐变成现在的样子。他的谦逊和温和有时都让我们晚辈不好意思。记得有一次，南开中文系老校友、前中华书局总编室主任、后文化艺术出版社副总编的黄克先生回母校探望诸位师友。我陪黄先生从招待所到朱先生的北村寓所去看他，结果快到他家时，正巧碰到朱先生出门。我们双方在大约 100 米外就看到了对方。黄先生为了表示对师长的尊敬，便主动加快脚步，以小跑般的速度迎上朱先生。结果没有想到的是，朱先生看到黄先生如此动作，也同时加快脚步，迎接过来。我们见状生怕朱先生发生意外，赶紧喊他别跑，同时也放慢了脚步。这种平等待人的谦逊态度在朱先生那里是不分辈分年龄的。我儿子在南开上学时曾经担任学生摄影协会主席，有一次他作为摄影记者去采访朱先生，也同样受到朱先生的优厚待遇。朱先生不仅热情配合他们采访拍照，还招待他们茶水水果，临走时还赠送本人的书法作品和签名著作给他们。

以上这两个方面我可谓是感知最深、受惠最深的后学。从名分上说，我虽然不是朱先生的嫡传弟子，但却是受到他恩惠最多的学生。我从 1982 年师从先师刘叶秋先生，到 1988 年先师逝去，仅有 6 年受惠时间。而我从 1982 年到南开学习，到 2011 年朱一玄先生去世，整整受惠朱先生 30 年。因为朱先生的嫡传弟子基本都在校外工作，而且大多离开学术一线，连唯一在校内的弟子也改行了。而我毕业留校之后一直在朱先生身边，无论从专业上，还是从私人关系上，都是离朱先生最近、得到朱先生教诲提携最多的学生。可以肯定地说，没有朱先生，就没有我今天的成就。值此朱先生诞辰 110 周年之际，我愿以最诚挚的心灵，向朱先生表示最衷心的谢意和最深切的缅怀，并祝愿朱先生冥福长存、安息九泉！

2022 年 4 月 10 日于津门雅雨书屋

（本文原载于《绍兴文理学院学报》2022 年第 11 期）

百年华诞，一生功德

——贺朱一玄先生百年华诞

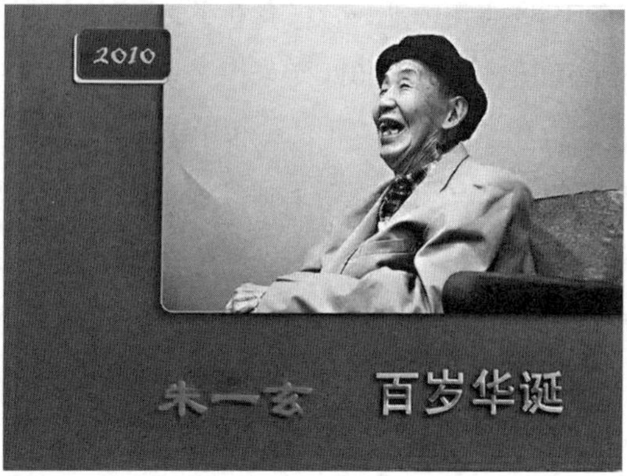

朱一玄先生百年华诞纪念册封面

朱一玄，原名朱喜海，1912 年 8 月 24 日生于山东桓台朱家庄一耕读之家，1919 年起入私塾读书，1929 年就读于桓台县第一高小，1933 年考入济南一中，1936 年考入北京师范大学，1937 年抗战爆发后，北师大、北平大学和北洋大学在西安成立临时大学，先生随校至西安就学。1940 年大学毕业（其间 1938—1939 年借读于四川大学）后，历任遂宁师范、南充中学等校语文教员，1946 年起在南开大学中文系任教，曾任系主任秘书、助理和九三学社会员。他在南开大学已经度过了整整 55 年。从某种意义上说，朱一玄先生的学术和教育经历，是南开大学历史的见证，是南开大学中文系历史的见证。

65 年来，伴随南开大学的光辉历史，朱一玄先生饱尝了他人生的荣辱，也实现了他学术和教育事业的辉煌。在中国古代小说史料学的领域，朱一玄先生做出了独树一帜的卓越贡献，是古代小说研究领域卓有成就的著名学者和教授。他的学术和教育成就主要表现在以下几个方面：

首先，以辛勤的耕耘、丰厚的实绩，奠定了中国古代小说史料学的根基。

从二十世纪五十年代开始，当中国古代小说的现代研究刚刚起步不久，朱一玄先生就启动了他的古代小说史料研究的系列工程。在开设“《水浒传》专题讲授”课程的基础上，他翻阅大量史料典籍，先编成《水浒传参考资料》，嗣又与刘毓忱先生合作，编成《水浒传资料汇编》一书（百花文艺出版社 1981 年版）。在该书摸索经验和完善实践的基础上，朱一玄先生又先后完成了《三国演义资料汇编》（百花文艺出版社 1983 年版）、《西游记资料汇编》（中州书画社 1983 年版）、《儒林外史资料汇编》

（南开大学出版社 1998 年版，此四种与刘毓忱合编）、《金瓶梅资料汇编》（南开大学出版社 1985 年版）、《聊斋志异资料汇编》（中州古籍出版社 1985 年版）、《红楼梦资料汇编》（南开大学出版社 1985 年版）等七部专书资料和《古典小说版本资料选编》（山西人民出版社 1986 年版）、《明清小说资料选编》（齐鲁书社 1990 年版）两种综合型小说资料。同时还完成了这些资料汇编的副产品——各种小说序跋选编、人物表、人物谱、故事编年等共十种。

这一浩大的古代小说史料系列工程一经问世，便以其丰赡的容量、完善的体例和鲜明的学术特色鹤立于学林，成为古代小说研究者不可或缺的必备参考书，为推动海内外古代小说研究向纵深发展起到了不可替代的作用。同时，海内外学者对于这一系列工程给予很高的评价。正如河北师院著名古代小说研究专家常林炎先生所说："进入 80 年代以后，正当学术界重视古代小说的研究，而又缺乏完整系统资料的时候，朱一玄先生的小说资料汇编，一部接一部地相继问世，真是雪里送炭，功德无量！"（《宿莽集·评介朱一玄先生〈中国古典小说资料丛刊〉》，花山文艺出版社 1990 年版）

对于古代小说有关材料的深入挖掘和娴熟掌握，使得朱先生能够在此基础上驾轻就熟，顺利完成一系列古代小说工具书的工作。他先后与他人合作完成了《古典小说戏曲书目》（与董泽云、刘建岱合编，吉林文史出版社 1991

年版)、《聊斋志异辞典》(与耿廉枫、盛伟合作，天津古籍出版社1991年版)、《中国古典小说大辞典》(与刘叶秋、张守谦、姜东赋共同主编，河北人民出版社1998年版)、《中国古代小说总目提要》(与宁稼雨、陈桂声合编，人民文学出版社2005年版)等重要工具书。

除了古代小说史料与工具书以外，朱一玄先生还在其他文史资料书方面颇有建树。他编有《文史工具书手册》(与陈桂声、李士金合作，辽宁教育出版社1989年版)。我校兼职教授、著名学者刘叶秋先生赞其“采择甚丰”、使用“极为方便”(《文史工具书手册序》)。

此外，朱一玄先生有关于古代小说的整理校点成果数种。其中包括《瓶外卮言校点本》(中州古籍出版社1988年版)、《警世通言校注本》(百花文艺出版社1993年版)、《明成化说唱词话丛刊校点本》(中州古籍出版社1997年版)、《今世说注》(珠海出版社1999年版)等。

朱一玄先生在学术上取得如此巨大的成就，得力于他多年以来积累形成的无私奉献的敬业精神和一丝不苟、严肃笃实的学风。五十多年来，朱一玄先生不顾个人境遇与健康原因所带来的各种困难坎坷，以甘为他人做嫁衣裳的精神，放弃个人学术著述，把他人学术研究不可须臾缺之、却又不屑为之的小说史料等基础文献工作作为自己终生的事业追求。这种学术上的敬业和奉献精神是值得我们每一位弟子和后学引为楷模，永远学习的。为此，他以勤勤恳恳的治学态度对待每一件事情。大到每部小说资料的大海捞针，披沙拣金，小到上万个词条的顺序排列，事无巨细，无不一丝不苟，视小为大。这种精神和学风换来的是学界的广泛信任和高度评价。常林炎先生说："翻开朱书各编，给人们总印象是：功底扎实，方法切实，学风笃实；'三实'精神，贯穿全书。"石钟扬则感慨道："当代中国搜集中国小说史料用力之勤，如朱一玄先生的或许没有第二人。中国小说史料编著取材之丰、断制之精、使用之便，如朱编的或许没有第二种。中国小说研究有成就的学者，几乎没有几人没翻过、没得益于朱编小说史料的。"（《明清小说研究》1995 年 3 期）著名红学家周汝昌先生赴美讲学期间，所携主要参考书就是朱先生所编《红楼梦资料汇编》。

朱一玄先生饮誉学界的原因，并非仅仅限于他的等身著作和笃实学风。更为重要的是他虚怀若谷的长者之风和仁慈为怀的宽厚人格。他对平辈学者总是虚心求教，切磋砥砺，互为补益。他对弟子晚辈，则是提携奖掖，甘做人梯。他待人诚恳，不计私利，恩泽广被，有口皆碑。对他怀有深深敬意者的范围，已经远远超出了他的学生弟子，国内外学界，莫不对他高山仰止，如沐春风。中国学者所推崇的道德文章的人格极致，在朱一玄先生身上得到了最为有力和最为形象的体现。我们为有这样一位前辈和师长而骄傲、自豪和幸运。

二十年前，弟子们为朱一玄先生八秩华诞所送祝寿词有这样的话语：

桃李满门，著作等身，四海颙望处，夫子堪可慰矣；

松筠长寿，雨霖久泽，百龄谈笑时，后生何其幸哉！

当这个预言如今变为现实的时候，我们既为朱一玄先生的健康长寿感到由衷幸福，也为我们有幸忝列朱一玄先生门墙，为南开大学中文系古代小说研究贡献微薄之力感到荣幸和自豪。

敏泽先生对我的学术知遇之恩

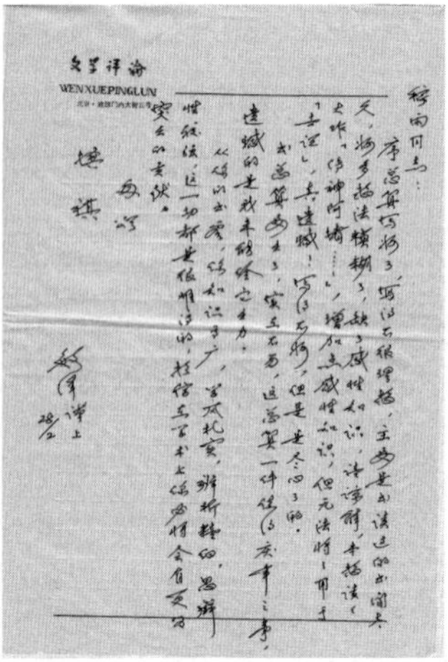
文学评论
WENXUEPINGLUN

稼雨同志：

此致
敬礼

敏泽 上
28/2

敏泽先生寄给作者的亲笔信

敏泽先生

敏泽先生离开我们 18 年了，但我对他的崇敬和感恩之情，却随着岁月流逝与日俱增，不吐不快。

从踏入学术殿堂起，敏泽先生在我心目中就一直是神仙泰斗级的权威学者。我从来不敢想能跟敏泽先生有什么近距离接触，更不敢想象我一个后生晚辈，竟然能够得到敏泽先生的亲自教诲、热情鼓励与高度评价。然而这一切梦境般的奢望竟然都成为现实。

最早知道敏泽先生的大名，是在大学本科文学理论课、马列文论课和《文心雕龙》选修课上。大致知道他是在国内文艺理论和古典文论界享有盛名的一流学者。我在系统整理考研科目“文学理论”时，又再次巩固和加深了这一印象。

第一次见到敏泽先生，是二十世纪八十年代初，我来到南开大学中文系读研时。那个时候从南开到整个学界的学术气氛非常活跃。各个学科的领衔和精英人物走马灯一般频繁在校园出现，做各个学科方向的学术讲演和报告。就在那个时候，应当时南开中文系邀请，已经荣任《文学评论》主编的敏泽先生光临讲学。地点是在主楼111大阶梯教室。那次他讲的什么题目，我已经记不太清，但有两点非常深刻的印象和感触。一是他的着装和形象。那时已经改革开放，在一些正式场合，一般政府官员和学者以西装领带为多，但敏泽先生当时还是一身看上去有些年头的中山装。发型也是比较传统的短分头式，给人以严谨规矩的印象。二是整个报告的突出印象就是理论思辨性极强而又材料扎实，引经据典而又妙论迭出。这使我产生非常强烈的崇拜感，并留下深刻印象。

第二次见到他，已经是2000年。这一年由罗宗强先生牵头，南开中文系主办召开了魏晋南北朝文学与思想国际学术研讨会。这个会规格比较高，最初由台湾成功大学发起，后来南京大学和南开大学分别主办过。作为魏晋南北朝文学的研究者，我受命担任这次会议的会务总管。罗宗强先生特别嘱咐我，有几位德高望重的老先生，需要特别照顾，其中就包括敏泽先生。因为第一次见面留下的深刻印象，我也十分乐意承担这份差事。除了接站送站外，会议期间从明珠园宾馆到会场所在的范孙楼章阁厅，大部分时间都是我陪同敏泽先生往返。路上的话题也就从第一次在南开见到敏泽先生说起，之前我对敏泽先生的崇仰之情，终于有机会得到表达。

敏泽先生也非常关心我的情况，不仅问我师门背景，还仔细问我具体的研究方向和相关成果。非常巧合的是，就在这次会议之前不久，我刚刚以自己承担的一个教育部社科规划项目完成了四十多万字的在职博士学位论文答辩。论文题目是《士族之魂——〈世说新语〉的士人精神史研究》。这个题目使他很感兴趣，于是便更加仔细地询问相关情况。我向他全面介绍了论文的基本框架和自己感觉有新意之处。因为论文中将敏泽先生的《中国美学思想史》和《中国文学理论批评史》列为参考文献，我还就几个玄学与人物品藻中的范畴概念向敏泽先生进一步请教。因为论文答辩已经顺利结束，我也就是想把自己的学术状况向这位我崇敬的学术前辈做点汇报。没有想到我的汇报好像引起了敏泽先生更大的兴趣，他问我论文是否还有多余，他想看看。这让我感觉非常意外，完全没有想到我陪同先生的路上闲聊，竟然引起这位学界大咖的如此关注和重视。于是我改天就给先生呈上一套（两册）论文打印稿。他对我说，此文很重要，现在来不及细看，容我带回北京细看。我看敏泽先生是真心诚意想看看拙文，便斗胆向先生提出了请求："论文答辩虽然完成，但还有很多问题需要打磨修理。真诚期盼能够得到您的批评指正，以便进一步修改完善。"同时也向先生表示，此文修改后打算出版，如蒙先生不弃，可否赐序一篇。敏泽先生没有马上答应，说先回去看完再说。

过了一个月左右，我接到敏泽先生亲自打来的电话。他用一口浓浓的河南话口音自报家门："我是敏泽。"因为完全没有想到堂堂《文学评论》主编——大名鼎鼎的敏泽先生会给我打电话，我生怕弄错了，又谨慎地向他确认一句："请问您是?"他又略微增大音量重复了一遍。我这才敢相信这个事实。电话中敏泽先生跟我说了三件事：第一，书稿质量非常好，很有学术价值，乐于作序；第二，当下如此有学术价值的著作罕见，应尽快出版，我也尽力帮忙；第三，在等待出版期间，我会进一步仔细阅读大著，待出版事宜敲定后尽快完成书序。

敏泽先生的电话真是让我万分震惊，万分激动。我和先生之前素无私人交往，短短几天交往，竟然能使这位国家顶级学者对拙著如此青睐。我深知，他看重的不是人，而是学术。他这种不看人下菜碟，而是以学术定高下的高风亮节正是中国学界的正能量所在。

更让我感动的是，敏泽先生不是说说就完事了，而是身体力行，落到实处。他亲自给他的得意门生——当时已经在中国社科院文学所领导岗位任职的党圣元先生打电话，亲自交代此事，要党先生务必设法协助拙著出版。党圣元先生谨承师命，先后联系过中华书局、中国社会科学出版社、天津人民出版社等几个出版社，竭力推荐拙著出版，可谓千方百计。但是，二十一世纪初那几年正是中国出版界最困难的时候。学术著作的出版没有经费赞助，简直比登天还难。我这本书稿尽管是教育部社科规划项目，但二十世纪九十年代的项目经费只有一万多元，其中多半已经为项目图书所花费，所余经费距离出版社需求的额度相距甚远。我本人又没有足够的财力来支付那笔经费。所以，敏泽先生这番盛情和努力没有如意达到目标。但他的这番深情厚谊却让我感铭无已，刻入灵魂。

大约过了两年时间，敝校南开大学出版社终于决定将拙著列入“南开人文库”出版。我赶忙把这个喜讯报告给敏泽先生，很快就收到他的回信和序言。他在信中说：

> 稼雨同志：
>
> 序总算写好了，写得不很理想，主要是书读过

的时间太久，好多想法模糊了，缺乏感性知识，请谅解。本想读读大作《传神阿堵，……》，增加点感性知识，但无法将之用于《世说》，真遗憾！写得不好，但是是尽心了的。

书总算要出了，实在不易，这总算一件值得庆幸之事，遗憾的是我未能给它出力。

从你的书看，你知识专广，学风扎实，辨析精细，思辨性较强，这一切都是很难得的，相信在学术上你必将会有更为突出的贡献。

匆颂

撰祺

敏泽谨上

28/2

我手捧先生手书，不免心潮澎湃，激动不已。看到“遗憾的是我未能给它出力”一句，我禁不住热泪盈眶。背后已经使出浑身解数的顶级学者，竟然谦逊内疚，让我感受和体会到一位伟大学者的纯净心灵与宏大胸怀。

如果说这句“未能给它出力”是他伟大的谦虚所在的话，那么上段那句对书序撰写所作“但是是尽心了的”则完全可以从先生的大序中得出准确答案。

此前这部书稿曾经作为我攻读在职博士学位的博士论文进行答辩和申请学位。该论文的外审专家有南京大学卞孝萱先生、北京大学白化文先生、北京大学祝总斌先生、北京大学周先慎先生、北京大学张少康先生。几位先生从不同角度均对拙文给予高度评价。最后答辩委员会综合几位专家评价意见，形成答辩决议。无论是几位专家的个人评价，还是最终答辩决议，与敏泽先生的序言都高度吻合。这可能与敏泽先生这篇序言准备时间比较充分有关，从知晓和接手这份拜托到最终完成序言，大约用了两年多时间。从序言的内容可以看到，从书稿全局的创新价值把握，到具体的微观细节考证，事无巨细，他都能认真关注并思考，将其抽象归纳，上升到理论层面给予价值评估。

仅从序言原稿的形态，就足可以看出敏泽先生对此序言的"尽心"程度：原稿为敏泽先生亲笔手写稿，总共6页，不仅每一页都经过剪裁粘贴拼接而成，而且每一页少则三五处、多则七八处修改调整痕迹。从这些明显的外观形态不难看到敏泽先生对此序言下过多大的功夫，有过多少缜密细致的思考。正是由于这些"尽心"的艰苦工作，才使得该序言高屋建瓴、居高临下、切中肯綮地点到该书稿的学术价值所在。这突出表现在两个方面：其一是对拙著学术创新价值的认定。作为全国文学领域最高级别学术刊物《文学评论》主编、《中国美学思想史》和《中国文学理论批评史》的作者，敏泽先生在统揽中国文学、中国文化研究全局的基础上，敏锐看出拙稿从精神史的角度研究《世说新语》具有的学术创新价值所在，明确提出："但求实地说，此书之出，却将这类研究提高到了一个新的水平。”这里固然有奖掖提携后进的用心，但以敏泽先生那样的学术地位和学术品格，尚不至于盲目抬高和肉麻吹捧。其二是他对拙著方法论意义上的影响和借鉴作用。这部书稿研究方法上一个突出特点，就是打通文史哲研究的壁垒界限，从精神史角度对《世说新语》内容所涵盖的魏晋文化进行全方位的梳理分析研究。敏泽先生谦逊地认为这种方法不但对他自己有启发作用，而且对学界画地为牢的封闭研究状态都具有借鉴作用。也只有他才具有这样的学术眼光、学术视野和心胸。

时光如梭，敏泽先生该序完成到今天，已经整整20个年头了，我本人的学术生涯也即将进入尾声。今天回首往事，重读敏泽先生这篇序言，不但能够重新感受到他老人家那份提携后学的拳拳之心，而且也由衷感激敏泽先生对我学术成绩的厚爱和鼓励。今生今世，能有敏泽先生这份知音厚爱和热情鼓励，我死而无憾矣！

然而面对敏泽先生，我还是有些遗憾和内疚。其一，该书出版后，我很快给他寄去样书。因出版社将序文作者稿费含在全部微薄稿费中，我同时向敏泽先生汇报给他寄奉稿费的方案。他收到样书后很快给我打电话，一来祝贺该书出版，二来表示坚决拒收稿酬。先生如此高风亮节，更是让我倍加感动和感恩！没能让敏泽先生得到应得的具有重要价值的劳动报酬，是我心里难以抹去的遗憾。其二，就在书稿出版后不到一年，2004 年 1 月，当我突然收到中国社科院文学所敏泽先生治丧委员会寄来的讣告，得知敏泽先生已经逝世时，遗体告别的时间已经过去。我本来得到这个令人震惊的悲痛消息就难过不已，又错过遗体告别时间，没能去北京送别敏泽先生，更是心如刀绞，悲痛万分，感到这才是让我遗憾终生的大事。

从敏泽先生离世，我心里就一直有一个强烈的冲动，一定要把敏泽先生对我的学术知遇之恩写出来与世人分享，但几次打算动笔都没有成功。因为我无论想怎么写，都感觉难以把敏泽先生的高尚人格和学术水准写好，尤其是难以把我心底对敏泽先生的尊敬感恩之情表达完美。这一拖就是十八年过去了。

近年来随着变老，我对此问题的想法开始有了变化。虽然怎么写都写不好是个很大的遗憾，但如果此生最终未能写出这篇文章，岂不是一个更大的遗憾。于是我在繁忙的工作中终于挤出时间完成此文，献给九泉之下的敏泽先生。

敏泽先生安息。

（本文发表于《中国社会科学报》2022 年 5 月 20 日第 7 版，发表时有删节，这里是全文）

恩深似海：卞孝萱先生对我的提携恩泽

卞孝萱

在我一生的学术道路上，曾有许多对我恩泽惠赐的学者，而卞孝萱先生则是这些学者中最令我难忘的前辈师长。他对我的鼓励提携和热情帮助，是我学术生命中最为珍贵的财富，也是我在学术道路上能够走到今天的强大精神支柱。老一代学者对于后学毫无保留的提携奖掖与坦诚襄助，在卞先生对我的关爱上体现得淋漓尽致。

初识结缘先生

我从二十世纪八十年代初开始知道卞先生大名并开始结交求学。

1984 年，我在南开师从刘叶秋先生攻读笔记小说专业方向硕士学位，已经是二年级。这一年，南开中文系为扩大南开文言小说研究的影响，决定召开一次以“古小说”为主题、以刘叶秋先生为会议主持人的全国古小说研讨会。作为刘先生的唯一弟子，我负责会议会务工作。其先期工作就是摸清学界研究情况，确定邀请人员名单。我当时正在准备写硕士学位论文，正需要全面了解文言小说研究的前沿状况。二十世纪八十年代的时候，以古小说为主的文言小说研究还是相当冷清，从各种出版物中能够检索到专门从事这方面研究的学者数量很少。除南开方面外，校外能够查到在这方面卓有成就的学者中，卞先生就赫然在列，此外还有程毅中、方诗铭、段熙仲、周楞伽、郑学弢、侯忠义、吴志达、刘兆云等诸位先生。这些学者作为特邀代表都发了邀请信，遗憾的是其中有些先生因故不能与会，其中就有卞孝萱先生。从“文革”后开始，匡亚明校长就一直想把卞先生调入南京大学，但当时卞先生执教的扬州师范学院坚决不放人。嗣后中国民主建国会一纸调令，把卞先生调到北京中国民主建国会宣传部任职。南京大学又跟到北京，同中国民主建国会商调卞先生，获得成功。而南开这边的古小说会议时间，恰好与卞先生从北京向南京搬家的时间冲突，因而卞先生无法与会。从先师刘叶秋先生到我，以及卞孝萱先生本人都为此感到遗憾，但留下的遗憾却成为我后来继续向卞先生求教的起因。

1988 年，先师刘叶秋先生因心肌梗死不幸突然去世。其间我在北京待了一周，协助师母和家属料理后事。当时信息渠道远不及现在畅通，先师故去的消息学界很多人不知道。回到天津后我很快给包括卞先生在内的先师故交老友写信告讣，并表达今后向卞先生求教学习的诚恳心情。卞先生接信后很快回信，对先师突然去世表示沉痛哀悼。他说，刘叶秋先生是他一生中遇到的无论是学问还是人品都非常优秀的学者，也引为知己同好。正因如此，他会像对待自己的晚辈学生一样来对待我。无论我有任何问题需求，他都会尽量满足。卞先生的殷殷话语让尚未从悲痛中走出的我十分感动，心灵得到充分的安慰，并从此追随卞先生，开始了长达二十多年之久的师生情和忘年交。

受益卞先生的精深学术

卞先生是学界罕见的自学成才大家，我自称卞先生的私淑弟子，也并非虚言。从二十世纪八十年代读研开始，卞先生的诸多研究成果，尤其是文言小说研究方面的成果，一直就是我从事学术研究的重要学习资源。除见诸各种报刊媒体的单篇论文外，从我和卞先生建立联系时起，我一直能够源源不断地得到卞先生出版的重要学术著作的签名赠书，诸如《元稹年谱》《郑板桥集》《冬青书屋笔记》《唐代小说与政治》《唐传奇新探》等。这些学术成就对我个人的学术影响和帮助主要体现在两个方面：

其一是关于文言小说作者作品的年代考证。作为文史兼通型学者的重要表现，卞先生文献考证功底深厚，撰有诸多学术考证文章。其中我受益最多的就是那些关于唐代传奇小说的考证文章。从我撰写硕士学位论文《志人小说发展史论》，到第一部学术著作《中国志人小说史》，再到《中国文言小说总目提要》，对于相关作者生平和作品年代的考订都是十分重要的内容。这些研究工作中，既有我本人在掌握第一手材料基础上的创新研究，也有在广泛了解学界相关研究动态信息基础上的吸收借鉴。卞先生所著若干唐传奇作者作品考证论著对我这方面的研究帮助甚大，诸如《〈纪闻〉作者牛肃考》《元稹年谱》《〈补江总白猿传〉新探》《〈长恨歌传〉新探》《〈开元升平源〉新探》《〈红线〉〈聂隐娘〉新探》《〈戎幕闲谈〉新探》《论〈虬髯客传〉的作者、作年及政治背景》等，都是我学习研究时必备参考论著，受益颇多。

其二是关于唐代小说内容的文化蕴含，尤其是政治文化蕴含。卞先生具有文史兼通的功底，因而他读唐代小说的一个独特优势是，他能从常人作为艺术作品阅读的小说情节和人物言行中分辨出其中蕴含的唐代政治文化意蕴，总能给人以眼前一亮的新鲜感和启发性。比如卞先生认为，唐代政局中党争问题在小说中留下很多痕迹。其中《牛羊日历》《续牛羊日历》《周秦行纪》《周秦行纪论》共同围绕牛李党争主题，是以小说进行政治人身攻击的典范；《玉泉子》则是作者借小说对牛僧孺本人暨全家进行丑化攻击的政治小说；而大名鼎鼎的《霍小玉传》则是作者蒋防为迎合元稹和李绅，以自己的政治对立面李益为原型，借谴责他在感情上的负心而影射攻击其政治变节，的确都能给人以耳目一新之感。类似情况还有很多，如他经过研讨分析，认为沈既济的《任氏传》和《枕中记》分别影射刘晏和取材杨炎；再如他联系柳宗元本人所写自喻龙女的《谪龙说》及历代相关评论，认为李朝威《柳毅传》乃为祝愿柳宗元走出政治困境所作等等。不仅如此，卞先生不但授人以鱼，还能授人以渔，以具体作品为例，传授演示如何在古代小说中发现作品政治寓意的具体路径方法。在《怎样识别唐小说有无寓意》一文中，卞先生以《义激》《唐国史补·妾报父冤事》《集异记·贾人妻》《原化记·崔慎思》四篇作品为例，从四位作者不同经历背景和不同描写中，找出同一故事原型在不同境遇作家手中的不同描写，从而彰显不同的政治文化意蕴。这种方法显然已经与西方学者提出的主题学研究、互文性研究等研究方法不谋而合，对我后来倡导的中国叙事文化学对于中国古代故事类型做文化分析的方法影响甚大。我每年给学生讲授“中国叙事文化学”课程中关于如何对故事类型进行文化分析时，卞先生的相关研究都是我强力推荐的必读书目。

卞先生这些研究成果对我来说可谓如沐春风，如饮甘霖，醍醐灌顶。他是我一生学术经历中少有的几位重要学术引路人之一。

拜师卞门的愿望未能最终实现

我从硕士就读时起，心底就有个继续读博的愿望。但这个愿望一直磕磕碰碰，未能顺利实现。

最初的打算是，硕士毕业在南开工作后，在南开继续攻读在职博士学位。但这一计划因为各种原因，到我硕士毕业时就已经希望渺茫了。从客观上来讲，南开中文系虽然是国务院第一批授权的博士点，但当时申报的专业方向是中国文学批评史，导师是王达津先生。按当时教育部的学科划分，中国文学批评史和中国古代文学是两个并行的二级学科。也就是说，当时南开中文系，只有王达津一位导师能够招收文学批评史方向博士生。但王先生自己带有硕士生，校外也有许多慕名而来的中国文学批评史专业背景的考生。所以我也就不敢有这方面的奢望。我在硕士就读期间，南开中文系有个古代小说戏曲研究室，由已故古代戏曲研究专家华粹深先生、古代小说资料学奠基人朱一玄先生、宁宗一先生和鲁德才先生联手创办，加上先师刘叶秋先生，当时在该领域内有较大影响力。本来希望以这个班底为基础，整合中文系古代文学其他方向力量，以中国古代文学的名义申报新的博士点。但随着先师的故去和宁宗一先生调离中文系，这个计划基本也成为泡影。在这个背景下，我想读博士学位的想法只好暂时搁置下来。代之以考博计划的，是我那几年苦心经营的几部学术著作：《中国志人小说史》《魏晋风度》《世说新语与中古文化》等。

随着这几部书的陆续出版，我于 1992 年评上了副高职称。这是对我在南开十年苦读钻研的鼓励和鞭策。与此同时，读博的愿望又在心底油然升起。由于卞先生的学术研究对我的深刻影响，几经权衡，我感觉无论是专业方向，还是人际关系，卞孝萱先生都是我最理想的报考导师人选。大约在 1994 年初，我给卞先生写信，表达了想报考他门下博士的愿望。卞先生很快给我回信，一方面说非常欢迎我报考，但同时他也善意地向我提出参考意见：就个人条件资质来说，你没有问题。但目前读博还是有些具体现实困难，脱离原单位、脱离家属、年龄也偏大等，都需要慎重考虑。一旦决定报考，你我双方，咱们都要竭尽全力。卞先生的话语重心长，坦诚直白。我完全明白他全无推脱之意，完全是为我着想。所以我也就慎重起来，暂时将此事搁置，思考卞先生提出的几个问题能否有解决或缓冲的办法。

就在我踌躇不决的时候，经孙昌武先生推荐，我于1995年初到韩国高丽大学任教，任期一年。韩国的教学生活虽然上课多，但几乎没有其他事务干扰，自己能有时间做各种事情。其中考博问题仍然是我不肯放下的愿望和追求。我在韩国期间增加了与卞先生的联系频率，除了考博问题外，我们的通信还广泛涉及学术研究和学术研究环境等很多问题。卞先生对我是有信必回。这让我这个后生晚辈十分感动和敬佩。经过一番斟酌，尤其是把卞先生提出的几个具体现实问题想好相关解决和安顿办法，我大致决定等韩国任教一年结束回国后就落实报考事宜。

1996年初，我回到南开，除接手中断一年的工作外，开始考虑报考卞先生博士的具体问题。1996年7月，我到卞先生的故乡扬州出席由扬州大学召开的《儒林外史》研讨会，会后取道南京，专程去府邸拜访了卞先生。这是我第一次见到卞先生。他那魁梧的身躯、洪钟般的声音、渊博的知识和平易近人的态度给我留下深刻印象。除了一般的寒暄交流外，我主要就报考相关情况请教了先生。先生对告诉我，博士专业考试不会考那种死记硬背的书本知识，主要是考察文史研究的基础知识、基本能力和思维能力，所以无需做太专门的准备，倒是政治、外语这些公共课因为有硬性指标，需要有的放矢做好准备。卞先生的介绍让我精神放松不少，也明确了备考方向。

回到南开，大约是秋季开学之后不久，南开这边的博士点有了新的变化。鉴于孙昌武先生在唐代文学和宗教与文学方面取得的显著成就，先是系里开始考虑重新申报以孙昌武先生领衔的中国古代文学学科方向博士点。这个申报工作的结果还没出来，马上又赶上教育部关于已有博士点可以就近学科增列博士生导师的工作安排。按照这个安排，中国古代文学与中国文学批评史属于相邻学科，中国古代文学学科的孙昌武先生也就按相邻学科增补为南开中国文学批评史专业方向博士生导师，并且从 1997 年开始招收博士研究生。

这个消息对我来说虽然是个好消息，但实际上也有点两难，一方面，我和孙昌武先生原是同一教研室（南开中文系古典文学教研室）多年同事，专业方向相近，而且私交甚好，我报考孙先生更加方便；但另一方面，我已经和卞先生沟通联系多年，已经基本决定报考卞先生，不好爽约。于是，我就给卞先生写信汇报了这些情况。没有想到，卞先生很快回信，力主我报考孙昌武先生。他说："你已经有了比较好的学术基础，读博对你来说只是一次提升、加深、拓宽学术视野和境界水平的过程。这个目标在南京大学和在南开大学同样可以实现。而且，孙昌武先生的学术成就已经在国内外产生重大影响，你可以从孙先生那里学到很多东西。尤其是，之前曾经提到的几个具体现实问题，都会因此迎刃而解了。至于我们之间，永远可以随时交流学术。”

就这样，我虽然没能成为卞先生的嫡传弟子，但自认为是他永远的私淑弟子。

绵绵不绝的恩惠友情

卞先生是真正意义上的君子。从先师去世之后，他就一再向我表示，他会尽一切力量帮助我。卞先生是这么说的，也完全是这么做的。我们之间虽然没有成为名义上的师生关系，但我自认为卞先生对我的教诲恩泽，以及我们之间的深厚情谊，已经远远超出了普通师生关系，是我一生中最为珍贵的人际关系财富。

从 1991 年我的第一部学术著作《中国志人小说史》出版开始，每有新书出版，我都要给卞先生寄去求教。我每次都能很快收到卞先生的手书回信，除了真诚祝贺，便是真正专家的点评，每每让我受教。1996 年底，我的《中国文言小说总目提要》出版后，我照例给卞先生寄书求教，并且还斗胆请示先生可否写篇书评赐教。如此冒昧的请求，竟然也得到卞先生允诺。他写信说，这部书填补了学术空白，非常有价值，书评一定写，但我目前年老眼花，很难通读全书。我让门生程国赋来通读一下该书。他主要搞小说，正好也是个学习机会。你们以后也还可以继续同行交流。他写好初稿后我来参与审订，署我们两人的名字。我一个后生小子的冒昧请求，竟然能得到卞先生如此重视和悉心安排，感动和敬仰之情油然而生。文章写好之后发表在《中国典籍与文化》1998 年第二期，题目为《资料翔实，考辨精当——评〈中国文言小说总目提要〉》。文章发表后在学界反响较大，对于拙著的推广宣传起到非常重要的作用。也正如卞先生所预设的那样，我和程国赋兄已经成为学术同行和好友。

1998 年，教育部做了一次博士点学科调整，原中国文学批评史二级学科合并到中国古代文学二级学科。这样，各校原来两个各自招生的单独学科实行打通，扩大和理顺了中国古代文学学科关系，无论是招生还是增列导师，都比以前方便顺畅。为纪念和庆祝这一盛事，南开中文系将原中国古典文学教研室、中国文学批评史研究室、中国古代小说戏曲研究室三个教研室合并为中国古代文学教研室，并于当年 9 月召开了一次全国中国古代文学博士点工作交流会。参会人员均为各校中国古代文学学科博士生导师。很多学界大咖名流如约而至，欢聚一堂。我作为当时的教研室主任，承担这次会议会务工作。在发给各位博士生导师的邀请信中，我特别给卞先生写了一封信，盛情邀请卞先生莅临大会。卞先生欣然接受。这一年，卞先生虽然已经 74 岁高龄，但身体健朗、精神矍铄、兴致勃勃。

会议第一天在校内举行开幕式，当晚移至当时蓟县盘山宾馆继续开会。会后，大会组织游览盘山。我提前请示过卞先生，是否有兴致登山，卞先生兴致勃勃地说可以。登山那天，除了照顾大部队进程外，我和孙昌武先生全程陪同卞先生登上盘山南天门。一路上欣赏美景，畅叙友情，交谈甚欢。这是我和卞先生交往历史上最为幸福的时刻，至今历历在目，难以忘怀。

转眼到了 2000 年，经过三年学业和学位论文准备，我完成学位论文《士族之魂——〈世说新语〉中的士人人格精神》，并于 6 月顺利完成学位论文答辩。无论是答辩委员会，还是论文评审专家，都对论文给予了较高评价。卞先生作为论文评审专家，其评语对论文尤其青睐有加：

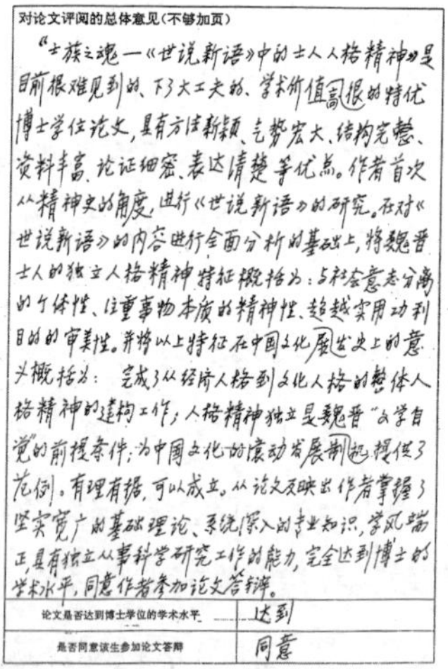

对论文评阅的总体意见（不够加页）

“士族之魂—《世说新语》中的士人人格精神”是目前很难见到的、下了大工夫的、学术价值高很的特优博士学位论文，具有方法新颖、气势宏大、结构完整、资料丰富、论证细密、表达清楚等优点。作者首次从精神史的角度，进行《世说新语》的研究。在对《世说新语》的内容进行全面分析的基础上，将魏晋士人的独立人格精神特征概括为：与社会意志分离的个体性、注重事物本质的精神性、超越实用功利目的的审美性。并将以上特征在中国文化展出史上的意头概括为：完成了从经济人格到文化人格的整体人格精神的建构工作；人格精神独立是魏晋“文学自觉”的前提条件；为中国文化的演动发展制机提供了范例。有理有据，可以成立。从论文反映出作者掌握了坚实宽广的基础理论、系统深入的专业知识，学风端正，具有独立从事科学研究工作的能力，完全达到博士的学术水平，同意作者参加论文答辩。

论文是否达到博士学位的学术水平	达到
是否同意该生参加论文答辩	同意

·4·

卞孝萱先生为作者博士论文所写评阅书

《士族之魂——〈世说新语〉中的士人人格精神》是目前很难见到的、下了大功夫的、学术价值很高的特优博士学位论文，具有方法新颖、气势宏大、结构完整、资料丰富、论证细密、表达清楚等优点。作者首次从精神史的角度，进行《世说新语》的研究。在对《世说新语》的内容进行全面分析的基础上，将魏晋士人的独立人格精神特征概括为：与社会意志分离的个体性、注重事物本质的精神性、超越实用功利目的的审美性。并将以上特征在中国文化发展史上的意义概括为：完成了从经济人格到文化人格的整体人格精神建构工作；人格精神独立是魏晋“文学自觉”的前提条件，为中国文化的滚动发展机制提供了范例。有理有据，可以成立。从论文反映出作者掌握了坚实宽广的基础理念、系统深入的专业知识，学风端正，具有独立从事科学研究工作的能力，完全达到博士的学术水平，同意作者参加论文答辩。

卞先生对六朝文学历史素有研究，不仅有论文多篇，而且曾经主编过《六朝文学丛刊》。他凭借对六朝文学历史文化的深入了解，准确把握住拙文的价值意义所在。言简意赅地概括出拙文的特点和价值，堪称慧眼独具。这个评语中的基本评价被吸纳在最终的答辩委员会决议中，成为我的博士论文的专家历史定评。

学术良知与患难真情

一个人一生很难全然一帆风顺，遇到逆境和坎坷是难免的，关键是怎样面对逆境和坎坷。逆境和坎坷既是对本人的考验，也是对其周围师友的考验。好的师友能帮助当事人正确面对逆境和坎坷，帮助当事人走出逆境和坎坷。我一生遇到过两次比较大的逆境和坎坷，一次是“文革”期间遭遇家破人亡，一次是二十一世纪初遇学术道路坎坷。如果说前一次是我的中学美术老师徐世政帮我走出逆境的话，那么后一次在众多善意相助的师友中，卞孝萱先生则是出力最多、影响效果最大的命中贵人。

那段时间是我和卞先生通话通信最频繁的时段。卞先生一边了解情况，一边帮我分析引导说，从整个事件情况看，其中包含非学术因素和学术因素两个部分。非学术的因素需要用非学术的办法去解决，学术的因素则需要用学术的办法来解决。同一位学者，同一部学术著作，学界产生不同学术评价和看法是正常的。既不能因为正面评价而视其为尽善尽美，也不能因为负面评价而视其为一无是处，应该允许不同声音说话。我可以把我的看法公诸于世，参与学术评价。

在当时那样的处境下能够听到这样的声音和态度，让我万分感动和激动。我感动于卞先生用几十年的交往来践行先师刘叶秋先生去世后他要永远帮我的允诺，激动于他在一些人避之不及的情况下，还能挺身而出，济人于危难。

我于1996年承担了教育部人文社科规划项目“六朝小说的文化研究”。该项目产生了两部书稿成果：一部是从文体和文化角度研究《世说新语》与魏晋文化的《传神阿堵 游心太玄——六朝小说的文体与文化研究》（百花文艺出版社2002年版），一部是从精神史角度研究《世说新语》中的士人人格精神的《魏晋士人人格精神——〈世说新语〉的士人精神史研究》（南开大学出版社2003年版）。卞孝萱先生先后为这两部书稿欣然作序。

在这篇序言中，卞先生借用范文澜先生总结一生治学经验的“专、通、坚、虚”四个字来评价我的十多年学术历程和成绩，让我十分汗颜。但这是在当时境遇下我从卞先生这样的大师专家那里得到的莫大鼓舞和鞭策。卞先生的良苦用心和鲜明态度，跃然纸上。

继为我的博士论文作出外审专家评语后，先生又为我《魏晋士人人格精神》一书作序。

该序进一步丰富拓展了论文评语的内容，将其覆盖到更为广泛的学术视野和背景上。除了卞先生的序，这部书稿还有前《文学评论》主编敏泽先生的序，两位学者没有相互通气，但学术评价角度涵盖和评价尺度几乎不谋而合。

可见学问大家的学术眼光自有其默认的基本尺度和标准。

这篇文章在我心里酝酿了十多年，终于得以一挥而就。愿以此向卞孝萱先生致以生命中最诚挚的敬意与最深切的缅怀。

壬寅三月于津门雅雨书屋

（本文原载于《古典文学知识》2022 年第 4 期）

台前幕后连璧双馨

——程毅中先生的古籍编辑出版与古代小说研究

学人小传

程毅中（1930年3月— ），笔名程弘。男，江苏苏州人。1955年毕业于北京大学中文系。次年考回北大中文系研究生，师从浦江清、吴组缃先生，1958年12月分配到中华书局文学组。历任中华书局编辑室主任、副总编辑、编审。中央文史研究馆资深馆员。享受政府特殊津贴，1993年退休。在职期间，曾主持编辑出版大量国内顶级古籍整理项目。本人著有专著《宋元话本》《古小说简目》《唐代小说史》《古体小说论要》《近体小说论要》《宋元小说研究》《程毅中文存》等，整理古籍《玄怪录·续玄怪录》《古体小说钞》《宋元小说家话本集》《清平山堂话本》《宣和遗事》等，主编《神鬼情侠的艺术世界——中国古代小说流派漫话》以及论文多篇。为国内古籍编辑出版和古代小说研究领域的著名学者，也是国内学者型编辑的典范人物。

一出精彩的戏剧分别要由台前的演员和幕后的导演共同合作完成。自导自演的个别成功案例或许是有的，但并不常见。不过，类似台前幕后连璧成功故事在中国古籍出版的最高府邸——中华书局却上演了真实版本。故事的主人公就是程毅中先生。所谓台前是指他在古代小说研究领域的权威专家成就，而所谓幕后是指他又是半个多世纪以来中华书局整理出版大量文学古籍的规划师和操盘手。他在古籍整理出版和古代小说研究这两个领域的成绩和贡献，代表了这个时期出版界和学术界曾经达到过的最高水准，是二十世纪中期至二十一世纪初期中国古籍整理出版与古代小说研究突出成绩的优秀代表，也留下了许许多多精彩的出版与学术佳话。

启蒙受业

程先生既有名门之后的家学渊源，又师从多人，受过多方面的启蒙教育。这里特别要提到程毅中先生的祖母。祖母的十四世祖便是明代弘治、正德年间内阁首辅重臣，被王守仁称为“完人”，被乡梓唐寅称为“海内文章第一，山中宰相无双”的大学士王鳌；祖母的父亲则是光绪六

程毅中

年（1880）进士，写过《明史考证捃逸》的王颂蔚；祖母的嫡兄便是民国时期大名鼎鼎的曲学家王季烈。尽管因为社会和家庭变化的原因，祖母本人没有上过很多学，但家庭教育和氛围的熏陶，使祖母不但粗通蒙学，而且独擅丹青。程先生就是从祖母那里受到最初的启蒙教育。从四岁开始，他就陆续读过《三字经》《千家诗》《唐诗三百首》等，打下最初的国学基础。

程先生的儿童少年时期，中国已经普遍建立西式学校，但当时正值抗日战争时期，社会动乱，颠沛流离，居无定所，无法正常接受学校教育。所以，程毅中的少年儿童时期，基本接受的是私塾教育。这虽然没有西式学堂的全面综合课程，但在传统国学方面却受到系统熏陶教育。

他从家里陆续延请的几位私塾老师那里受过系统而深入的传统国学教育。这种家庭私塾教育特点和优点就是既有系统性，又不完全受学校教育的课程体系拘束。所以，他在少年时代既受过“四书五经”、诗词散文阅读创作，以及乾嘉学派的治学路数等基本旧学教育，又有机会阅读大量文言和通俗小说。这是他喜欢小说并将其作为后来主要学术研究方向的直接原因。

1950 年，程毅中考入当时的燕京大学中文系，两年之后，全国院系大调整。调整后的北京大学中文系，集中了原清华、北大、燕京大学中文系和中山大学语言学系的精华力量，荟萃了诸多名师，成为当时全国中文系的翘楚。程毅中在这里受到最好的中文专业教育。同时，上大学前受到的私塾教育和古代小说阅读兴趣形成的知识积累也显出优势。据说在本科时段，当其他同学还在读名家别集和四大名著时，程先生已经进入北大图书馆善本阅览室做一些文献的版本校勘工作了。这个优势也表现在他先后在自己喜欢的课程上担任课代表，如浦江清先生宋元明清文学史课程，吴组缃先生的现代文学课程等，因而与这些名师有了更多讨教学习机会，并受到名师的青睐。1955 年程毅中大学毕业，临行前向浦江清先生告别时，先生满怀深情地明确希望程先生能考回北大读研究生。转年他报考北大浦江清先生名下的副博士学位，浦江清先生竟然亲自向学校申请，免试录取程毅中。遗憾的是程先生入学之后不久，浦江清先生意外病逝，改由吴组缃先生担任导师。读研期间，程毅中先生把读书学习视为天命天职。即便在1957年轰轰烈烈的反右和“拔白旗”运动中，程先生仍然平心静气地去北大图书馆善本室阅读重要古本小说，并开始完成浦江清先生生前布置的学年论文《宋元话本》部分章节的撰写。

1958年底，程毅中先生结束在北大的研究生学习，提前分配到中华书局工作。

幕后裁嫁

中国有着悠久的历史和灿烂的文化。古籍是承载中国文化的主体。这些古籍的成书或内容与今人少则相隔上百年，多则相隔几千年。但由于时间漫长，古籍散佚和损毁严重，再加上因为历史文化隔阂，给今人阅读使用带来很大的障碍和困难。要想让它继续发挥传承中国文化的使命，重要的工作就是用各种古典和现代的手段，对古籍进行校勘整理和注释翻译，为今人和后人提供真实可靠和方便阅读的整理版本。

成立于1912年的中华书局资历深厚。1958年国家对国家级出版机构进行整合，确定商务印书馆以偏重出版国内外各种语种工具书和百科理论典籍为主，中华书局则偏重整理出版中国古籍，成为国内古籍整理出版的最高级别出版社。在广大读者心目中，中华书局是古籍整理质量的象征，是购买高质量古籍出版物的首选。这是中华书局几代人共同努力的结果，其中也包含程毅中先生大半生的心血。程先生在中华书局工作33年。他从一个北大毕业的高材生，在漫长艰苦的编辑生涯中逐渐成长为中国古籍整理最强阵容的领军人物，成为乾嘉学派之后中国古籍整理的又一位重要专家。

毕业后刚刚来到中华书局工作的程毅中，被安排在文学组工作，当时该组负责人为老一代古籍编辑徐调孚先生。他在徐先生的悉心指导下，很快进入工作状态。上岗后他接手的第一部书是《王船山诗文集》，一年内，他就编发了三部稿件。这样很快就成为中华书局的骨干编辑。从1958年到1966年"文革"前程毅中先生先后编发、审发的总集有《全元散曲》等两种，古代别集有《海瑞集》等四种，当代学者个人论著集有孙楷第《沧州集》等四种。从1966年到1976年"文革"十年间，除少量配合政治运动的古籍出版和"二十四史"校点工作外，中华书局暨全国的古籍整理出版工作基本限于停顿状态。1978年拨乱反正之后，迎来古籍整理出版的春天和旺季，也进入程毅中先生本人古籍整理编辑生涯的黄金时期。他出任中华书局文学编辑室主任，主持《先秦汉魏晋南北朝诗》《全唐文》等几十种大型文学古籍总集和丛书的整理出版工作。这些皇皇巨著代表了"文革"后中华书局文学类古籍整理出版的整体实绩，也彰显出程毅中先生作为中华书局文学编辑室主任的非凡工作业绩。

如此巨大的古籍整理出版工程，既需要宏大的规划和组织工作，又需要精准和科学的专业能力。受过传统国学熏陶和全国中文最高学府教育的程毅中先生，在古籍整理出版组织和审读程序中显示出超人的专业素质能力。据他的老同事、前中华书局总编室主任黄克先生介绍，一部三四十万字的古籍整理稿件，在程先生手里大约翻阅半个小时左右，就能大致对稿件的短长优劣问题提出切中肯綮的审读意见。正是这样的专业素质能力，才保证了中华书局在国人中的口碑和信誉。

令人感慨的是，这些文史学人经常使用、非常熟悉的大型文学古籍，人们往往记住的只是那些古籍的作者和整理者，而往往忽略或忘记幕后为他人作嫁衣的编辑工作。这些重要典籍能够出版，其中凝聚了很多幕后编辑的心血和紧张工作。而程毅中先生应该就是近半个世纪以来中华书局出版诸多重要文学古籍幕后默默耕耘的代表者。

校雠国手

幕后组织策划和编辑古籍出版是程先生的本职工作，仅凭这一点，就已经足以在古籍整理出版史册上留下功名。但与此同时，程先生还身体力行，亲自标点校勘整理很多重要的古代小说文献。他亲自标点整理的古籍有《玄怪录·续玄怪录》《宣和遗事》《清平山堂话本》《古体小说钞》等多种重要古代小说。这些成果不但为社会上广大读者提供了难以见到的重要古代文献的今人整理本，而且也为古籍整理的同行树立了古籍整理工作的楷模和标杆。

程毅中先生的古籍整理编辑和实践工作高人一筹的地方，就是编辑出版和整理实践双管齐下，相互促进，相得益彰。这样如鱼得水的工作生态使他能够把握住当代中国古籍整理出版的核心要害问题，既能看出并提示存在问题，又能在实践过程中精准总结出若干古籍整理的规律和操作要领，为推动当代古籍整理做出划时代的贡献。

以古籍整理工作版本问题为例，大家都知道需要选择善本作为底本，同时还要参校其他各种版本。但这个工作具体怎样去把握，怎样才算做到佳境，程先生以自己的整理实践给予了明确答案。1982 年，他曾经整理过唐代牛僧孺重要志怪小说集《玄怪录》，当时采用的底本是当时被认为是唯一刻本的明陈应翔刻本《幽怪录》，并从大量散见典籍中抄录了很多不见于该本的佚文用来与底本校勘。后来发现国家图书馆又入藏一种高承埏刻本《稽古堂新镌群书秘简》，其中含有《玄怪录》。这样就增加了一个新的版本。经过比对，他认为该本远胜明陈应翔本。于是，程先生在百忙之中，用高本为底本，对《玄怪录》一书进行了二次校勘，经过几个寒暑的艰苦工作，终于在 2006 年将新校《玄怪录》整理出版，了却了这一遗憾和心愿。这一精益求精的古籍整理态度足为同仁所敬仰和效法。

在长期古籍整理编辑与实践中，程先生发现并总结出许多一般古籍整理没有想到或容易忽略的要领，对古籍整理提出许多颇有见地的认识看法。比如校勘方法，在陈垣先生提出对校、本校、他校、理校四种方法的基础上，程先生针对不同校勘情况的不同特点，又提出有针对性的补充意见：一是明确校勘目的是为了解决古书中各种错讹问题，而不是为了罗列校勘文字，以示繁富；二是根据不同的校勘对象来采用制定不同的校勘体例；三是要敢于对校勘内容定是非，提高校勘专业水平。这些真知灼见来自古籍整理实践，所以对古籍整理工作具有非常强的针对性和指导意义。

古籍整理的重要原则之一就是遴选有价值的版本选目。程先生整理的小说文献基本为小说史上具有重要价值和影响力的重要作品。像《花影集》《轮回醒世》都是文学价值很高但久已失传湮灭的文言小说作品。它们的整理出版将会为学界提供重要的研究对象，影响相关学术研究领域范围。像《宣和遗事》是《水浒传》成书之前水浒故事最完整的书写版本，对研究《水浒传》的成书过程和中国小说史具有重要价值意义，《清平山堂话本》则是小说史上非常重要的早期话本作品，对于研究话本系小说从说话人底本向拟话本的过渡具有不可代替的重要作用。

以上几种小说中，有的是新发现的罕见孤本善本，如《花影集》和《轮回醒世》，显然具有填补空白的价值；有的有过传本，像《清平山堂话本》和《宣和遗事》此前虽然有过影印或排印本，但均无注释。程毅中先生以他深厚的学养为这两部书做校注工作，解决了很多与书中内容相关的典章制度和社会风俗的疑难问题，为普通读者扫清了阅读障碍，为专业学者提供了大量参考信息。

程氏关于白话通俗小说整理的一个特色成果是《宋元小说家话本集》。与宋元讲史话本多存于世的情况相反，宋元时期以讲述现实生活短篇故事为主的“小说家”话本散佚颇多。程先生关注这个问题多年，早年在其《宋元话本》一书中，就专门对小说家话本名目进行过深入细致考证钩稽。此书在前期名目考证的基础上，又广采博搜，钩稽出宋元小说家话本共四十篇。这项工作有两个难点：一是如何判断一篇话本小说是否出自宋元时期？因为现存的宋元小说家话本多半混杂在明清人编纂的话本集，如《清平山堂话本》《京本通俗小说》《三言二拍》等。需要有足够的证据，才能将其中的宋元人作品拎出成编。这个工作前代学者如许政扬、胡士莹先生做过一些，但还留下一些空间。程先生在前人基础上，继续深入耕耘考辨，将其中有把握的作品结集。二是有些作品虽然前代有书名记载，但未见传本，需要关注了解相关信息，才能及时发现，及时解决。这方面比较突出的就是书中所收《红白蜘蛛》一篇。《醉翁谈录·小说开辟》中著录一篇名为《红蜘蛛》的话本，但一直未见其书。二十世纪八十年代初，西安文物市场发现一种名为《新编红白蜘蛛小说》的残页。经学界专家考定，基本确定为元代所刻。程先生将此篇收入该集，是迄今为止最早收入该篇的话本小说集，足见程先生的学术敏感度和有针对性解决各种学术问题的学术智慧。

史论建树

儿童蒙学时期曾经广泛阅读并产生浓厚兴趣的古代小说，成为程毅中先生学术活动的主体。他在繁忙的古籍编辑出版业务和管理工作之外，还充分利用业余时间，辛勤耕耘，在中国古代小说研究领域取得卓越成就，体现出他作为学者型编辑典范的实绩与价值。

在国内研究古代小说的学者中，以语体为界，擅长白话通俗小说研究者往往短于文言小说研究，反之亦然。相比之下，程先生没有学科方向的限制，加上他长年从事文学古籍编辑出版，见多识广，使他能形成开阔的学术视野。在古代小说研究学者中，能够像程先生这样同时在文言小说研究和白话通俗小说研究达到高水平者，实属凤毛麟角。

史论研究是程毅中先生古代小说研究的重要成绩之一。鲁迅《中国小说史略》、谭正璧《中国小说发达史》

等中国古代小说研究的早期奠基之作，因时代和当时条件所限，很多问题未及展开细论。后来的诸多文学史的小说部分也基本沿袭鲁迅的基本框架内容。从中国古代小说研究深入发展的角度看，从材料和观点的整体建构上突破鲁迅等民国时期古代小说研究固有格局是势在必行的学术需求。对此，程毅中先生早有思考与行动。从二十世纪五十年代起，除大量单篇学术论文外，程先生先后完成和主编《宋元话本》《唐代小说史》《中国古代小说流派漫话》等论著，为中国古代小说的史论研究开拓出新的视野与成就。在新冠疫情肆虐的2021年，已经91岁高龄的程先生还发表了《古代小说观的传承与发展》一文，全面论述他对中国古代小说观念发展的全局认识。老骥伏枥、锲而不舍的精神，令人感佩。

《宋元话本》是程毅中在导师浦江清生前完成的学年论文，是他关于古代白话小说史论研究的核心成果。在此之前，古代小说研究主要集中在以四大名著为主的白话长篇小说中，对于白话短篇小说虽然有些零星作品研究，但缺乏整体把握。浦江清先生正是从这个角度希望程毅中能够在这个领域开荒拓土，构建宋元话本小说研究的整体格局。程毅中没有辜负导师的期望重托。尽管当时正处于“拔白旗”等政治运动压倒专业学习研究的社会氛围下，但他仍然坚持读书研究，终于在学术受到冷落的特殊时代完成此书。该书虽然仅七万多字，但却全面包含话本的渊源体制，“讲史”与“小说”两种主要话本题材类型的篇目、体制、思想与艺术成就，以及宋元话本在文学史上的地位等内容，完整而系统地梳理和总结了宋元话本小说的全面情况。其中有很多具有重要学术价值的发现和总结。如关于宋元话本的名目，鲁迅只是大致总结了宋元话本起源的原因，并列举了几篇重要作品。而程著却通过《醉翁谈录》《都城纪胜》《梦粱录》等宋人笔记挖掘出大量宋元话本名目（包括已经亡佚话本名目），为该领域的深入研究提供了重要原始证据。

与《宋元话本》为白话小说的史论专著的情况有所不同，《唐代小说史》是包括文言和白话小说两个部分的史论著作。该书是作者对于中国古代小说整体发展演变轨迹的一个重要展开论述。该书的最大特点就是突破前人对于唐代小说研究认识的简单既定框架，全面总结出唐代小说在各个方面的表现与特点，全面反映出唐代小说的多方面价值与成就。鲁迅《中国小说史略》关于唐代小说的三篇主要集中在传奇部分，分别列举梳理唐代单篇传奇、传奇集和部分杂俎。二十世纪八十年代以后出版的部分中国小说史，也基本在鲁迅所立框架基础上略有文字增补。但程氏这部《唐代小说史》则完全抛开鲁迅的原有框架，另起炉灶，不但将鲁迅涉足的唐代单篇传奇和传奇集进一步扩容增大，而且还另外增加了唐代变文、志怪小说、小说化的传记、杂史、谐谑小说等多种小说体裁类型和代表作品，从而将唐代小说的整体面貌完全更新，给人以焕然一新的感觉。

程氏对于唐代小说的史论研究取得如此重要成就，根源于他对中国古代小说的全局把握和清晰驾驭。他对于中国小说史的一个重要独特发现就是他看到秦汉时期的叙事赋体对于整个中国小说史的重要而深远的影响作用。这方面他也突破了鲁迅的认识框架。鲁迅认为中国小说史上有两次重大变迁，分别是唐传奇和宋元话本。程先生在此基础上又增加了一次变迁，即建安时期启动的小说变化。他提出这个变迁的主要用意在于强调秦汉时期的叙事赋，经由从建安时期开始的汉魏六朝小说的吸收和传承，分别影响到唐代具有诗意的传奇小说和宋元明清通俗小说中的韵散结合文章体制。正是出于这样的全局认识，程先生在《唐代小说史》中谈到唐代小说艺术上的重要创新就是“诗笔”。而这“诗笔”的源头，正是来自秦汉时期叙事赋体。

量身定制

文言小说，尤其是文言笔记小说，与白话通俗小说在体制形态上的最大区别就是体制形态的非唯一性。白话通俗小说的体制，大抵就是变文、长篇章回体和中短篇话本体。是否符合该三体体制标准，一看便知。而文言小说则不同，就单篇传奇而言，有时就难以将其与某些人物传记明确区分开来，而问题更大的则是那些文言笔记体小说。因为笔记体小说只是笔记这种文类中的一种。先师刘叶秋先生将笔记分为“小说”“史料”“考据”三种。文言笔记小说只是“笔记”这种文体中的一部分。而因笔记文体具有“杂”的特征，其他两种笔记中往往也或多或少含有小说故事的内容。这样一来，一部用笔记体写出的书，到底算不算小说，是古今目录学家的一道大难题。对此难题，学界也是见仁见智，各陈己见。程毅中先生对此采取了非常明智而巧妙的做法。他的思路比较明确，力主古今有别，亦即前宽后严。这个思路具体表现在他对前后期文言笔记小说的不同处理方案上。程先生关于文言小说一部力作就是《古小说简目》。这部国内最早的文言小说书目的收书范围上起先秦，下迄隋唐五代。但宋代以下至今仍然付之阙如。这不是程先生没有能力编下去，而是另有原因。那就是如上所述，从宋代开始，笔记更是多如牛毛，一本书到底算不算小说，极难断定。

面对这种复杂情况，程先生采取科学和审慎的态度，一方面，他力图从理论层面努力探讨与文言及笔记小说相关的概念范畴，不断更新对这些问题的思考。早些时候他用“古小说”这个概念指谓文言小说，后来又修改为“古体小说”。一字之差，表现出他对该问题的缜密深入思考。又如三十年前他就提出过“笔记”与“小说”的概念关系问题，后来一直在不断讨论和修改思考结果。直到2021年，他还在《古籍整理出版情况简报》发表《再谈笔记与小说》，这不仅表现出程先生宝刀不老的学术生命长青本色，而且对学界研究这些问题也大有裨益。

另一方面，他还提出并实践具体的目录学操作方案和古籍整理的处理办法。前者见《小说观的发展和古籍目录学的调整》，后者见他编纂出版的三卷本的《古本小说钞》（宋元卷、明代卷、清代卷）。后者具体做法就是从这几个时段的笔记中摘录其中有文学色彩和小说价值的故事，编纂成书。这样一来，就完全避开了一本书是不是小说的烦恼难题，但却能把这些书中的精彩小说故事别录成册，方便读者阅读和研究者参考使用。这个让诸多目录学家望而生畏的棘手问题，被他以智慧和精准的方法巧妙解决了。

评联吟咏

除了编辑出版和古代小说研究之外，程毅中先生还有广泛深厚的中国古代文化修养。其中以诗歌为最。少年时期曾专门学过写诗和对对子的他，一直乐此不疲。他不仅对中国古代诗歌做过专门研究，写过《中国诗体流变》一书，而且他走到全国各地，都曾留下吟咏之作，并得到诗词界的高度评价。在他的很多文章中，都能看到他和学界耆旧赠答唱和的作品。二十世纪八十年代初，央视最初几年春节晚会上，曾有一个保留节目——春节征联活动。这个节目聘请过诸多学界专家评选优秀春联，其中就包括程毅中先生和先师刘叶秋先生（另外还有王力、朱家溍、白化文、吴小如、杨牧之、董洪利等诸位先生）。几位先生妙解评骘来自全国各地所征对联，或解读佳对优胜所在，或指出次联瑕疵之处，给观众留下深刻印象。

1988 年，先师刘叶秋先生乘坐公交车去单位时因急刹车摔倒，右臂骨折后，开始练习左笔书法，曾左笔自书《戏作》绝句一首赠送给程先生：

西园左笔人争宝，赝作曾由郑板桥。
自笑无端追老辈，居然今古各风标。

先师逝世后，程毅中先生步该诗原韵，书挽歌一章：

评联说稗编辞典，甘为他人作渡桥。
两米栖中文百万，遽存遗稿著风标。

“评联”即指两位先生曾一起在央视参加春节征联评选活动；“说稗”指先师的古代笔记与小说研究；“编辞典”则指先师的本职工作——《辞源》第二版主编；“两米栖”指先师曾因住房紧张，在原住房与邻居墙之间搭建 2.7 平方米的书房（戏称“二密栖”）。两位先生的友情与诗才，于此可见一斑。

1996年，拙著《中国文言小说总目提要》问世时，程毅中先生不但赐序，题写书名签，而且还专门亲笔题诗一首：

谈情说鬼妄言之，小道可观不让诗。
雪纂风钞成别录，其中甘苦有谁知？
题《中国文言小说书目提要》
稼雨兄雅属
一九九七年七月 程毅中

诗中对文言小说的价值属性认识和对该书写作甘苦的理解体谅，非知情者不能道。

程毅中先生退休后，被聘为中央文史馆馆员（后转为资深馆员）。除各种社会活动外，这种题诗赠答活动就更加频繁了，成为程先生晚年生活的重要精神支撑和文化娱乐活动。

已经退休30年，如今已经92岁高龄的程毅中先生，本来早已到了停止工作、尽享晚年休闲生活和天伦之乐的时光。可他30年来一直没有放弃钻研学术，直到去年还在发表学术文章，今年还有学术著作出版（《宣和遗事校注》）。不但如此，他还积极关心社会。2020年武汉暴发疫情后，他致电中华书局，请财务部门将其两部书稿的稿费和审稿酬金共34640元全部捐献给武汉市中心医院，赞助抗疫工作。先生鲐背之年，仍心系国家大事，潜心学术研究，继续开拓着国内古籍出版和古代小说研究的新境界。

（本文原载于《中国社会科学报》2022年7月6日第12版“学人剪影”栏目）

仰之弥高，钻之弥坚

——程毅中先生对我的学术教诲

在我受教的诸位师长中，除了先师刘叶秋先生之外，在文言小说领域对我指导教诲最多、我受益最大的应非程毅中先生莫属。

一

从我刚刚涉足学术开始，程毅中先生和他的著作就一直伴随在我身边，直至今天。

1979 年，我还在大二的时候，就开始准备报考硕士研究生，专业方向就是中国古代小说。那时候无论是古代小说研究论著、工具书，还是作品，都很难找到，文言小说方面尤其如此。我刚开始备考中国古代小说的时候，能够看到的相关基础参考书只有鲁迅的《中国小说史略》和孙楷第先生的《中国通俗小说书目》。因为指导我备考的

2018年6月作者拜访程毅中先生

大连图书馆王多闻先生指点我说：治中国小说史不可不了解古代笔记暨文言小说。可是当时还没有专门的文言小说研究的工具书和著作，王先生亲自为我开了需要阅读的笔记目录。在我按计划读过一些笔记和文言小说（包括《世说新语》和《搜神记》）之后，大约在1981年，中华书局先后出版了先师刘叶秋先生的《历代笔记概述》和程毅中先生的《古小说简目》，嗣后又有袁行霈、侯忠义先生的《中国文言小说书目》问世。这几部著作成为我最早系统了解中国古代文言小说的入门津梁。那时候我还想不到，也不敢想，这几位先生后来都成为影响我一生学术道路并且密切交往的学界师长。

1982年，我考入南开大学，师从刘叶秋先生攻读笔记小说方向硕士学位。因为先师在商务印书馆汉语编辑室工作（主持修订《辞源》，为第二版《辞源》三位主编之一），是南开兼职教授，我需要经常去北京向先生请教学问。那时候中华书局还在北京王府井大街36号与商务印书馆同楼办公，所以还能经常见到中华书局的很多前辈学者。

也许是上苍的安排。我第一次去北京拜见先师的那天就有幸见到了程毅中先生本人。去北京之前，我给先师写信，请示去北京在何处落脚下榻。先生回信说来了我自由安排。结果让我意外感动并惊喜的是，到商务印书馆老师办公室拜见先生后，老师说："跟你师母商量过，为方便起见，你每次来北京就住我家里吧。"那天老师下班后，我们一起在商务印书馆门口搭乘104路无轨电车，前往珠市口老师家。完全没有想到，上车后竟然在车上遇到程毅中先生（那时候，像这样级别的大学者都是乘坐公交车上下班）。当时车上座位已满，我们三人站在车厢中手握安全杆交流。当老师向程先生和我各做介绍之后，一时间被幸福和激动电击得有点手足无措的我，竟然有点语无伦次地向程先生表达仰慕和崇拜之情，特别提到从他的大著《古小说简目》中获益良多。还是先师在一旁用简练清晰的话为我解围，他对程先生说："您的大著他一直奉为圭臬！"从那天起，开启了我向程毅中先生长达整整四十年的求学历程。

因为此前对程先生的崇拜和此次巧遇，后来我去北京向先师求学，有机会便去程毅中先生办公室拜见和请教，并同时也不断从当时中华书局总编室主任、南开大学中文系我的大学长黄克先生那里听到很多有关程毅中先生精深学问的传闻。

这些了解不断增加我对程先生的崇拜和敬意，我向程先生学习请教的愿望也不断增强。

二

1985年我硕士研究生毕业，撰写了硕士学位论文《中国志人小说发展史论》。答辩结束并留校工作后，在一次去北京拜见先师的时候，我专门给程毅中先生呈送了硕士论文，请他赐教批评。程先生看到我的论文，非常高兴。他说："目前文言小说研究的人不多。方诗铭先生经常跟我感叹我们这个研究队伍太小。你的论文填补了学界一个空白，这个部分现在开始有专人来研究了，说明我们这个研究队伍开始扩大了。"程毅中先生是从中国学术发展的角度来审视并评价我的硕士论文，让我非常激动并增加了学术使命感。程先生是这样说的，也是这样做的，从那时候开始，程先生把我视为文言小说研究队伍中的一员，有机会便安排我来做一些力所能及的工作。

大约在我毕业留校工作后的1986年，黄克先生策划组织编纂一套"中国文学流派丛书"。这是一套按文学体裁来分别总结书写各种文体的流派演变线索和特点的著作。

其中《中国古代小说流派》一书，由程毅中先生领衔担纲。他将该书设计为十一章，大体是按照断代和分体的方式来设定章节。作者基本都是各领域的权威名家，如“源远流长的志怪小说”一章由先师刘叶秋先生撰稿，“文备众体的唐代传奇”由程毅中先生本人撰写，“各有门庭的宋元话本”由宁宗一先生撰写，“变化多端的神魔小说”由刘世德先生撰写，“登峰造极的人情小说”由卢兴基先生撰写。在如此强大的作者阵容队伍中，程先生特别安排设计了“独树一帜的志人小说”一章，并指定让我这个初出茅庐的后生小子来撰写。

接到这个任务，我是又激动，又忐忑。激动的是，能够参与诸位师长辈名家的重要工作，说明程先生对我的充分信任和全力提携。忐忑的是，以我的学力，恐难以胜任如此重要的工作。所以，我下决心要认真写好这篇文章。为此我在回顾自己的硕士论文基础上，又根据这次任务的内容和体例要求，反复几次向程先生请示沟通，并同步向先师汇报。因我当时还年轻幼稚，有些规矩和惯例还不十分清楚。记得当时就志人小说的界限范围问题，我和程先生的看法还稍有出入。我在信中坦诚表达了我的想法，并同时向先师做了汇报。先师回信对我进行了严厉的批评，大意就是你资质浅陋，怎么能和程先生讨论争辩，显得没有礼貌。接到先师的信我也十分惶恐，担心会冒犯程先生。但程先生回信却十分大度，他鼓励我应该大胆思考，认真论证，并表示可以采用其中言之成理并能自圆其说的部分。程先生虚怀若谷的精神令我十分感动，我遵照指示努力把文章写好。稍有遗憾的是，该书编纂完成后，原定出版社因为经济效益取消了出版计划，使这部诸多名家参与的重要书稿石沉大海。又是程先生左右奔走，多方联络，最后终于由中共中央党校出版社于1993年出版。尽管出版社为了发行需要，将原定书名作为副标题，加上一个“神怪情侠的艺术世界”这么一个希望借以博人眼球、扩大销售的书名，显得不伦不类，但作者们还是理解体谅了。最遗憾的是，先师刘叶秋先生生前未能见到该书的出版。为此，书出来之后，程毅中先生亲自登门拜访师母，将样书呈送给先师家属，算是圆满地完成了这项工作。

程毅中先生交给我的第二项工作是参与编写《中国古代小说百科全书》相关词条的任务。大约二十世纪九十年代初，在已故《金瓶梅》研究专家、前大百科全书出版社负责人刘辉先生的策划下，由刘世德先生领衔主编，发起组织全国古代小说研究学者编纂《中国古代小说百科全书》。程毅中先生担任该书编委会副主任，兼任“上古秦汉魏晋南北朝小说”“唐五代小说”“宋辽金元小说”三编的主编。

根据全书的安排和我本人的实际情况，程先生安排我撰写宋元和明代的部分词条，总共约二十多条。这又是一次我向程先生学习的极好机会。本来程先生安排我写的词条大多已经比较熟悉，但我写完初稿交给程先生后，收到程先生给我的审稿和修改意见。这些意见在肯定主流的成绩外，还提出了具体的修改意见，其中既包括文献资料方面的疏漏和失误，也包括内容书写方面的表述不当。这些批评意见反映出程先生对相关文献的了如指掌和精准把握，修改意见让我茅塞顿开、心悦诚服。感觉好像是老师批改学生作业之后让学生重新写作业，根据程先生的意见修改之后的稿件明显感觉增色不少。过了几年，编委会根据全书反响情况，为进一步提高书稿质量，决定修订此书。这次修订给每位作者的任务是：除了修订自己撰写的词条外，还鼓励大家发现和提出书中其他作者撰写词条的问题缺失，共同完成好修订工作。按照这个指示精神，一方面，我在自己撰写原稿基础上又做了部分修改订正，同时也根据几年来在使用该书时发现其他词条的不妥之处一并提交给程先生，帮助该书扫除了一些隐藏问题。这次参与小说百科全书撰写工作使我感觉到真是一次非常好的学习、锻炼和提升机会。在这个工作中我得以具体感受和学习到程先生的深厚学问功底和求真务实的学术精神。

三

从第一次见到程先生开始，我就一直将自己视为程先生的私淑弟子，经常主动向程先生学习请教，不断从中获益。

从 1983 年起，经教育部批准，南开大学中文系设立编辑学专业。先师刘叶秋先生作为南开中文系兼职教授，为南开编辑学专业的创建贡献了很多智慧和力量。他除了身体力行，亲自为南开编辑学专业本科生开设“编辑的语文修养”一门课程外，还以他个人的名义，邀请国内诸多资深编辑来南开为编辑学专业开设短期讲座，扩大学生编辑学知识和视野。当时先后有三联书店的戴文葆先生、商务印书馆的姜晚成先生，以及中华书局的程毅中先生等来校。程先生来南开讲学的时间大约是在 1986 年。记得提前得知程毅中先生要来南开讲学，我十分高兴，专门到程先生下榻的南开大学招待所（芝琴楼）拜访先生。程先生专门为我带来他刚出版的校点整理《燕丹子》一书，亲笔签名相赠。此后，但凡程先生出版的个人著作，大部分我都得到先生的签赠本。我也一直没有放弃向程先生求教的机会。

1991 年，我在硕士学位论文基础上写成的第一部学术专著《中国志人小说史》出版。程先生收到我寄赠的样书后，非常高兴地给我回信。他除了热情鼓励祝贺之外，特别提到了先师刘叶秋先生。他说，刘先生九泉之下看到此书出版，一定会为当年他亲自播下的学术种子结出硕果感到由衷高兴。从我的硕士学位论文完成到这部学术专著出版，程先生都是见证人。他从我的学业成长进步中看到的是中国学术的薪烬火传，这让我能够看到自己的学业在学术传承中的作用而倍受鼓舞和自豪。

继承发扬前辈学术传统，开拓学术事业，是程先生这样老一代学者对我的期望，也是我自己终生为之努力的方向。

先师在世时，曾与我有约，待我们各自忙过自己手头的杂务之后，一起编纂一部大型工具书《历代笔记总目提要》。但先师于 1988 年因心肌梗死不幸离世，这一计划未能如愿完成。但我个人心底一直没有忘记我和先师的这个约定。从二十世纪八十年代起到九十年代初，我陆续为若干家古代小说工具书撰写了大量关于文言小说的词条，积累了相当一部分材料。《中国志人小说史》出版之后，这方面的材料也就更加丰富。但距离“历代笔记总目”这个大目标还是有较大距离。这时，当时还在北京中国书店出版部工作、十分了解我和先师这个计划的杨华女士向我提出建议，可以考虑先把历代笔记中的小说部分的提要拿出来单独出版，似乎更有可行性。于是我从九十年代初开始设计考虑《中国文言小说总目提要》的撰写出版计划。我经过一段时间的策划与联系，大约在 1991 年与齐鲁书社签订了约稿合同。

约稿合同签订后，我很快向程先生汇报了这一情况，并向他请教相关学术问题。程先生在回信中表示了祝贺，但同时也就这部书稿的艰巨性向我提出警示。他说，从以往学界情况看，个人编纂的书目不少，但加上提要的大型工具书还是很少见到。除了像王重民先生几乎毕平生精力完成的《中国善本古籍提要》外，类似的大型提要性质工具书非常罕见。因为工作量太大，应该有充分思想和行动准备，珍惜这一来之不易的机会，做好这项重要工作。

程先生的话语重心长，让我更增加了对此项工作的严肃程度和困难程度认识。我带着程先生的谆谆嘱托和与先师的约定心愿，在做好材料整理和框架体例规划后，大约从 1992 年初开始正式撰写。这是我第一次用个人购置的电脑写作，当时所用电脑还是 IBM 的 286，硬盘只有 16G，内存才 1M，还没有使用微软 Windows 视窗系统，而是使用最原始的 DOS 操作系统，文字处理系统是金山 WPS。实际上它只是一台文字处理机而已，但这部近百万字的《中国文言小说总目提要》就是在这台原始计算机上面完成的。大约在 1994 年底，我完成了这部书的初稿，交给出版社审稿。翌年年初，我去韩国高丽大学任教，暑假回国度假时，出版社完成了审稿工作，提出了一些修改意见。此时书稿已经进入尾声阶段，需要考虑请名家撰写序言和为书名题签了。如果先师健在，此事当然无须他想。当责任编辑周晶先生跟我商量此事的时候，我认为无论是资历、专业背景和学术地位，乃至对我和该书内容的了解，都非程毅中先生莫属。这个提议得到出版社的认可。于是我在暑假期间完成了这些修改工作后，带着全书打印稿专程去北京拜谒程先生，请他过目批评，并表达我和出版社的诚挚愿望。程先生慨然应允。此书于 1996 年底出版，我大约在 1997 年初拿到样书。程先生见到样书后，不仅表示热烈祝贺，还专门为此书题诗一首并亲自挥毫书写：

谈情说鬼妄言之，小道可观不让诗。

雪纂风钞成别录，其中甘苦有谁知？

题《中国文言小说书目提要》

稼雨兄 雅属

一九九七年七月 程毅中

从文言小说的属性价值，到撰写该书其中的甘苦滋

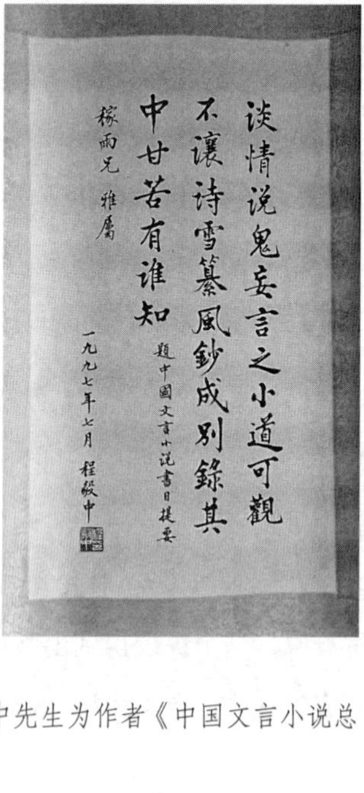

1997 年程毅中先生为作者《中国文言小说总目提要》题诗

味，非知情者不能道。程先生的大作墨宝是激励我学术进步的强大动力。

在完成《中国文言小说总目提要》一书后，我的主要学术精力转入对中国古代叙事文学研究方法的探索，这就是关于中国叙事文化学研究的思考和实践。提出这个方法的设想是基于我在长期古代叙事文学研究中，发现学界以古代小说戏曲为主体的叙事文学研究，一直在沿用二十世纪以来西方学术范式的文体史和作家作品研究。这一范式的引进虽然弥补了传统古代小说戏曲以评点研究为主体的研究方法的缺失，但同时也暴露出与中国古代小说戏曲同源共生并一事多元形态特点不相吻合的缺陷。因为很多以小说戏曲为主体的故事类型（如“王昭君”、《西厢记》）同时集合了若干种文体和若干种作家作品。按照西方文体史和作家作品的研究范式，势必会对这种跨文体、跨作家作品的故事类型形成割裂局面。为此，我在借鉴吸收西方民间故事研究主题学研究方法的基础上，提出用故事类型研究弥补文体史和作家作品研究不足的方法。从 1993 年我指导硕士研究生开始，就一直以这种方法作为培养训练学生的基本主旨，努力摸索以这种方法为核心的科研、教学、学业指导和科研成果四位一体的培养模式。我自己的科研工作也慢慢转入这个方面。1999 年，我申报的国家社科基金一般项目“六朝叙事文学的主题类型研究”获批立项，这个项目的核心内容是系统挖掘梳理先唐时期各种叙事文学故事类型，并将其编排为《先唐叙事文学故事主题类型索引》，为后面的个案故事主题类型研究奠定基础。这一工作大致完成后，大约在 2003 年暑假期间，我趁去北京开会的机会，专门去程毅中先生府邸拜访，并就这个项目工作向他做汇报。令我始料未及的是，程先生看过我的打印稿，从一个我未曾想过的角度谈到他对我这项工作的价值评价。

这个话题的起因是关于文言小说界限的把握。因为文言小说相当一部分采用笔记体，而古代典籍中还有许多其他内容的书籍也采用了笔记体，这就给文言小说文体的界限划定带来较大麻烦。因为白话通俗小说那里不存在这个问题，人们不会把章回小说、话本小说与其他文本相混淆。但很多采用笔记体写作的书中，往往既有小说的内容，也有其他内容。因为这个缘故，从图书分类的角度，有时就很难把这样的书做明确的入类工作。程毅中先生的一部力作是《古小说简目》，这部书稿只写到隋唐五代。之所以没有继续编写下去，原因也与此有关，因为唐代之后的笔记愈来愈多，很多笔记都存在那种一本书中包罗万象的情况，很难在一本书是不是小说这个问题上做判定。程毅中先生虽然没有把《简目》继续写下去，但他却做了另外一件很有意义的工作，就是他分别编纂了《古体小说钞》的宋元卷、明代卷和清代卷。这个工作的核心意义就是避开一本书是不是小说这个难题，而去把那些书中的小说故事摘录出来，编纂成书。这种披沙拣金的辛苦工作在纷纭复杂的笔记杂书中捞出具有文学小说意味的文字，是一项功德无量的叙事文学文献基础建设工程。基于这个原因，程先生对我的《先唐叙事文学故事主题类型索引》做了与他的《古体小说钞》异曲同工的评价。他说：咱们各自的工作虽然角度渠道不同，但有一点是共同的，就是将文言笔记小说一类书籍的研究工作细化，把其中有小说文学价值的东西钩稽出来，方便读者学习和研究。我做的是摘抄工作，你做的是把这些故事内容与其相关的故事类型集合在一起。所以，咱们是殊途同归。

程先生的话让我眼前一亮，让我对自己所做的叙事文化学研究的文献工作价值又有了新一层认识。

2017 年，我申报的国家社科基金重大项目“全汉魏晋南北朝小说辑校笺证”获准立项。这是我一生学术工作的重要节点。这个项目最初也是先师跟我提到的一个遗愿。我在读硕士的时候，我把读书中发现鲁迅《古小说钩沉》还有不少遗漏的情况向先师做了汇报。先师立即鼓励我说，那你注意积累一些材料，争取找机会做一部《〈古小说钩沉〉辑补》，了却这个遗憾。记住先师这个嘱托，我后来一直在关注这个问题。包括《中国文言小说总目提要》，也是在为这个工作做先期摸底工作。经过几十年的准备积累，我在原来为鲁迅《古小说钩沉》增补想法的基础上，又扩大到整个汉魏六朝小说，并把这项工作与历代至今所做各种断代分体总集的编纂工作相联系。在严可均《全上古三代秦汉三国六朝文》、逯钦立《先秦汉魏晋南北朝诗》的基础上，再增加一部这个时段的小说总集，并且加上笺证的工作。项目获得批准后，经过三四个月的准备，我带上该项目立项的论证文件和相关工作蓝图构想，专程去北京分别拜访请教了程毅中先生和许逸民先生。

在程毅中先生府上，我详细介绍了这个项目的相关工作情况，以及部分样稿，请程先生批评教诲。因为各种文件比较多，无法当场看完。程先生当时主要对此项工作的立项表示祝贺，并谈到这个项目的学术价值和意义。他说："这些年经过学界很多学者的努力，汉魏六朝小说文献的总体摸底和单部作品整理工作已经取得了可观的成绩，你本人也参与过其中的工作。现在能有机会把这些成果集其大成，汇而总之，的确是咱们学界同行的一件幸事。还是希望你能认真做好这项工作"。我告别先生回到天津之后大约一个月，收到程先生发来的邮件，对我送呈的《燕丹子》样稿提出了详尽而充分的修改意见。其中包括表述方式问题、部分信息遗漏问题、部分校勘不当问题，甚至有些专名号的使用等，一一细致指出不当所在和改正方案。当时程先生已经米寿高龄，还能如此悉心帮我看出这么多的问题，这种认真负责的态度让我更加肃然起敬，万分感激，同时也清楚看出我本人在这些方面功力的不足，有待进一步提升。

四十年来，我从程毅中先生那里获得的恩惠和提携帮助，简直难以尽数。这些经历让我由衷感到我的点滴成绩和进步几乎都离不开程先生的教诲指导。我这一生的学术道路，因为有了程先生的帮助指导，避免了很多失误，少走很多弯路。因而我能从切身经历中感觉到，在当下中国古代小说研究学界，程先生的学术实力好似一根定海神针。在古代文献整理的很多方面，有了他的肯定评价，心里便基本能够踏实下来。如果没有他的肯定意见，或批评意见比较多，那么就能肯定这个工作还有相当的提升挖掘潜力。我为自己四十年的学术生涯能够有程毅中先生的辅导而感到幸运，同时也衷心祝愿程先生健康长寿，继续造福中国学界，继续指导我的学术工作。

2022 年 5 月 10 日于津门雅雨书屋

命运中如神助我的祝恩堂、王多闻先生

大连图书馆旧址阅览大厅

苏轼有云："人有悲欢离合，月有阴晴圆缺，此事古难全。"一个人的一生，总有顺境和逆境相伴。无论顺境还是逆境，既有个人的主观因素，又离不开外界的作用。

如果说顺境往往来自自己的努力加上贵人相助的话，那么逆境则多半是个人的某些缺陷加上小人构陷所致。以我个人的人生经历来看，决定和改变我命运的有两件大事，一是上大学，二是考取硕士研究生。而这两件事都离不开让我终生难忘的两位先生——祝恩堂和王多闻的决定性帮助。

起死回生的大学之梦

上大学是我的儿时之梦。但轰轰烈烈的十年“文化大革命”废止了高考制度，这个梦也就自然中止。1968 年，毛泽东发表关于上海机床厂工人大学的“721”指示，拉开了工农兵免试保送上大学的序幕。我于 1971 年中学毕业，进入当时的旅大师范学校美术师资班学习，1973 年毕业后至大连三十八中任美术教员。按当时的政策，教师不属于工农兵，因此与工农兵学员上大学无缘。这样，在我应该上大学的正常年龄时段，因为当时的社会环境，已经没有上大学的机会。

随着 1976 年“四人帮”垮台，1977 年恢复高考，为我带来了圆大学梦的难得机会。为了抓住这个机会，我应该算是使出了“洪荒之力”，但还是好事多磨，险些功亏一篑。

因我从 1968 年进入中学后一直学画，并且以美术班毕业学员身份到大连三十八中就任美术教员。所以1977年恢复高考时我毫不犹豫地报考了鲁迅美术学院，当年没有被录取。半年后我准备继续再战，遂于1978年6月向鲁迅美术学院提交报名申请。很快收到的回信是：因国家政策规定，国家正式编制的教师，只能报考师范院校（去年没有录取的主要原因也是在此）。当时我所在辽宁省大连市招生的师范院校中均无美术专业。所以，这时我面临的选择就是：如果坚持美术专业，就只能放弃考大学；如果坚持报考大学，就只能放弃美术专业，报考师范院校能够招生的专业。

这对于我来说是个艰难的抉择。我从1968年进入大连十五中，跟随徐世政老师学画，后来又进入师范学校学习美术专业，毕业后又担任美术老师，到1978年整整有10年。无论是专业方面的知识和能力积累，还是十年间对美术专业产生的感情，都难以割舍。可是另一方面，从小形成的大学之梦在心底具有更大的庄严感和崇高性。所以，我最后的选择还是放弃了追求奋斗十年的美术专业，报考师范院校的文科专业。

从得知这个消息并决定改行，到正式高考，中间只有一个月时间。这一年我已经24岁，深知这个机会的来之不易和对改变命运的重要性。所以，那一个月期间，我干脆搬到学校，夜以继日在办公室备考。

1978年是恢复高考的第二年，第一年是各省自主命题，从第二年开始全国统一命题。这一年文科高考的科目共五门：政治、语文、数学、历史、地理。因为十年动乱的原因，整体水平很低。我因为之前有文化基础和在中学教过政治、地理、历史课程的原因，四门文科科目成绩较好（100 分满分，最低语文 67 分，最高历史 93 分），总分也比最低录取线高出近百分。

当分数公布出来之后，无论是我自己，还是周围同事朋友，都觉得上大学已经是板上钉钉的事情了。完全想不到竟然会被命运捉弄得狼狈不堪。

随着周围成功的考生一个个接到录取通知，而我却一无所获。一种不祥的预感慢慢涌上心头。半个多月后，录取工作基本完成，我还是没有收到录取通知。我只好来到大连市招生办，查询此事。一开始给我的答复是继续等待。但一周之后，录取工作基本结束了，还是没有消息。我继续向招生办提出申诉，申诉的理由是我的分数远远高出录取分数线，为什么没有录取？命中注定的是，我在市招生办见到了我在师范学校就读时的体育老师王学法先生。我急切地向他了解其中原委，王老师向我暗示，是我的政审出了问题。

当时虽然粉碎了“四人帮”，开始拨乱反正，但“文革”的余毒还没有彻底肃清。高考报名材料中有一项“家庭成员直系亲属有无重大政治历史问题”。我的父母在“文革”中受过难，母亲还因此去世，但都不是政治历史问题，而且他们的问题我早已向组织做过具体详细说明。所以“四人帮”垮台之后，我没有受政审问题影响，连年被评为区级、市级青年社会主义建设积极分子，于是我在高考报名表中没有填写这部分内容。可是，我们单位的人事干事是一位文化和政策水平不高的“三八”干部。她不清楚这些政策掌握的分寸，在我的高考政审材料中提到了我父母的问题。这样，无形中就形成这样的态势：有关宁稼雨的家庭问题，单位写了，本人没有写，似乎有隐瞒家庭问题的嫌疑。搞清这个原委后，我拿着历年青年社会主义建设积极分子的证书，向招生办提出政审问题申诉。招生办审查之后，认为情况基本属实，但提出要我本单位证明我的申诉属实，并重新为我提交政审材料。这些材料提交到市招生办，招生办经过审核，认为情况属实，决定恢复我的高考录取资格。

但是，这个时候当年的高考录取工作已经结束，无法按正常录取程序进行，只能作为录取的善后问题来处理。招生办对我说了两点我的录取事宜：第一，全国录取工作结束，外省市录取组织已经撤回，所以我无法参与全国录取；第二，我的录取工作只能在大连市本地院校就地解决。但正常录取工作结束，各院校没有义务必须录取我，是否录取只能由各院校自行决定。这也就是说，虽然我获得了录取资格，但能否录取，被什么学校录取，我能否上得了大学，仍然还是一个未知数。可以说，我本人能够尽的“人事”已经到头，能否有学校录取我，就要看“天命”的安排了。就是在这个时候，我的命运之神——祝恩堂老师上场发力了。

祝恩堂老师是我在大连三十八中工作的同事，长我约20岁，二十世纪五十年代毕业于山西大学中文系，为人慷慨正直，1957年曾被打成右派，占我所在大连三十八中语文学科的业务头把交椅。我们几个气味相投的老师私交很好，经常相互交流与帮忙支持。从我决定高考开始，他一直在关心和鼓励我。当高考分数公布后，参加过当年高考阅卷工作的他，根据多年对我语文修养的了解和对我答题情况的询问，认为我的语文成绩可能有误。于是他不顾腿疾，与我一起去区招生办查阅我的语文分数。虽然不果，但他这份热心肠却让我十分感动。

当得知我所面临的高考录取难题之后，祝恩堂老师再次向我伸出援助之手。他通过一位在辽宁师范大学（当时还是辽宁师范学院）工作的朋友与该校负责招生工作的学工部郭部长取得联系，说明了我的情况。因为市招生办已经正式恢复了我的录取资格，所以对于辽师大来说，录取我完全符合政策制度规定，所以他们乐于完成这件成人之美的事情。

当我得知这个消息，便来到辽师大见到郭部长。郭部长对我说，学校已经同意录取我了，但下面还有去哪个系的问题。我的第一志愿是历史，但辽师当时没有历史系，是政治和历史合一的政史系。而且政史系是个小系，教室很小，已经满员，不能再加书桌了。而中文系是师范院校的大系。当年在招满 5 个班的基础上，又扩大招收两个班的走读生。走读班的教室比较大，还有几个空余座位。如果我要上，就只能去中文系了。已经被高考录取折磨得焦头烂额的我，已经没有任何选择的余地和心情，立刻决定接受这个录取结果。

当我办好所有的入学手续，坐在走读班教室的时候，已经是 1978 年 11 月初。其他正常入学的同学已经上了一个多月的课了。对我来说，这一天虽然来得太迟，但却是我人生命运转变的起点。为了这一天，我本人固然付出了

1978年作者在辽宁师范学院留影

许多汗水和心血，但是，倘若没有祝恩堂老师的出手相助，我很难想象会是什么结果。也许运气好一些，我会付出更多更大的努力，而运气不好，我也许就会失去当年上大学的机会。那么，也就不会有今天的我。

事业与兴趣关注点的成功转型

上大学之后第一年内，我面临并解决的一个重要问题就是事业与兴趣的关注点由美术转向文学。坦白地说，从决定考大学，到经历各种波折后进入大学就读那个时段，我的想法和精力，主要集中在上大学这件事情上。对于上大学之后的就业出路与归宿，我甚至没有去多想。现在回想起来，当时还真是有些简单和天真。1978 年那年，我已经 24 岁。现在的学生如果按部就班正常走下来，至少已经是硕士毕业的年龄了。而我却是大一刚刚起步，一切都刚刚开始。

因为得到这个上大学的机会十分艰难不易，所以我的最大心愿就是好好珍惜这个渴望多年的宝贵机会，认真读书学习。整个大一时段的我，把其他所有一切都抛在脑后，把全部精力都投入到专业学习中。当时我最大的兴趣点就是上课和泡图书馆。我同桌的老大哥长我 8 岁，1966 年“文革”爆发使他失去了本来应该考大学的机会，一晃就是 12 年。入学时已经 32 岁的他，当时刚刚当上爸爸，因为走读住在自己家里，夜间要给宝宝喂奶换尿布，白天到学校上课经常趴在桌上补觉。与他相比，我没有这些牵挂和负担，能够全身心投入到学习当中。我在上课和图书馆中发现一个广阔世界，好像是进入神话里的宝藏世界一样。所以，上午上课的时候，我全神贯注地听老师讲课，认真做课堂笔记。我的课堂笔记不是提纲挈领式，而是有言必录式。所有专业课的课堂笔记都是厚厚的一大本，往往是这门课程的系统专业知识。课后则做两件事情，一是认真完成作业，消化课堂内容。比如现代汉语课上讲到语法分析时，因为中学时候受社会环境气候影响，语文课几乎没有学过语法知识。为了改正这个缺陷，掌握这方面的知识和能力，我找来一本《红旗》杂志，把整本杂志中的每个句子都画出语法句子成分。这个工作到最后完成时，除了几个句子我拿不准之外，其他所有句子都画出来了。我拿着这本画完全部句子成分的杂志找到我的汉语语法老师，请他为我释疑解惑。老师对我说："除了那几个句子，其他大部分句子画得都没有问题。你拿不准的几个句子，也正是学界有不同看法、意见有分歧的几个语法现象，说明你已经掌握了这方面的知识和能力。"他还感慨地说，功夫下到这个程度，学不好都难！课后做的第二件事情就是泡图书馆。经过"文革"十年的封存封杀销毁，当时人们最短缺的精神食粮就是书籍。"四人帮"垮台之后，伴随恢复高考，图书馆封存的很多书开始解封。所以，刚上大学的我，为能在图书馆看到并可以借出那么多之前闻所未闻、或者有所闻却无缘见到的古今中外图书感到万分震撼和激动，好像一个多年饥肠辘辘的饿鬼，眼前一下子出现丰盛筵席。那种饱餐和占有的欲望简直难以言表。我在十年学画期间曾多次想寻找一些绘画理论与实践方面的书籍，但非常困难，好不容易找到鲁迅翻译日本人坂垣鹰穗所著《近代美术史潮论》和王伯敏的《中国美术史》，简直如获至宝，甚至用笔记本把全书都抄录下来。而现在的大学图书馆，说不上应有尽有，起码也是琳琅满目了。我如鱼得水一般，疯狂地借书、看书：文学史、名家名著、美术史，以及一些重要的学术著作等，用“爱书如命”一词来形容也毫不过分。

现在回想起来，这个时间段不算太长，大约不到一年时间，但是它在我人生和学术道路上的重要作用是：它把我事业追求的兴趣和兴奋点由此前十年的美术专业基本上转变到文史这个广阔天地中来了。此后，我之所以能够立志考研并得以成功，很大程度上正是得力于这个重要转型的完成和实现。

考研：机缘巧合背后的仙人指路

经过大一将近一年的强制性自我转型训练，我的心态和事业关注点基本上完成了从美术向文史的过渡。具体一点说，就是把自己的饭碗由美术教育和创作转移到了文史研究方面。这个转变本身也就自然解决了改行之后的再就业问题。虽然具体单位去向还不明确，但在大学学习的基础上继续深造学习，穷毕生精力从事文史研究，这个志向已经非常明确了。

我利用回原单位取工资的机会（当时政策是工作满5年可带工资上大学），去见了祝恩堂老师，向他汇报了我大学毕业后打算考研和专门从事文史研究的打算。他听了之后非常高兴，说："你这大学没有白上，将来前途无量。考研的事情我还要继续帮你。不过，考研的事情我已经帮不上具体的忙，我能帮你的，是请出王多闻先生，请他指导你考研。相信他的指导会很有成效。"

王多闻先生是祝恩堂老师的中学老师，他们之间的师生关系产生于何时何地，我已经记不清楚，但我能记住的是，他们之间的关系是远远超出普通师生关系的。虽然这时我还没见过王多闻先生，但祝恩堂老师经常和我们提起，所以对我来说，王多闻先生的大名已经是如雷贯耳了。

王多闻先生是辽宁沈阳人，生于1924年。二十世纪四十年代毕业于东北大学，抗战时期就是一位爱国热血青年。有一次他走上街头，情绪激昂地向民众宣传抗战，恰好被路过的冯玉祥将军看到，受到感染并深受感动，当即将他认为义子。王多闻先生在文史专业方面有很深的造诣。在历史学、版本目录学、古代小说方面都有很深的功底。

他从二十世纪五十年代起进入大连市图书馆参考部任研究员，后任部主任。他为人正义执着，却经历坎坷。二十世纪五十年代也曾被打成右派，“文革”期间更是遭到严酷迫害，曾被“造反派”追赶得四处逃难。在那段时间里，祝恩堂老师曾冒着极大风险，收留王多闻先生一家并资助其全家生活。所以说，他们之间是过命的交情。

二十世纪七十年代，当时周恩来总理亲自关心《中国善本古籍总目》的编纂工作，多次指示要做好这项工作。在全国各省市和大专院校图书馆联合组成的《中国善本古籍总目》编委会中，王多闻先生担任史部主编，同时参与小说部分的编纂工作。他对中国古籍的历代演变和多种文献的版本源流都非常熟悉，能如数家珍地说起很多重要典籍的版本情况。祝恩堂老师对我说，他非常喜欢读书的年轻人，我和他之间又是那种交情，所以，他一定会帮你，也一定会帮到点子上。

事实证明，祝恩堂老师当时的预料完全准确。我大约从 1979 年下半年开始在王多闻先生的悉心指导下准备考研。从报考专业方向，到具体的参考阅读书目，乃至很多书籍的具体阅读版本，我都受到王多闻先生的亲自指导，并取得成功。

关于报考的专业方向，最开始我有自己的想法打算。因为我有过十年学画的经历，早在上大学之前，我就对中国和西洋美术史产生了浓厚兴趣，并且经亲友介绍，在

1977年利用去北京参观全国美展的机会，去中央美术学院拜访中国美术史泰斗级专家金维诺先生。经过大一的学业转型，在未来考研和就业方面，我最初是想把此前学画积累的部分资源能够用上，所以打算报考美术史方向的研究生。我把这个想法向王多闻先生汇报后，被他否定。他给出了报考明清小说方向的意见。

他给我分析的理由是：美术史和明清小说二者相比，后者更具有得天独厚的优势条件和发展前景。从明清小说的藏书情况看，大连图书馆的明清小说藏书，在全国仅次于北图和北大。这批小说的来源是日本古籍收藏家大谷光瑞，大谷光瑞作为一位旅行家，当年把收藏的这批小说作为抵押，存放在大连图书馆的前身——大连满铁图书馆，向图书馆借贷资金旅游。后来他无力偿还，再后来就到了1945年日本投降，大连光复。这批书就未能返回日本，成为大连图书馆的珍贵馆藏。这批小说文献的主要亮点是大量出版问世于《金瓶梅》和《红楼梦》之间的明末清初才子佳人小说。明末清初是中国小说史上的重要发展时段，但在以往小说史和文学史的研究中却基本是一个空白。王多闻先生认为，随着改革开放局面的展开，这批小说作品势必会成为中国小说史、文学史研究的一个重要的、有待开发的领域，需要专门人才。很显然，王多闻先生是把我作为辽宁省和大连市明清小说研究的后备力量来打造培养的。他的思路是，如果我考取明清小说研究方向的研究生，毕业之后回到大连，会成为未来研究大连市图书馆收藏这批明末清初小说的专门人才，具有较好的发展前景。

王先生的分析高屋建瓴、头头是道，我没有任何反对的理由，便在他的具体指导下开始了准备考研的工作。他为我制订的考研计划分为主次两个部分，主体部分是中国小说史及其相关作品和研究论著。他开出的两部小说史著作分别是鲁迅的《中国小说史略》和谭正璧的《中国小说发达史》，具体作品就是两部小说史中提到的大量相关作品。谭正璧的小说史出版于1935年，当时很难找到了，我只好抓住很好找到的鲁迅《中国小说史略》来仔细耕读。我通过阅读鲁迅《中国小说史略》，大致能把握中国小说的基本脉络，但要深入理解消化，就需要大量阅读书中提到的历代小说作品。这些小说中已经看过或能够找到的数量比较少（除了四大名著外，大约就是《三言二拍》《今古奇观》之类等），大部分作品没有排印本，线装版在各个图书馆收藏又很有限。我向王先生请示咨询后，大致将其分为两类，采取两种不同办法：一类为经典重要作品，想尽办法来解决阅读问题；另一类为普通作品，当时没有网络，也没有后来出现的很多小说工具书，很多找不到原书的只能暂时通过间接途径解决，如各种文学史和小说史对它们的简单介绍等。除了鲁迅的《中国小说史略》，当时能看到的文学史主要有三种：游国恩的四卷本、中国社科院的三卷本，还有北大中文系1955级编的两卷本红色文学史等。小说史方面则有人民文学出版社新出的北大中文系所编《中国小说史》和南开大学中文系所编《中国小说史简编》等。在缺乏其他渠道的情况下，只能通过这些小说史本身的介绍来初步了解其中一些作品信息，以及它们在小说发展史上的地位作用等。而那些必读而又没有排印本的重要作品，我只好向王多闻先生求援。王先生非常明白这些书的必读道理，所以想尽办法帮我解决问题。我印象最深的就是《世说新语》。当时因为图书馆借不到排印本的《世说新语》，王先生特别为我开了小灶。他专门写了一张调阅条，请大连图书馆线装书库的工作人员把清代周心如于道光年间刊刻的纷欣阁本《世说新语》提调到二楼阅览室保管，专门供我阅读。那时大约用了两个月时间，每周两个下午去当时在世纪街的大连图书馆二楼阅览室，攻读这部线装版的《世说新语》。这是我第一次阅读《世说新语》全书，也是第一次全文阅读一部具备竖排繁体字、白文、宣纸、函套等的货真价实的线装古籍。大连图书馆二楼阅览室实际上是个天井式周边条状阅览区，从中间天井俯瞰一楼阅览室，有一种居高临下的感觉。每张桌子只有一个阅览位置。座椅是半圆形筒式靠背椅，令人想起马克思在大英博物馆把地毯磨破的那把椅子。坐在这样的椅子上，看着1500年前写成、100多年前刊刻的古书，这应该是我想象中理想的学者生活状态。

王先生为我制订考研计划的次要部分是关于古代笔记

大连图书馆旧址

的学习。他对我说，古代笔记虽然不是专门某一方面的学科知识，但是它包罗万象，含有大量其他专业文献所没有的珍贵材料。治古代小说者，绝不能绕开笔记。其他很多专业也是如此。此前我对笔记了解不多，当时又没有专门介绍笔记的书籍文章，便向王先生请示具体阅读的途径方法。他竟然亲自动笔，为我开了一个长长的笔记阅读的书单。我按图索骥，看了不少。可喜和幸运的是，在我备考大约两年后，1981 年，我后来的硕士导师刘叶秋先生的《历代笔记概述》一书出版。这本书详细系统地总结和梳理了历代笔记的分类情况和发展演变脉络，并且对其中代表作品做了简单的描述介绍。见到此书后我简直喜出望外，因为这本书简直就是王多闻先生为我设计的历代笔记学习的最好教材。我把王先生开的书单和刘先生这本书两相对照，合并其中重复部分，大致进行了地毯式阅读。这样，笔记这部分在王先生设计的备考计划中虽然是辅助的次要部分，但我掌握得比较全面。当时万万没有想到的是，由于王先生在备考计划中对笔记这部分的专门安排和我自己相对到位的准备，对我后来考研的专业方向选择乃至于此生的学术研究方向都产生了决定性影响。

转眼间到了 1982 年初，研究生入学考试报名开始。我准备近三年的备考工作也到了要验收成果的时候了。那时候报考硕士研究生有点像现在的博士生报考，是直接报考到导师名下的。我则是按照既定计划，在当年的全国研究生招生专业方向和导师目录中去寻找中国小说史和明清小说这一类的招生方向和导师，发现该方向这一年招生的学校和导师主要有南开大学的朱一玄先生和河北师范大学的朱泽吉先生。如果按原先备考计划，我应该就把这两所学校和导师作为报考目标了。但是或许是命中注定的安排，我在这一年的招生目录中发现了或许是中国教育史上空前绝后的唯一一次招生专业方向和导师——刘叶秋先生招收的笔记小说专业方向。

因为三年备考中对笔记这部分做过比较详尽的学习和了解，而看的书也正是该专业方向的招生导师刘叶秋先生所著《历代笔记概述》，所以也就产生了尝试报考这个专业方向和导师的念头。但此举事关重大，意味着要改变已经准备三年的明清小说专业方向。我自己难下决心，而且按礼数也理应去请示和咨询王多闻先生。

王先生听过我的汇报，略加思考后对我说，我还是赞成支持你报考刘叶秋先生的笔记小说专业方向。理由有三：第一，笔记小说与明清小说相互关联，专业上并不矛盾；第二，明清小说是传统专业方向，准备和报考的人会比较多，而笔记小说从未招过生，你又做过认真准备，有较大把握；第三，如果能到那边和刘叶秋先生学，将来应该会有更好更大的发展机遇和空间。

就这样，在祝恩堂老师的热情关心和引荐下，在王多闻先生的周密设计和指导下，在我本人三年的认真准备下，我终于实现了成为刘叶秋先生亲炙弟子的梦想。回想这一切，似乎每个细节都缺一不可。尤其是，由于王多闻先生的特意安排和我的准备，刘叶秋先生此生唯一一次招生的机会被我赶上并如愿以偿了。这一切，真不知是天命，还是人事？

在备考之前，我对王多闻先生只是仰慕崇拜，没有想到他会成为引领我此生学术道路的关键性师长；而我之所以能够得到王先生的指导帮助，是因为有祝恩堂老师的热心引荐支持。

谨以此文，献给已经离世的王多闻先生、祝恩堂老师，愿他们九泉下安息！

第三辑　至情篇

冰心玉洁，旷世罕比

——怀念我的师母汪元澂先生

当我写下这个题目之后，泪水顿时模糊了眼睛。三十多年来，师母在我心中的崇高圣洁形象，一下子在脑海中浮现出来。

师母汪元澂先生是恩师刘叶秋先生的结发夫人，也是这个世界上我所遇到的女性中让我最为敬仰崇拜的人。如果说，此生对我的学术生命恩泽最大、影响最深的人是恩

1986年作者与先师、师母合影

师刘叶秋先生的话，那么对我个人人格精神、价值观念影响最大的人则是我的师母汪元澂先生——没有之一！

大家闺秀 秀外慧中

1982 年，我从辽宁师范大学本科毕业，考入南开大学，师从刘叶秋先生攻读“笔记小说”专业方向硕士学位。我完全没有想到的是，苍天在给了我学业上最好老师的同时，还给了我一位生活上对我无微不至地照顾、精神上对我启迪良多、甚至可以说是忘年交的好师母。

我第一次见到恩师刘叶秋先生是在 1982 年 9 月初我硕士入学时，当时刘叶秋先生为商务印书馆汉语编辑室编审，与吴泽炎先生共同主持《辞源》修订工作。他受聘为南开大学兼职教授，我有幸成为先生在南开大学指导过的唯一一名硕士研究生。

因为我和先生京津两地分离，南开中文系允许我每个学期两次以公差形式去北京向先生求学。我第一次从天津去北京拜谒先生是 1982 年 11 月，这也是我第一次见到师母的时间。我当时计划在北京逗留三天，向先生汇报学期学习情况，接受先生的学业指导。我事先写信问先生在哪里找旅馆比较方便，先生回信说等到北京见面再说。但我没有想到的是，到北京商务印书馆见到先生后，我问先生住宿情况，先生竟然说，为了交流方便，就不要住到外面了，与他同吃、同住、同行即可。我没有任何拒绝的理由，恭敬不如从命，于是便随老师一起乘坐公交车到了珠市口家里。到家里和师母见面后，师母竟然像久别的长辈亲人一样，不容分说地让我住在先生本来就十分局促的小卧室。这个举动不但让我万分感动，而且让本来在这个世界上素昧平生的我和老师、师母顷刻之间就变成了最最亲密的亲人。

第一次见到师母的印象，用“惊艳”来形容也毫不过分。师母出身安徽汪氏大族，祖父有功名，在晚清政府担

师母汪元澂先生

任要职（同治年间慈禧垂帘听政时官居福建巡抚）。身为大家闺秀的师母，不但貌若仙女，而且秀外慧中、气质过人。老师当年对师母的形容是“秀色可餐”，而后来当我再次读到《世说新语·贤媛》中谢道韫“林下风致”故事的时候，第一反应就是我师母的形象。

出身这样的大家族，师母小时候可谓家里的掌上明珠，也受到最好的家庭教育。据师母跟我回忆，小时候爷爷和母亲对她的教育影响最多也最大。进士出身的爷爷不仅亲自教她识字启蒙，读帖练字，还给她讲过许多故事轶闻。师母告诉我，她小时候各种活动都有专门的房间。游戏间里面有各种玩具，可以尽情玩个够。而习字间里墙上挂满了历代名人名帖，书案上则是纸墨笔砚。她可以随时来到习字间，读帖写字。这样的教育使师母不但对历代书法名家名帖倒背如流，而且还身体力行，写出一笔筋骨俱在、风清月朗的精彩小楷。我内人写字在同龄人中还算不错，但三十多年前她第一次见到我师母的字之后，竟然万分惊喜，以为仙人所书，并发愿要把师母的字作为字帖来欣赏临摹。此外，爷爷还经常给师母讲些《聊斋志异》之类的小说故事。师母跟我回忆起当年在爷爷膝下幸福玩耍时，爷爷每当讲完那些鬼魅故事后，总要跟师母强调：鬼不可怕，比鬼更可怕的是人！师母说他小时候对这句话不能完全理解，但因为爷爷总说，所以记得非常清楚。但随着阅历的增长，她越来越能体会到这句话的正确和深刻。

老师和师母都出生在民国，已经开始接受新式教育。高中毕业后，师母本来最喜欢医学，曾立志做一名外科医生，所以打算报考医科大学学外科。但她从小体质孱弱，而外科医生有时需要长时间手术，良好体质是必要条件。所以在母亲的劝阻下，她不得已放弃做外科医生的理想，改学经济学。当年她以同年考生总成绩第二名的优异成绩考入北京大学经济系。师母后来跟我说起此事，还有些不服气，说本来志在第一，没想到马失前蹄，被一位男生拿了第一，心有不甘。可见师母当年是怎样一位奇女子！

尽管身体孱弱，性格开朗的师母却非常喜爱运动。除了一些小球运动外，师母最喜欢的运动是骑自行车。当年她上大学周末和假期回家时，经常骑上自行车去中南海尽情撒欢儿（当时中南海是普通百姓可以随便出入的）。

大学毕业后，师母被安排到中国银行天津总行任职。当时中国著名考古学家、文物鉴定专家、中国书法家协会天津分会主席陈邦怀先生也在天津中国银行任职，是师母的前辈。在陈邦怀先生指导下，师母在业余时间阅读了“前四史”，并受到很多古文字学、文物考古方面知识的熏陶。这些知识和素养逐渐形成一种兴趣爱好，并成为后来师母和老师诸多共同爱好的重要基础。师母跟我说完这段往事之后，我脑海中出现的画面是，在天津中国银行宏伟西式建筑的高大办公厅里，一位美丽女职员手捧线装书《史记》静静阅读——这是怎样一幅民国时代仕女图！

与此同时，恩师刘叶秋先生正在天津《民国日报》任副刊主编，并在天津部分大学兼课。经人介绍，老师和师母结识并结为伉俪，开始了半个世纪之久的金婚之旅。

患难真情 天地可鉴

让我在心底对师母肃然起敬、万分敬仰的，除了她本人才貌过人、资质聪颖外，她和我老师之间那种心心相印、相濡以沫、患难与共、天地可鉴的感人故事，是重要原因。

老师和师母的家庭，可以算是门当户对，师母的家庭情况要相对更好一些。但师母从未以一位大户人家大小姐的身份与老师交往，而是以知心、知音、同好等这些灵魂的默契作为和老师之间永恒精神恋爱的基础。而这份永恒的精神恋爱不仅经受了几十年间他们自身的性格磨合，还经受了那些动荡乃至恐怖岁月挤压的严峻考验，彰显出人间永恒爱情的真谛！

共同的家庭和环境影响，使老师和师母从年轻时代起就产生很多共同的爱好，并且持之以恒。姑举几例，以见一斑。

老师和师母共同爱好之一是书法。老师的书法在学界、书界享有盛誉，荣宝斋曾有过收藏。师母幼年就读帖习字，更是写得一笔好字。两位在书法方面有许多共同语言，尽管他们各自喜欢崇拜的书家不尽相同，有时还相互对对方和对方的偶像提出一些非议乃至争吵。但这个非议和争吵也是一种档次，一种境界——试问，有多少夫妻能在这个档次和境界上对话和争吵？我第一次到老师家，老师就拿出一抱书画和悬钩。我开始不明白老师要做什么。只有师母会意地笑着对我说："你老师是要把他的宝贝家底儿向你炫耀展示呢!"我记得其中有很多当代书画名家的作品，诸如沈伊默、启功，还有老师的老师贺孔才、吴玉如先生的书法作品，以及丰子恺等人的漫画等等。从那时开始，我每次去北京老师家的时候，只要有机会，老师最喜欢做的一件事就是把他收藏的名家书画拿出来，分期分批地向我展示，给我分享那一幅幅书画的来历故事。比如那幅丰子恺先生专门为老师画的一幅《好花时节不闲身》，在二十世纪六十年代政治运动中散失。后来丰子恺先生得知后，又专门重新画了一幅。还有一幅吴玉如先生写的卷轴，老师曾分别请启功等很多名家在上面题词。

喜欢书法的副产品是玩扇子。玩扇子有几个步骤，先是写好扇面内容，然后要把扇骨插入扇面缝隙撑住，最后再粘贴紧。这几个步骤他们两位都很娴熟，但后来比较多的情况就是老师以写扇面为主，师母以插入扇骨粘贴为主。可别小瞧了插扇骨，里面的技术含量很高。前两年我自己试过，难度并不比写字更容易。当年他们经常写下一批扇面，然后就一起插扇骨，完成一件件书法扇面作品。因为二十世纪六十年代的社会动荡变革，这些扇面扇骨市场上都见不到了，社会环境也没了那个气氛，所以这个活动停了很多年。可巧的是，二十世纪八十年代我到天津读书后，我在天津古文化街发现扇面扇骨这些东西又重新开始出售了，便赶忙写信告诉了老师。老师听说后非常高兴，嘱咐我按照他需要的尺寸买几副，下次去北京带过去。我买好带去后，老师和师母竟然像孩子一样乐不可支，好像又回到了他们年轻的时候。

听戏唱戏是老师和师母的又一共同爱好。他们年轻时正是中国京剧繁荣的鼎盛时期，从四大名旦，到周信芳、马连良、谭鑫培、杨小楼，这些当年名噪京城的大角儿的演出都是老师师母最好的精神食粮。不仅如此，他们还能身体力行，粉墨登场，老师不仅能自拉自唱，还能操琴给师母伴奏。想想当年的那些情景，我想一定会比今天在 KTV 唱歌更有味道。老师和师母晚年都写过不少回忆当年北京京剧的名角儿名戏，都是那个时代留下的印记。可以说，听戏唱戏是老师师母感情经历的重要见证。

此情此景，似曾相识。二十世纪八十年代初，北京广播电台有个“阅读与欣赏”节目，很多文史大家都为此节目写过文章，后来陆续结集出版。老师曾应邀为这个节目写过一篇赏析文章，题目是《一片冰心万古情——读李清照〈金石录后序〉》（后收入《文史知识》）。李清照的文章是回忆当年和丈夫赵明诚共同赏玩金石幸福往事和颠沛流离岁月的艰难情景，老师能够感同身受，他的文章与李清照原文同样催人泪下。只有了解了老师和师母那些基于共同爱好的情感交流，才能真切感受到，老师从李清照的文章中看到了自己和师母情投意合的影子，用自己和师母的亲身经历来诠释李清照的原文，所以才能如此感人。后来我在课堂上讲李清照这篇文章时，我老师和师母当年那些甜美幸福情景也是我理解诠释这篇文章的最形象画面。

但是，外人也许难以想象的是，当他们陶醉徜徉在这些美妙幸福的精神生活中的时候，社会环境已经发生了天翻地覆的变化。他们的家庭状况也随着这些变化由衣食无忧的大户人家变为生活窘迫、甚至囊中羞涩的困难户。从1949年开始，老师家经历过两次严重的经济危机。这两次经济危机的共同点就是恩师刘叶秋先生被迫失业，失去经济收入。全家五口人（老师夫妇、两个儿子，还有老师的母亲）的生活支出完全靠师母一个人的工资收入来维持。

第一次经济收入危机发生在二十世纪五十年代初。这次老师家庭经济状况发生大变的重要原因是，老师的父亲在1949年辗转去了台湾，因为父子之情的牵挂，老师于五十年代初曾从香港去台湾看望父亲。因为1949年之后，普通大陆人无论是去香港，还是去台湾，都受到严格限制。老师取道香港去台湾的具体细节我不太清楚，但这个经历成为老师回到大陆之后在历次政治运动中百口难辩、说不清楚的政治问题，并因此失去了工作。从此，老师从天津回到北京，照顾自己的母亲和两个儿子的生活。师母则从中国银行天津分行高级职员岗位调离到天津某中学担任语文教师。

从这时开始到1958年，师母以一个人在天津工作的微薄收入维持一家五口人的生活开支。这个收入要维持五口之家的生计的确是非常艰难的。无奈之下，家里只好把房子和各种古玩、衣物等能够变卖的陆续卖掉，才勉强把这些年的生活维持下来。本来老师家的故居在北京虎坊桥，隔壁晋阳饭庄曾经就是清代乾隆年间大学士纪晓岚的阅微草堂。因生计所迫卖掉这所宅院之后，老师辗转几处，最后流落到北京珠市口附近，只剩下一明两暗三间屋子了。

从1958年开始，老师被借调到商务印书馆汉语编辑室《辞源》修订组，参与第二版《辞源》修订工作。从这时到1966年政治运动开始，家里经济情况稍有好转。但随着1966年政治运动的开始，《辞源》修订工作被迫停止，老师因为临时工的缘故，没有受到运动冲击，但却因此再次失业。从这时到二十世纪七十年代中期大约十年时间，家里又重新回到师母一个人工作养活全家的窘迫局面。一方面师母自己节衣缩食，尽量留给家里更多的费用。另一方面，老师为了减轻师母的压力负担，往往要忍痛把自己最喜爱的文物字画拿去变卖，维持家用。师母曾对我说，到二十世纪六十年代中后期，家里能卖的东西也不多了，只能勒紧腰带，节衣缩食。这是第二次经济收入危机。

但就是在这样艰难困苦的情况下，老师和师母还是乐观面对，没有忘记一起经营他们各种共同的爱好。师母告诉我，有一次她和老师去隆福寺逛庙会，逛了一个上午，肚子饿了，但口袋里只剩下能买一个烧饼的钱了。他们买下一只烧饼，掰开两半，一人一半下肚，然后又继续逛庙会了。这个故事在我心中留下了深刻印象，后来每当我遇到任何艰难困苦的事，想起这个故事，我就觉得还有什么挺不过去的困难？还有什么不去乐观面对生活的理由？

在那些艰难困苦的日子里，师母所承受的并不仅仅是经济方面的压力，还有来自社会各个方面的压力。其中最艰苦的日子是二十世纪五十年代老师失业之后，师母一个人在天津工作的时光。这个时候师母才三十岁出头，正是一位大家闺秀风韵绝佳之时，以她的形象气质成为众人关注的对象。当时师母受到周围各种眼光的关注、议论和“关心”，有的领导以“关心”的名义劝师母应该“站稳政治立场”，与有“特务嫌疑”的丈夫划清界限，并以各种方式表示出关心乃至“许诺”。面对这样的环境，我能体会到师母当时有多么难。一方面，她这份工作是全家五口的生命线，不能丢掉；但另一方面，对爱情的忠贞、对家庭的责任又使她毫不动摇地保护了家庭。当然，以师母当时的容貌和才能，她是完全可以选择另外一条人生道路的，或者是顺从领导、离开老师，或者是另攀高枝。但那绝不是我师母的为人！她不仅婉言谢绝了领导的热心帮助，而且就在此期间，她用怀上第二个儿子的办法给了那些想入非非的人最明确的答复！在这样伟大的女性面前，无论是非分之想，还是不良企图，除了无地自容，还能有什么良策?

三十年间师母从一位大家闺秀被岁月时光消磨成几乎独力承担困难之家的主妇。这是怎样的意志和品格?王宝钏苦守寒窑十八年,被历代传颂。可我师母的艰难程度比她又差多少?

老师家里经济情况好转是在二十世纪七十年代后期政治运动基本结束后。一方面是两个儿子先后参加工作,情况有了起色。另一方面是商务印书馆《辞源》修订工作重新启动,老师作为大专家正式受聘到《辞源》修订组工作。与此同时,师母也结束了近三十年的天津中学教师生涯,退休回到北京家里。从此,家庭的经济收入主力接力棒由师母转给了老师。当时老师不仅在商务印书馆有正式编制,与吴泽炎先生共同主持《辞源》修订工作,还发奋著述、受聘讲学等等。随着这些情况的变化,老师家里的经济状况才发生根本的转折。

尽管经济情况发生巨大变化,老师从未忘记师母才是那些最艰苦的日子中家庭最重要的支柱。记得有一次,老师、师母在我面前开玩笑,老师笑着对我说:“我看在你师母当年立场坚定的份上,没有给她一纸休书。”师母当然知道老师在说玩笑反话,也笑言相答:“嘿嘿!当年有得到休书危险的不是我,而是你呀!”然后我们三人哈哈大笑。这个笑的内涵我不知道今天还有多少人能够理解和意会!

所谓“患难见真情”，师母之谓也！

阴阳两隔 感天动地

非常不幸的是，老师的好日子也就刚刚过了十年左右。1988 年 6 月，退休后的老师突发心肌梗死，经抢救无效不幸逝世。我接到电报之后，火速赶往北京，参与老师治丧事务。在老师治丧活动中，给我留下深刻印象的是，师母没有因为老师突然离世而过度悲伤、失去理智，而是平静自若地面对一切。当时所有的大小事情，都需要师母来拿主意。大到与商务印书馆协商治丧活动安排、悼词的起草，小到所有前来吊唁人员的接待招呼，都需要经过师母审核敲定。最令人震惊的场面是给老师送行那天，按照一般社会丧礼习俗，老年丧偶者，一般由儿女晚辈送逝者灵车去火化处理，本人一般不去现场。但谁也没有想到的是，患有严重类风湿疾病难以步行的师母，竟然坐着轮椅出现在八宝山殡仪馆。那天阴云密布，仿佛在表达人们的悲痛心情。来自商务印书馆和学界的亲友共 200 多人，排着长长的队伍缓缓前行。坐在轮椅上的师母表情严肃，但没有流一滴眼泪，气场十分强大。场面既庄严肃穆，又宏伟壮观。后面是二老的两个儿子手捧老师遗像，缓缓进入告别大厅。师母坐在轮椅上，与前来向老师遗体告别的各位老师、同事和亲友一一握手道谢。长达一个多小时的告别仪式和追悼大会中，身患重病的师母没有掉眼泪，目光坚毅，显示出大家闺秀临危不乱、沉着理智的素养，但又丝毫没有减弱她和老师之间那种生死别离的深挚情感。

经过一个星期的忙碌，我才从北京回到天津，从与师母的交往中继续感受她与老师的崇高圣洁感情和她那颗伟大的心灵。

老师丧事结束后大约一个月，师母在给我的信中说："你老师治丧期间，我只能把心头万分悲痛强压心底，应对各种必须面对的事务。现在，这些事务基本完成。我对你老师的悲痛情感才突然迸发出来，才感受到失去人生最重要伴侣的巨大失落和痛苦。但我和你老师的缘分仍然未尽，我还要以各种方式来继续和你老师的情缘，有些事情还需要你的协助。"

师母说的这些"未尽情缘"主要包括两个方面：

一个方面，因老师走的匆忙，留下大量未尽的工作。其中既有老师本人的著述文稿，也有很多老师参与的各种社会工作和友人信件。因为在老师生前，师母就程度不同地参与过老师的部分研究工作，所以对老师的著述情况十分了解，做起来得心应手。从 1988 年老师去世到 1995 年师母去世，七年时间里，患有严重支气管扩张和严重类风湿的师母，先后整理出版了老师生前未完成的书稿《学海纷葩录》《刘叶秋讲北京》等，还有一部分老师生前完成的书稿尚未校对出版，师母则把所有的后续工作都接续过来。师母跟我说：“在这些整理和校对工作中，我好像还能和你老师进行交流沟通，感觉他没有走，我们仍然还能在一起，做那些共同感兴趣的事情。”

然而另一方面，这段时间在师母心灵深处产生巨大波澜的，还是师母每天夜里通过阅读老师的日记继续跟老师进行半个世纪金婚之后的灵魂交流。

老师有用小楷记日记的习惯，多年未曾中断，几十年间积累了大量日记。但是，外人难以想象、难以相信的是，老师在世几十年间的大量日记，师母在老师生前竟然未曾看过一个字！这是老师和师母之间既相濡以沫、心有灵犀，又相互信任、相互尊重的最好证明。老师离世后，师母说：“从现在开始，我要打开他的日记，从头再重温一遍那个陪伴我半个世纪的他。”所以，每当夜深人静时，师母处理好一天的事务后，便独坐灯下，打开老师的日记，一个字一个字重温他们共同的过去，还有那些师母不曾知道的过去。师母说，有时候，她看着看着，就不知不觉间趴在桌上睡着了（我想她一定会在梦中见到我老师）……

有必要说说师母的两种重病，支气管扩张是师母小时候一直没有治好的痼疾，类风湿则是师母退休回到北京后因屋子潮湿不慎患上的。这两种病本来就很难治疗，但两种病同时出现在一个病人身上却更是令很多名医都感到棘手的难题。因为从中医的角度看，这两种病一个偏寒，一个偏热，治了这个，就会对另外一种病形成不利因素。所以这两种病多年来一直成为折磨师母的痼疾。类风湿使她感觉腿部难受，行走困难，只能用拐杖勉强挪步；而支气管扩张则使她每天不定时剧咳不止。我每次听到师母那撕心裂肺的剧咳，心里都有说不出的难受和无奈。然而就是在这样的身体情况下，师母不仅整理出版了老师留下的诸多遗作，还坚持阅读了老师的所有日记。

我能从这段时间师母对老师的继续“情缘”中真切感受到，师母和老师的那份心灵默契和情感深度与当年李清照对爱人赵明诚的一往情深是何其相似！把师母这段故事比作现实版的《金石录后序》恐怕没什么不妥。

老师去世一周年的时候，师母在老师那间狭窄的“二密栖”中与老师的遗像合影，并把这张照片寄给我们夫妇，亲笔在背面题字：“千里共婵娟，一在天上，一在人间。稼雨、福波同志惠存，汪元澂，八九、六、卅。”今天看到这张照片，想起与老师、师母的日日夜夜，不禁心如刀绞，痛哭失声！

我曾经听过古今中外许许多多相濡以沫、令人感动的爱情故事，但以我所见，像老师和师母这种生死不渝的圣洁情感，用“惊天地，泣鬼神”来形容恐怕也是毫不过分的！

高洁人格 惠我良多

最后再来说说师母对我本人的恩泽和人格精神的重要影响。

师母说过，幼年时对她影响最大的是两个人，一个是她的祖父，另一位则是她的母亲。如果说爷爷对她的影响更多是在知识启蒙方面的话，那么母亲对她最大的影响是做人的品格培养。而这一点，也正是师母对我本人最大的影响。

老师的去世并没有影响和减少我和师母之间的亲情和友谊。二十世纪八十年代、九十年代的时候，京津之间的火车至少还需要两三个小时，所以那时去北京出差办事很难当天往返。而我从八十年代成为老师学生那天开始，无论是公务还是私事去北京，老师家是我唯一的落脚点，在老师去世后依然如此。那个时候也没有电脑和手机，连电话也没有。写信几乎是唯一的联系方式。每当我要去北京之前，我们必然要有一个通信联系过程，其中一个重要内容就是他们二老给我布置采购任务。因为二老均在天津工作生活过，对天津有很深厚的感情，对天津的很多食品也是情有独钟。所以我每次去北京之前，都要按二老的要求去采购。其中有几种食品几乎是每次必带的，一是天津著名西餐厅起士林的点心，二老最喜欢的是马蹄酥和布丁。二是天津的油酥烧饼。当年他们在天津时候吃的小店早已找不到，但一次偶然机会，我陪老师去天津南市食品街，竟然发现一家老字号的烧饼店。老师买回去之后师母大加赞赏，于是这家的烧饼也成为每次必带的食品。除此之外，还有些随季的食品，像冬季师母喜欢吃天津的萝卜（葛沽萝卜），又甜又脆（师母虽然浑身是病，但牙齿却是出奇地好，就喜欢吃脆的硬的食品）。我每次寒暑假从大连回来，一定要带来孝敬师母的是大连的国光苹果。老师则偶尔来点劝业场旁的“曹记驴肉”。但从一开始老师和师母立下的规矩就是，我的任务仅限于买和运，拿到北京他们必定按花销“实报实销”。

除了捎去这些天津食品，我去老师家还有一个不定期节目就是根据时间情况包饺子。我和先生及师母的关系如同亲人一般，每次去北京都吃住在先生家里。师母拿我像自己的儿子一样。我也就不把自己当外人，也像家人一样孝顺师母。当我知道师母喜欢吃水饺之后，心里暗喜，就向师母表示要给师母包饺子吃。师母非常高兴，就准备好了材料，让我表演起来。在师母的老姐姐的帮助下，我从和面，到和馅儿，再到包，全部拿下。先生师母吃得赞不绝口，我心里别提多高兴了！

在老师生前养成的这个给他们捎东西的习惯在老师去世后仍然保留。老师逝世后，我去北京看师母，师母除了嘱咐我从天津带些她喜欢吃的食品外，有时还特地嘱咐我，让我白天去办事，她和大姨把饺子面、馅准备好，晚上我回家的时候我们一起包饺子吃。当然，这时候的饺子，已经不是一种技艺的展示，而是我和师母以及全家深厚感情的结晶了。

老师生前我去老师家的时候，因为学业等原因，我主要和老师一起说话，师母只是偶然接过话题说几句，很少有长谈的时间。老师去世之后，我和师母有了大量交流时间。我每次去老师家，晚饭之后大约七八点，一直到夜半时分，都是师母和我畅谈的大段时间。我对师母的很多情况信息都是那些时光里从师母嘴里得知的。除了前面那些内容外，我感觉对我影响最大的是师母从她母亲那里遗传的性格和人格基因。

师母不止一次地和我说过，小时候她母亲对她说过很多话，但她记得最清楚、最深刻的只有一句话——“做人要手心朝下，不要手心朝上！”“手心朝上”意为有求于人，“手心朝下”意为有恩于人。这句话也可以作为师母一生的形象写照。她一生经历过那么多艰苦岁月，但从来没有为一点“嗟来之食”有求于谁。很多去过老师家的人难以想象，像老师这么成就卓著的大学者，竟然住在那么狭窄的小旧屋。而退休之后，没有单位办公条件的老师，只能在两间旧屋之间搭起一个仅有 2.7 平方米的窄小卧房兼书房。老师不但没有怨气戾气，相反以乐观态度将其命名为“二密栖”，并且自书《舟室铭》以书其志。师母也是如此。她曾亲口对我说：“我小时候什么好房子、大房子没住过？现在这些楼房在我眼里不过是些火柴盒，你让我为了几间火柴盒去低三下四求人，我做不来！”

做人“要手心朝下，不要手心朝上”这句话几乎影响了我的后半生。我从师母这句话中体悟到的是一种做人的尊严和自信，也是在人生道路上以自强态度去面对一切的勇气和动力。在我遇到任何棘手问题的时候，是师母这句话给了我自信的底气和力量。很多情况下，只要自己心里有那份尊严和自强，无论多大的艰苦困难总是能被克服过去的。

师母还有一段话让我终生受用，她把毛泽东“与天奋斗，其乐无穷！与地奋斗，其乐无穷！与人奋斗，其乐无穷”这三句名言作为自己处理社会人际关系的一条重要准则。无论是对这个格言的来源，还是对这句格言的内容，很多不了解情况的人往往会有不解或者误解，以为师母是个好斗分子，主张好斗，不能与人为善。其实，大家闺秀出身的师母既有最好的家教，又在中国大学最好的时代受过最好的大学教育，自然懂得什么是起码的人际交往礼节和原则。她之所以强调这三句话，是因为那是她在所经历的社会环境险恶、人际关系紧张的恶劣年代，在艰苦漫长的人生阅历中总结出来的重要自我保护措施而已。它的真实内涵应该是：我不会去主动挑事，但绝不能因此而怕事。只要我有理并受到挑衅欺压，就要义无反顾地予以反击。在这方面，师母的性格甚至和老师有些不同。老师的仁慈善良，学界有口皆碑，但也往往有人利用老师的善良来达到某些不良目的。每当发生这种情况，老师往往以“张公百忍”的态度去化解，但师母只要知道有这种事情发生，总要想法去弄个水落石出，还事情本来面目。这就是我那清清白白的师母！

回想起来，老师在世时我更多的是从他那里得到学问和学术的教诲，而当老师去世后，我更多的是从师母那里得到许许多多做人的道理。因此，从老师 1988 年去世到 1995 年师母谢世，我一如既往地每年几次去北京看望师母。这种情况我本人一直觉得是理所当然的，但在外人看来这竟然是一直受人赞赏的情操。二十世纪八十年代中期，老师在世时，由南开中文系校友、恩师到南开做兼职教授的引荐人黄克先生牵头主持，搞过一套中国历代各种文体的流派源流演变丛书。其中小说流派演变一册由中华书局程毅中先生担任主编。该书中“志怪小说流派演变”和“志人小说流派演变”两章分别由老师和我来撰写。书稿完成之后，由于出版方面的原因，在老师生前未能面世。大约 1993 年，老师去世之后五年，在程毅中先生奔走周旋下，该书终于出版。出版之后，程毅中先生亲自把样书送到师母在府右街商务印书馆家属楼新居，顺便看望师母。在与师母的交谈中，程先生得知老师去世后的几年，我一直没有中断和师母的联系，一如既往去看师母。事后程先生在给我的信中对此大加赞赏，将其称为“古风犹存”。

其实这在我看来，这是做人再普通、再应该不过的起码要义罢了。（老师、师母对我恩重如山，我岂能像有些人那样，做人走茶凉的事情！）

记得我最后一次去看望师母，是 1995 年暑假。我从 1995 年 3 月开始去韩国高丽大学任教，为时一年。暑假期间回国探亲时，我带了从韩国给师母买的点心礼物，专程去北京看望师母。师母看到我能出国讲学，非常高兴，又是陪我聊了大半夜。当时没有想到这竟然是我和师母的诀别。这次我已经发现师母的精神状况不如从前。果然，等我 1995 年底结束韩国的讲学工作回到国内时，就收到师母已经阖然离世的消息。虽然我有思想准备，也知道这一天早晚要来，但想到十多年来老师和师母对我的种种恩泽，想起师母对我谆谆教诲和无私分享的那些日日夜夜，心底那种至亲离世般的种种悲痛，根本就是难以遏止的。因为在我心里，师母这位冰心玉洁的世间奇女子，是旷世难寻的！

老师，师母，你们在那边过得好吗？又在一起唱戏、玩扇子了吗？又在诵读李清照《金石录后序》了吗？你们知道这些年我有多想你们吗？我今年已经到了退休年龄，等我到了离开人世那一天，我要过去找你们团聚，再给你们包饺子吃，好吗？

（本文发表于《人民政协报》2019 年 2 月 25 日，发表时有删节，这里是全文版）

哭庞朴先生

庞朴先生

今天傍晚听到庞朴先生逝世的消息，心里受到强烈震撼和打击。我和庞先生交往的一幕幕场景如潮水般涌入心田，不吐不快。

最早知道庞朴先生大名，是在上大学本科时候。他是我们“文革”后考上大学的学子们崇仰的诸多名家之一。但我当时怎么也没想到我日后的人生和学术道路能得到先生的恩泽浸润。

一段奇妙的缘分

1982年我大学本科毕业，从辽宁师范大学考入南开大学，在刘叶秋和宁宗一先生门下攻读硕士学位。完全没有想到的是这场考试竟然能让我和庞朴先生产生瓜葛。

来到南开后两位业师特别跟我提起，其实考试前，业师刘叶秋先生已经有了一位中意的考生。她就是庞朴先生的女公子庞煌君。也就是说，我和庞煌是同门考试的竞争对手。当时硕士考试考五门课：除了政治、外语外，有三门专业课：文艺理论、文学史和专业课（笔记小说）。在五门考试中，刘叶秋先生主考的“笔记小说”一门考试得分最高的是庞煌。但因为文艺理论一门考试主考的是南开的一位著名的马克思主义文艺理论家，他以正统的马恩文艺思想为考试标准。而当时西方思想开始涌入大陆，南开学子们的兴趣被这些新思潮吸引。因此导致庞煌在该门考试上的失利。而我则因为在辽宁师大听过另外一位马恩文艺思想研究专家的课，对此道略知一二，于是竟然歪打正着地侥幸通过。

尽管我和庞煌没有成为同窗，但由此知道了庞朴先生与南开的关系。在心理上感觉和庞先生走近了不少。

一部书稿的恩惠

与庞先生建立直接的学术联系是1985年我硕士毕业在南开留校工作之后。

1989年，我在南开中文系开设了“世说新语与中古文化”的选修课，我把该讲义整理成书稿，投给了人民出版社。当时人民出版社没有马上通过选题，而是先由方明先生推荐给了江西人民出版社计划出版的一套由季羡林和庞朴先生主编的“中国文化史研究丛书”中。过了不久，当时还在北大的钱文忠兄作为丛书工作人员，亲赴南开找我，带给我庞朴先生看过这部书稿后给我写的修改意见信。这使我大为震惊和激动。没想到庞朴先生如此提携后学，平易近人。于是披星戴月，青灯奋笔，按照庞先生的意见修改了该书。

也是因为该书的缘故，1990年我应邀赴北京大学，出席季羡林先生八十大寿暨东方文化国际学术研讨会。会议期间，我去皂君庙庞先生宅邸，第一次拜访了庞朴先生。

那是一个酷暑的夜晚，庞先生在灯光下显得矍铄和睿智。他侃侃而谈，饶有兴致地和我详细交流了我书稿的相关问题，然后又天南海北地说了很多，大到国家大事，小到我当面向他老人家介绍我和庞煌的考试缘分等等，他不时发出洪亮的笑声，并向我介绍庞煌后来的去向等等。

尽管由于江西人民出版社由于人事变动的原因，最终没有能把那套丛书顺利出齐。但因为这个过程中我得到庞朴先生的亲自指教，使得这部书的学术质量大大提高。后来该书的基本内容曾几次改动出版过：

1.《魏晋风度——中古文人生活行为的文化意蕴》，人民出版社，1992 年版；

2.《〈世说新语〉与中古文化》，河北教育出版社，1994 年版；

3.《魏晋士人人格精神——〈世说新语〉中的士人精神史研究》，南开大学出版社，2003 年版；

4.《魏晋名士风流》，中华书局，2007 年版。

看到这些，想起庞朴先生为此付出的心血，怎能不感恩戴德，长歌当哭？

另一部书稿的求助与合作

1991 年，我在辽宁人民出版社出版了第一部学术专著《中国志人小说史》，并与责任编辑常晶女士建立了良好的工作关系。我们共同策划了一部系统介绍中国传统文化、学术性兼普及性的著作。其基本思路是用中国古代著名的三十本书为代表，系统勾勒介绍中国传统文化的类型和脉络。虽然我们觉得这是一个不错的选题，但要想把这部书做好，只靠我们的实力和见识是完全不够的。我们一致认为需要请大家名家来把关定向，提升该书的学术品位与权威性。常晶把这个任务交给了我。

我先找到我最尊敬的学者之一——南开大学历史学院刘泽华教授，请他指点迷津并出任该书主编。因为我和刘先生算是忘年交，我既是他的私淑弟子，又是文物收藏的同好，更兼有二十世纪八十年代末那场风波中同呼吸共命运的交情。所以刘先生不但爽快答应，而且提出了更好的操作方案。一是由他出面，请庞朴先生与他两人共同担任该书主编，二是请刘先生的弟子——我的好友葛荃兄与我同任副主编。主编主要负责把握该书的大方向，副主编则负责具体的约稿审稿和各种联系事务。

这个方案立刻把该书的运作推向了更为高端和更为切实可行的阶段。为此，我曾几次专程赴庞先生宅邸，请示这三十本书的书目遴选并邀请庞先生亲自撰写该书总序。由于有了之前的交往，庞先生爽快答应，很快对我们提出的三十本古书选目进行了高屋建瓴的把握，并亲自撰写了该书前言。

庞朴、刘泽华先生的领衔和葛荃兄的加入，使得该书进展顺利，于二十世纪九十年代中期顺利出版。没有想到的是进入二十一世纪后，这部书仍然受到社会的关注和读者的青睐。其间有两家出版社在错开版权期限的前提下分别再版了该书。这个时候，庞先生已经受聘为山东大学终身教授，我没有机会去济南拜谒他。当我在电话中向庞朴先生报告这些书再版好消息的时候，他也十分开心，说我们为中国文化的延续和建设做了有益的工作。同时，庞朴先生还几次谦虚地表示，这部书的主要操作和组织工作是我做的，让我再版时去掉他的名字。在我再三挽留之下，他才勉强同意“连任”。

这些共同的工作和事业，更让我睹物思人、悲不自胜。

难忘的恩泽友情

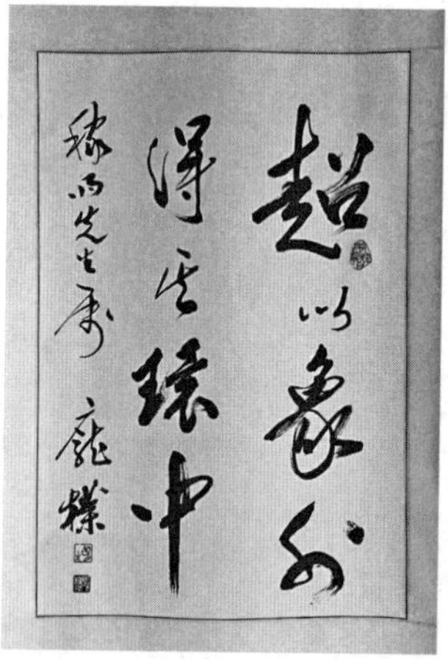

哭庞朴先生（庞朴先生为作者题字）

二十多年的交往，庞朴先生可以说是我做人的楷模、做学问的榜样。让我难以忘怀的是，像他那样具有划时代地位的大家能跟我一个后生小子共事。这种深厚情谊的感怀的确是难以用语言表述的。不仅如此，庞先生还在人格方面给予我很多点拨和启迪。当我们谈起从古到今的文人命运时，他总是能达观超脱地看待。二十世纪九十年代中期我向先生求字时，他欣然给我写下了“超以象外，得其环中”的条幅。若干年来，无论是顺境还是逆境，尤其是每当我遇到坎坷挫折，都是庞先生的人和字在激励和提醒我如何以博大的胸怀面对现实而又超然物外。而如今，这位人生导师竟然永远离去了，我怎能不呜呼哀哉、怒天无情?!

2015 年 1 月 10 日夜半于津西杨柳青寓所

（本文原载于《人民政协报》2015 年 2 月 2 日）

土埋玉树情何已！

——痛悼刘泽华先生

刘泽华

“庾文康亡，何扬州临葬云：‘埋玉树著土中，使人情何能已已！’”（《世说新语·伤逝》）

从中年开始，我不断受到亲密师友长辈骤然离世、阴阳两隔的感情打击，精神和感情上的反复煎熬折磨简直要把人推向难以承受的境地。而当我听到最最崇敬的学者刘泽华先生遽然离世的消息，这种摧残更是被推向了极致！

本来，我和刘泽华先生既有学科上的区分，又有年龄上的差异。但是，刘先生却是在南开大学乃至整个中国学界对我人格和学术思想影响最大的前辈之一，同时也是个人爱好志趣十分相同的忘年交。

1982 年我考入南开大学中文系，攻读笔记小说方向硕士学位。虽然身在中文系学习，但南开史学的厚重底蕴和严谨学风乃至诸位名师大家的风采从那时开始就一直成为影响我学业人格的重要因素。在我个人的学术积累中，有一部分是来自包括刘先生在内的南开史学的营养。

二十世纪八十年代，刘泽华先生出任南开历史系主任，学术和公务繁忙，我几乎没有机会接近这位偶像级的前辈。八十年代末，由于众所周知的原因，刘泽华先生卸任南开历史系主任职务。但这个卸任没有使刘先生销声匿迹，相反，从此开始，刘先生不但在学术上，而且在人品人格上产生了更大的声望和影响。也就是从这个时候开始，我无论是在学术上，还是在个人生活志趣上都产生了很多向他请教和交流的机会和话题。

我已经记不清我是什么时候开始到南开大学北村刘先生的寓所去拜访他的。印象中从二十世纪九十年代开始，我就经常是他府上的不速之客。这恰好是我开始在学界崭露头角，开始不断有学术成果问世的开始。我每当有新作，必定要送给刘先生过目指正。这样刘先生对我也就慢慢熟悉起来。就连师母阎铁铮老师也清楚记得我，“小宁小宁”叫个不停。

印象比较深的一次是我陪同钱文忠兄去拜访刘泽华先生。这件事的起因是，从二十世纪八十年代末开始，我把对《世说新语》的研究扩大到魏晋风度和文化，并且在南开中文系首次开设了“《世说新语》与中古文化”选修课。当时，江西人民出版社正在策划一套“中国文化史研究丛书”，由季羡林、庞朴、汤一介担任主编。我将选修课讲义加以补充修订后，形成书稿，通过人民出版社方明先生投送给该丛书。没想到，丛书主编之一的庞朴先生亲自仔细审读了我的书稿，写出了长达三页的审读修改意见，并指派季羡林先生的弟子、丛书工作人员之一、后来名声大噪的钱文忠兄带着庞朴先生的亲笔审读意见，专程到南开找我商谈稿件修改问题。书稿商谈完后，钱文忠提出要见南开两位先生，一位是刘泽华先生，一位是孙昌武先生。他特别跟我提出要拜见刘泽华先生的理由是——“道德文章”！我当然心领神会。经电话请示刘先生后，我与钱文忠兄一起到北村刘先生寓所。会面时大家都心照不宣，尽量说些轻松而或有所指的话题，所以那是一次轻松而有味道的会面。

我和刘先生第一次比较深入的学术和思想交流是他给我布置的一项学术任务。

二十世纪九十年代初，新蕾出版社计划出版一套“中华历史名人丛书”，计划收 100 人，每人写一本小册子。有一天，作为该套丛书特约审稿人的刘泽华先生找到我，要我为该套丛书写一本，人选拟定为嵇康。刘先生是我经过那些特殊岁月洗礼后格外尊敬的前辈学者，也是忘年交，我理当承命。

回来经过一番思考之后，我向刘先生汇报请示：能否把嵇康换为阮籍？我陈述的理由是：“竹林七贤”看似一体，实分三类。

其一为嵇康，冰心玉洁，在司马氏黑暗淫威下“宁为玉碎，不为瓦全”，堪称中国文人的脊梁；

其二为山涛、向秀之类，为司马氏政权收买，为其卖命；

其三为即为阮籍。阮籍内心与嵇康相通，但为保全身家性命，不敢亮明政治观点，“言皆玄远，未尝臧否人物”。

对于大多数中国文人来说，嵇康是偶像，是灯塔，但却未必是身体力行的效仿对象——原因可想而知。

另一方面，山涛、向秀入朝为官之路是一部分士人的目标，但事实情况是走这条路的人也还比较有限。一方面原因是“供大于求”，朝廷没有那么多乌纱帽；另一方面，据我本人对中国士人精神的体味，认为真正的良知文人在骨子里还是鄙视这条路的。

那么剩下来的，也就只有阮籍这条路了——这才是更多的文人未必想走，但又不得不走的路。阮籍也就用自己的行为与嵇康、山涛和向秀那另外两类人划开了界限：他没有像嵇康那样锋芒毕露，但保全了自己的生命；他没有完全像山涛、向秀那样卖身投靠，也保住了自己最后那点人格和良知的底线。

但是，这种选择的代价就是埋藏在内心永远挥之不去的痛苦。这痛苦，既是他对无奈的抗拒，又是他内心最后良知的证明！

这种选择固然不是最理想的选择，但也不是最差的选择。最重要的是，这是古代大多数有良知的士人在经历现实的磨难之后不得不做出的无奈选择。所以，从这个意义上来说，阮籍的人生道路，也许才是古代良知士人更有普遍意义的选择，因而也更有示范效应。

当我含着热泪把这些理由向刘泽华先生陈述完毕之后，刘先生也含着泪水同意了我的请求：把原定写嵇康的计划改为写阮籍。

这件事情让我意识到，学术要以良知为底线。这一点是我从刘先生的“道德文章”中体味模仿而来的。

第二次重要学术学习机会是我们共同主编《中国传统文化精神》一书的过程。

由于我第一部学术专著《中国志人小说史》一书的合作成功，春风文艺出版社责任编辑常晶女士问我能否在中国文化研究的具体化上做点文章。我联想到许多刊物上介绍过的“影响 ×× 的 ×× 本书”“代表 ×× 的 ×× 本书”，心想如果能把这种思路具体化，通过一本书的分析介绍，达到认识中国文化某一侧面的目的，也许在中国文化史的研究上能有所创新。于是我便提出了这个选题，并得到了支持。1992 年春季，我提出了最初的选目和设想，出版社方面肯定了选题，但又提出了更高的要求。按照我个人的实力和能量，是无法达到那些要求的。于是，我找到刘泽华先生，由他出面邀请庞朴先生与他二人共同担任该书主编，又邀请了我的好友葛荃兄和我共任副主编。于是，我们便在新的起点上开始了新的工作。该书于 1994 年以《中国传统文化精神——代表中国文化的三十本书》为书名在春风文艺出版社出版。嗣后，由于社会反响较好，先后由广西师大出版社、龙门书局再版印刷。

无论是对庞朴和刘泽华先生本人，还是对我和另一位副主编葛荃兄来说，这本书都不能算说有多么重大的学术分量。但是，正如庞朴先生生前对此书再版一事说到的那样，我们做了一件受到社会欢迎的普及中国传统文化的事情。而我能有幸作为该书的具体执行编务，与庞朴先生和刘泽华先生这样的大家共同完成这项工作，是我一生中值得纪念的一件大事，终生引以为荣。

我和刘泽华先生比较投缘的另一重要原因是我们有比较接近的业余趣味爱好——收藏。从二十世纪九十年代开始，刘先生就投入收藏活动中。他的收藏方向有两个，一是铜镜，一是地契。几乎每次去他那里，他都要拿出他的得意藏品向我展示“炫耀”。我记得刘先生向我展示过他收藏的清代从顺治到宣统各个时段的地契。如此完整的地契收藏真的令人企羡和敬佩。当然，他收藏的精品都是铜镜。具体名称我说不上来，但他总是饶有兴味地向我介绍。据他讲，他的一面唐代铜镜，经过李学勤先生鉴定，不但为真品，而且连国博也没有收藏。

因为经常光顾刘府，我注意到他家墙上几幅有点现代派风格的油画。一次闲聊我问起这几幅画的作者。刘先生故作神秘地跟我说：“我先不告诉你。你是学过画的，我要考考你，以你的眼光说说对这几幅画的评价。”我再次端详了这几幅作品，跟刘先生说，这几幅画虽然具有现代派风格，但能十分肯定，与那些胡乱涂抹的所谓现代派画家决然不同，作者是受过严格的素描和色彩的基本功训练的，功底非常扎实。不想这话镇住了刘先生。他赶忙跟我说：“你不愧是学过画的！”原来这几幅画的作者是他内弟——功成名就的著名画家阎振铎。这些交流使我们之间的了解逐渐加深，感情也更加融洽。

正是因为刘先生的耳濡目染、言传身教，我在不知不觉中也被拉入收藏大军。1996 年我从韩国任教一年回国，经济条件稍有好转，在齐鲁书社周晶兄的怂恿下，我终于进入线装古籍的收藏行列中。二十世纪九十年代是国内收藏业刚刚兴起的时候，东西多，入门者也多。北京的潘家园人所共知，但毕竟离天津有些距离。那时候既没有高铁，又没有高速。去一趟北京当天往返都来不及。所以，天津沈阳道古物市场成为我和刘泽华先生最常光顾的地方。沈阳道的集市日是每周四。九十年代后期有段时间，周四成为我和刘先生共同轻松快乐的一天。早上我们一起骑自行车从南开大学出发来到位于劝业场不远的沈阳道古物市场，我们一起逛，一起品评，一起讨论交流。现在回想起来，那简直是一段无比幸福的宝贵时光。

因为收藏同好的缘故，刘先生还成为我线装书藏品中一批重要藏品来源的促成者。

那是在我的线装古籍收藏有一定规模之后的 1998 年冬季。一天，刘先生给我打来电话，说冯承柏先生（前南开大学图书馆馆长）的家藏书（冯承柏先生父亲、南开大学张伯苓时代第一任图书馆馆长、哲学系主任、美学家冯文潜先生的藏书）急于出手，让我帮忙去估估价钱。来到冯家，才知道冯家的线装古籍都堆放在另外一处简易房中，因简易房要拆迁，这些书无处存放，所以要让书清屋。本来冯家找了古籍书店，冯家不了解行情，想找内行人摸摸市场行情。得知此意，我便尽我所知，把冯家这些线装书大致分为几类，并标出每类书大致的单册价格。但因我的估价与书店给价相去甚远，最后冯家决定说服我收下这批书。

从数量上看，冯家这批古籍大约有两个书架。其中大约有一半是《四部备要》和《四部丛刊》中的常用书，另外一半则是与古代文史相关的书籍。其中有不少令人眼热的精品。最珍贵的是万历四年（1576）南京国子监刻本欧阳修《五代史记》。另外还有，康熙年间霞举堂刊本《檀几丛书》，康熙三十二年（1693）刊本林云铭编《韩文起》，康熙庚辰（1700）瑀龗阁林佶写刻本《渔洋山人精华录》，嘉庆己卯（1819）扶荔山房原刻本朱彝尊编《静志居诗话》，康熙二十六年（1687）刊本《庾子山集》，等等。

现在，这些书我还依然珍藏，但促成此事的刘泽华先生和冯承柏先生却均已仙逝。睹物思人，不免伤感万千！

2000 年，我从校内搬家到位于白堤路龙兴里的南开大学校外家属楼。虽然离学校距离不远，但毕竟不如校内方便了。加上其他一些缘故，我和刘先生每周四去沈阳道淘宝的保留节目也就中止了。我在龙兴里家属楼虽然是三居室，但房间依然局促。我的大部分线装书，尤其是从冯家接手的那批书还都封存在纸箱里。直到 2003 年，我在校外王顶堤买了一栋跃层楼房，终于有条件把一间专用书房打成通天书柜，全部线装古籍得以重见天日。为此我专门给刘先生打电话报喜，请他来参观新居和藏书。他非常高兴地接受邀请，并拒绝我打车去接他过来的建议，自己从南开大学骑车到距离学校 3 公里的新居。刘先生仔细端详欣赏了我当时的全部藏品，尤其是从冯家接手的那些珍品。我也一一向刘先生做了介绍解说。他脸上露出欣慰的笑容。

大约在 2010 年，我发现孔夫子旧书网这个渠道，便在电话中向刘先生推荐。他告诉我网络操作不便，而且收藏节奏也在放缓。这个时候，我已经能感觉到刘先生精气神有些不济。又过了一两年，我去南开大学西南村刘先生的新居去看望他。这应该是我最后一次见到刘先生了。看我来了，他依然非常高兴，还是兴致勃勃地拿出他新入手的“好东西”向我展示。我则向他汇报从沈阳道转战孔夫子旧书网的收获。这是我们最后一次进行这样的藏友交流了。2014 年我搬到杨柳青寓所后，藏书条件有了新的改善。本想专程开车接他过来再次分享收藏之乐。但那时他身体情况已经不允许这样的行动了。这给我留下难以弥补的终生遗憾。

后来，因为刘先生夫妇经常去美国探亲，所以经常电话联系不上。即使偶尔能联系上，因为刘先生后来几年听力不好，往往是阎老师接电话，有些事情干脆就我和阎老师交流沟通后，由阎老师替我向刘先生转述了。

大约是 2016 年冬季，我给刘先生家打电话，是阎老师接的电话，告诉我说刘先生住院了，但还在抢救性治疗中，不好探望，让我等消息。后来听说情况好转，出院了，我心里释然，怎么也想不到再次听到的竟然是刘先生遽然仙逝的噩耗！

敬爱的刘先生，亲爱的“老头儿”（学生晚辈和亲人对他的爱称），该说能说的我大致说完了，有些不能说的不但我俩心有灵犀，而且我想您的亲友学生也都能心领神会。我最后想跟您说的是：您留给后人的思想营养和人格力量已经足够多了，恐怕不是一两代人能够完全继承消化完成的。但请您相信，我本人和更多的人都会坚定认为：您在这个世界留下的东西必将被历史证明——它们是我们这个时代学人中思想和人格曾经达到的制高点！所以，您可以放心在天国放松休息，把玩您的藏品。有朝一日，我也到了那一天，我会带上学术新作和得意藏品去向您汇报，继续与您共同把玩，分享乐趣……

2018 年 5 月 9 日泣书于津门雅雨书屋

（本文原载于《粤海风》2018 年第三期）

宽厚仁慈，好贤尚友

——在几天相处中感受金庸先生的人格魅力

金庸先生在南开大学讲学后合影留念

当今网络经常发生恶搞名人逝世的消息，金庸先生本人也曾数次发生过在网络世界“被逝世”的事件，所以，我今天白天看到金庸先生逝世的消息，还是将信将疑，生怕弄成乌龙，不好收场。直到晚上看到新华社的消息，才敢确信下来。而一旦确信，悲痛之情和忆旧之念就如同潮水般汹涌而来。

2007 年在杭州中国武侠小说研讨会上作者与金庸先生合影

作为古代小说研究学者，我在读过部分金庸先生作品后，深深被其对中国古代小说传统的继承和创新所折服，也曾写过学术文章进行学理分析。但从个人情感来说，我对金庸先生逝世感到悲痛，更因为有那些曾经相处的日子作燃烧伤逝的导线。

我本人除了是他的热心读者外，还曾与他有过工作和私人交往。2001 年，金庸先生应邀来南开大学讲学，我受陈洪先生委托，全程负责并陪同金庸先生来南开讲学的全部行程，因此结下深厚情谊。2007 年浙江大学举办金庸先生卸任浙大文学院长暨武侠小说学术研讨会。我应邀出席大会，那是与金庸先生最后一别，回想往事，更觉悲痛伤怀。

2000 年，南开大学由原中文系和东方艺术系联合组建了文学院，首任院长为陈洪教授，书记为乔以钢教授。

其下设建制单位由原中文系产生中文系和传播学系，由原东方艺术系产生东方艺术系和艺术设计系，由原中文系承担全校大学语文课程的教师和原东方艺术系承担全校艺术类公选课的教师组建了文化素质教学部。由我出任文化素质教学部第一任主任。

次年 2001 年，为扩大文学院影响，活跃校园文化气氛，当时担任南开大学党委副书记的陈洪教授决定邀请金庸先生来南开讲学，并把这次活动的具体操办联系和陪同工作交给当时担任文化素质教学部主任的我。为顺利完成任务，陈洪先生派我出席教育部在杭州举行的高校通识教育工作会议并择机联系当时担任浙江大学文学院院长的金庸先生。

因之前与金庸先生无缘结交，我到杭州后与当时担任浙江大学文学院常务副院长、古代文学研究界老朋友廖可斌教授取得联系。可斌教授得知我们的心愿后非常支持，在与金庸先生联系得到同意之后，我们很快就具体行程和时间达成共识，并在较短时间内就实现了金庸先生南开讲学之行。

按双方协商意见，关于金庸先生南开讲学之行，浙江大学方面由徐岱副院长全程带队陪同，南开大学方面由我全程陪同。金庸先生一行下榻在天津利顺德饭店，当时利顺德虽然还是四星级，但却是具有百年历史的著名饭店（中国近现代史上重要名人基本曾在此酒店下榻，有饭店下榻名人墙为证）。由我陪同，南开大学派专车每天早上到饭店接金庸先生一行到南开大学进行学术活动。

金庸先生在天津期间的主要活动有四项：

一是由南开大学校方举行的学术报告会。报告会地点在南开大学伯苓楼报告厅。报告厅好像只有三四百人的座位，但却来了上千人，保安费了九牛二虎之力才勉强把大部分观众安排进会场，那可是十足地水泄不通，连舞台上都坐满了人。当时陈省身先生也闻讯赶来与乡梓见面，聆听报告。不过，让广大观众稍感意外的是，金庸先生的口头语言表达与他的那些名扬天下的武侠小说似乎不在一个水平线上。除了浓重的浙江方言外，金庸先生给人感觉性格很文气、很内敛、很低调，所以与大家期待的热烈气氛有些落差。好在陈洪教授的机敏反应和超人口才完全挽回了当时的尴尬场面，大家像听相声一样领略了两位先生的学识和风采。

二是在南开大学文学院举行了受聘仪式和师生交流会。侯自新校长亲自为金庸先生颁发了荣誉教授聘书，佩戴了校徽。金庸先生与文学院师生畅快交流，并题字留念。这场活动在南开大学范孙楼章阁厅举行，场面较小，不足一百人，照样人满为患。但这场活动中金庸先生显然放开了一些，与师生交流显得更为热烈了。

三是在天津水西庄的盛情邀请下，金庸先生专门造访了水西庄。因查氏家族曾有在天津水西庄生活的经历。金庸先生出于对宗族的亲情拨冗访问了此地。但因当时水西庄实在已经没有多少查氏家族生活的真实遗迹，金庸先生又不大乐意作为道具被人摆放安排，所以这个活动也很快结束了。

四是我陪同金庸先生去天津中国大戏院看了一场京剧折子戏。具体剧目记不清了，但还记得上场演员有样板戏《红灯记》的男主角钱浩梁（浩亮）。因连日活动，金庸先生有些精力不支，戏没看完就提前退场回去休息了。

六年之后，2007年，金庸先生卸任浙江大学文学院院长，浙江大学专门举办了金庸先生卸任暨武侠小说研讨会。我有幸受到邀请出席这次盛会，会上不仅见到很多学界同行，还与金庸先生久别重逢，感到异常亲切。他不仅亲自莅临会场，认真聆听大家的学术发言，还不厌其烦地与所有有合影要求的朋友一一合影留念。

两次与金庸先生的交往只有短短几天，但却给我留下深刻印象。这印象已经超出他的文学成就和学术影响，而是源于人格的魅力。

这人格魅力的核心就是完全超乎我想象的低调和平易近人。我见到他之前对他人格的想象完全是和他作品的豪侠风气和江湖连在一起的，但他本人的性格却完全颠覆了原有的想象。几天共同相处的时光中，我们几乎无话不谈，上自国内国际大事，下至个人学术和家庭琐事等等，可谓事无巨细，毫无遮拦。见面后我送他一部著作《中国文言小说总目提要》，请他指正，作为小说创作大家和历史文化学者的金庸先生深知此书分量，不仅当面跟我反复说明这种工具书的重要性，还在给全校做学术报告的时候专门提到我的这本书，作为读书、治学、创作均须从基础做起的例证。不仅如此，他的天津之行全程由我陪同，这本来是工作安排，也是我本人乐意为之之事。但金庸先生显然把我的这次陪同作为一种深深的情谊记在心上了，所以 2007 年的武侠小说研讨会特地点名邀请我参加。像他这种大家能把这种小事情记在心上、投桃报李的为人习惯，以我多年阅历来看貌似不是很多。

还有一件小事可以作为此说的佐证。金庸先生来南开期间，南开大学派专车接送他活动。司机曹师傅跟我很熟，有一天他不大好意思地问我能否和金庸先生合个影。我向金庸先生转达此意后，金庸先生非常爽快地答应了，曹师傅十分激动，连连致谢。

金庸先生的人格魅力，使我联想到他在作品中描写的最为理想的武侠境界是——没有武侠。这种来自老庄的思想不但是武林豪杰的最高境界，而且，我个人以为，这也是金庸先生本人的人格境界！

金庸先生，天国安息！

（本文节选发表于《人民政协报》2018 年 11 月 3 日，这里是原文）

童心与公心

——献给叔新先生七十华诞

刘叔新

叔新先生七十华诞就要到了，作为晚辈和后学的我，从心底祝愿他健康长寿，并愿意把我对叔新先生的由衷敬意和殷殷深情写出来，献给先生和大家。因为，我以为叔新先生为人的魅力，不仅仅在于他的学问，更在于他的人品！

1982年，我来到南开大学中文系攻读古代文学方向硕士学位。因为我们的专业不同，所以我没有听过叔新先生的课。但我来到南开不久，就听说了他的大名，从此便对他抱着一颗敬仰之心。

大约是1982年11月的一天，我在旧图书馆二楼文科参考室看书，看见一位精神健旺的学者带着几位学生，好像在向学生们讲授有关工具书使用的情况。当时这位学者给我的印象很深。他头戴鸭舌帽，身穿带格子的夹克衫，显得年轻而有活力。如果不是他在给学生讲课，我也许以为他和我差不多大，是在这里苦读深造的学生。后来有人告诉我，他就是大名鼎鼎的刘叔新先生。我才恍然大悟，并对先生留下了深刻印象。

我和叔新先生比较熟悉和接近起来，是从毕业留校工作以后开始的。出于对他的敬仰，我在有了自己的学术著作之后，经常主动给他送去，并请他多多指教。他总是非常客气，也非常高兴。当他知道我所研究的领域主要是文言小说后，便和我谈起他也很喜欢这些随笔式的文章，而且还告诉我，他的母亲当年还写过许多这样的笔记小说。当时我出于职业的偏好和好奇，问先生这些文字还有没有。没有想到，过了几天，先生竟然拿着先师奶写的、发表在二十世纪三十年代报刊上的笔记小说给我看。看着这些已经发黄的报纸，我内心充满了感激和敬意。一位名扬天下的大学者，竟然对我这样一个小晚辈不经意间的一句话如此认真！由此不免让人想到，在一些人那里，名气和地位足可以成为盛气凌人的资本，而先生的举动让我感觉到人格平等的温暖，感觉到相互尊重的美好，感觉到一颗童心的伟大……

先生的这种态度使我在他面前慢慢失去了拘谨和隔阂，我们像忘年交一样可以随便交谈。二十世纪九十年代后，我搬到西南村居住，离先生居所更近了。我去看他的机会也就更多了。我们的谈话内容可以说是天南海北。我们谈生活起居，谈兴趣爱好。我们更像是朋友，而不是师生和长幼。巧合的是，2000 年，我们又一起搬进了校外的龙兴里小区，而且是前后楼。在装修房子期间，我深感先生一人持家的不易，经常为他出谋划策。入住后我去看他更方便了。我们忘年式的交往也一直没有中断。

然而让我最为感动和铭刻在心的，还是先生在学术问题上的公心和对我事业上的支持和肯定。虽然我们的专业方向不同，但他以其学术大家的素养和惠识，对我的事业给予了充分的支持和肯定。每次给他送我的新著，先生看到我的进步总是非常高兴。而且，他还在各种场合褒扬和肯定我的成绩。我不认为叔新先生的这些做法带有私人感情因素，因为叔新先生不是这样的人。他的正直和坦诚是人所共知的。我还听说过这样一件事情，有一年研究生入学考试。一位考生的专业课试卷叔新先生给了不及格。但事后他却向研究生院打报告要求特招这个学生。理由是这个学生尽管基础知识有些不足，但具有一定的研究能力，有培养前途。据说这件事情在研究生院传为笑谈，被称为“拿着上吊绳喊救命”的举动。但这恰好反映出叔新先生为人的正直和公平。他从不把不相关的事情搅在一起。对我是这样，对别人也是这样。这一点，我以为是很多学者包括许多所谓大学者难以企及的。一些人在自己的学问方面也许不乏建树，但在对他人的评价方面却很难跳出私人情感的樊篱。更有甚者，或者以学术评价作为相互讨好的礼物，或者以学术批评作为发泄私愤的手段。凡此种种，不但应该受到学界的唾弃，而且与叔新先生相比，也不啻天壤之别！

中国自古以来就是“道德文章”并称的。叔新先生的文章已经藏之名山，世所共知。在他七十华诞的时候，我想我们还应该大书特书他的道德。因为，他身上所凝聚的中华学人的优良品德——童心与公心，是所有的学人都需要反躬自问和时时反省的东西。人们也时常把高校和学术界称为“象牙塔”，除了科学研究的价值外，叔新先生身上这种童心与公心恐怕也是象牙塔之所以成为象牙塔的重要原因之一吧？

（本文收入《刘叔新先生纪念文集》）

驰向学人之间的神交境界

——我与阮国华先生的精神交往

小引

学人的价值固然在于学术，然而其人格魅力则在于他们从自己的研究对象和人生阅历中所获得人生营养而形成的精神境界。长期以来，人们对学人的价值认识，更多关注于他们的学术成果，而对他们自身的精神世界则有所忽略。实际上，关注学人学术成果的同时也应关注其精神世界，不仅会扩大知识视野，还可以得到智者人格魅力的启迪。

不久前，中国古代文论学会前副会长、广东省文论学会前会长、广东民族学院（今广东技术师范大学）前副院长阮国华教授因病逝世，引起学界强烈反响。受《博览群书》委托，除我本人撰文外，我还邀请阮国华先生生前同

2016年作者为阮国华摄影

行好友、中国古代文论学会现任会长、华东师范大学胡晓明教授和前暨南大学党委书记蒋述卓先生（并由他推荐广东省中国古代文论学会现任会长刘绍瑾先生）撰写怀念追思文章。拜读两位先生的大作后，我惊讶地发现，我们三位作者之间并没有就文章内容交流协商，但三篇文章核心主旨却惊人一致——都集中在阮国华先生本人的精神生命活力以及作者与阮国华先生之间的精神交往。我个人理解，这也许正是作为文学学者在历代文学的价值考察中所悟出的人生哲理：如同文学的传世价值在于其内在的精神蕴含一样，学者的生命价值也同样在于永存于世的精神世界。

2022年3月5日上午，我在南开中文系老学生的微信群中，突然看到一条信息："阮国华先生今早辞世！"顿时感到万分震惊，我第一反应就是这肯定是一条错误信息。因为熟悉阮先生的人都知道他平常身体是多么结实健朗，精神是多么开朗爽快。更重要的是，他是微信朋友圈的活跃分子，几乎每天都在发消息。此前两天是农历二月二，他在朋友圈晒出自己的照片，留言说：

二月二，龙抬头。我是属龙的。今天，我要抬起头来，冷静地观察思考一下世界了！

自信的雄心和清醒的头脑，溢于言表。这是他一贯的人生态度和精神情怀。而且就在前一天，我去学校做核酸检测回来后，在朋友圈发了学校操场临时搭起数十个检测棚的照片。阮先生还兴致勃勃地留言：

呵呵，母校的大操场竟然是这模样了！我不禁联想起当年唐山地震时母校大操场满布避灾防震棚的景象！看来，我们用来锻炼身体的南开大操场也是用来与天灾斗的英勇战场！

无论如何，人们也无法把如此积极乐观和精神豪迈的八旬老人与“辞世”相提并论。我知道，只要不是恶作剧，没有人会开这种玩笑，何况发消息的还是阮先生的亲炙弟子。但我还是不愿意相信这个噩耗，于是便紧紧催问发消息的同学，结果还是确认了这个消息。

一旦噩耗确认，我不得不承认这个事实，与阮先生几十年的交往情景顿时历历在目。

阮国华先生于1959年考入南开大学中文系，1962年毕业留校。“文革”中蒙冤回到家乡湖北，在黄石师院任教。1985年，我硕士研究生毕业留校工作，大约就在那个时间，阮老师被调回南开中文系。那时南开中文系古代文学学科有两个教研室，一个是古代小说戏曲研究室，一个是古典文学教研室。我硕士学习在小说戏曲研究室，毕业后来到古典文学教研室，与阮先生同一个教研室工作。这个教研室老室主任是郝世峰先生，教研室秘书是陈洪老师。郝先生就任中文系主任之后，由陈洪老师继任室主任。不久，教研室主任陈洪老师安排我做了教研室秘书。那时候的教研室秘书可不像现在，没有微信，没有电话，不能有什么事情在群里发个通知就完活，最多打个电话沟通一下。那时候教研室秘书与全体老师的沟通渠道只有两个。一是给每位老师手写一份通知，放到老师们的信箱中。二是只能亲自登门拜访。教研室十几位老师要一个一个上门联系，的确是很辛苦。不过，也正是因为这样的方式，无形中促进了我和老师们的友谊和感情，也是向各位老师学习的极好机会。当时这个教研室的老师们有：王达津、罗宗强、郝世峰（他虽然已经担任系主任，但教学单位还在古典文学教研室）、王双启、郝志达、杨成孚、朱家驰、宋绵有、阮国华、陈洪、张红、赵季、张毅、肖占鹏，还有我。后来因为中国文学批评史专业力量和影响逐年强盛，王达津、罗宗强、阮国华、张毅，以及留校工作的卢盛江从教研室分离出去，又组建了中国文学批评史研究室。

在教研室没有分离之前，我和各位老师们多有接触交流，而与阮先生的交流又尤其多一些。因为他刚调回南开的时候，家属还没有一起调过来，他一个人生活。我去他那里也就比较随便一些。阮先生他人又特别热情开朗和健谈，有时聊起来就忘了时间，很是尽兴。我们聊学术，聊中文系的历史和各种八卦，聊人生处世态度方式，等等。

从学术角度看，我们虽然专业方向不尽相同，但是有很多共同语言。阮国华老师不但受南开文学批评史学科奠基人王达津先生亲炙，而且还在学界向诸多著名古代文论前辈元老（郭绍虞、王元化、徐中玉、霍松林等）虚心求教，在古代文论方面造诣颇深，生前曾任中国古代文论学会副会长、广东省中国古代文论学会会长。在古代文论、文学批评史学科范围内，他的主攻方向是明清文论。当时调回阮先生的一个重要理由，就是王达津先生、罗宗强先生正在构想一个完整的具有南开特色的中国文学批评史、文学思想史系列，其中明清部分的重要人选就是阮国华先生。而我从事的古代叙事文学研究，明清又是非常重要的繁荣时段。从文体角度看，明清时期小说戏曲评点是该时段文论的重要主体部分。所以关于明清叙事文学，我和阮老师有很多聊得上来的话题。他关于明清小说理论中虚构理论的成果，对我认知明清小说艺术特征有很大的启发。我有些关于明清小说研究的成果，也能得到阮老师的帮助指导。我当时正在给中文系在职师资班上带有专题性质的元明清文学史课程。备课过程中在阅读作品和学界成果时发现，文学史和主流成果关于冯梦龙是通俗文学作家的说法有失笼统。我更认为冯梦龙的《三言》一方面将宋元旧话本中的过于通俗甚至“庸俗”的成分过滤掉，同时又吸收文人文学的营养进入话本小说写作。所以他的《三言》实际上不是单纯的通俗文学，而是对通俗文学与文人文学的融合。我把这个想法向阮老师做了汇报，得到他的充分肯定和支持，并提出一些理论思考的思路和建议。我在原来构思的基础上，又吸收了他的建议，我写成《论三言对通俗文学与文人文学的融合》一文，发表在《南开学报》1987 年第五期。文章发表后被《文学遗产》论点摘编，《高校文科学报文摘》同时摘录转载。阮老师听说后，非常高兴地向我表示祝贺。我则同时向他致谢。

我们更多的交往乐趣还是日常生活中得到的那些平淡之乐。那时大学老师的生活条件非常艰苦，他算是学校引进人才，也只能住一套没有客厅的旧小两居室。我那时家属刚刚调入南开大学，但是连个筒子楼单间都没有，只能住在原来的集体宿舍。尽管如此，那时候我们却觉得精神上非常充实、快乐。这样的快乐时光不仅充实了我们的精神生活，还大大增强和促进了我们的私人交往和友情。不久，学校把一栋原教工单身宿舍改造成为家属楼（筒子楼那种），分给我们这批青年教师居住，我第一次分到一间13平方米的筒子楼。13平方米的筒子楼现在恐怕要属于城市最困难人口的居住房了，但当时分到这个房子的激动和乐趣，甚至超过后来的二居室、三居室、跃层楼房和别墅。当时阮老师的家属也已经调回天津，我们夫妇还专门请阮老师和前夫人蒋老师一起来我家温居做客，品尝我们在新居楼道的煤油炉上亲手下厨做的一桌饭菜。后来回忆起那顿饭菜，阮老师说，虽然后来的名菜名店吃过不少，但那筒子楼的简单饭菜却能留下更深刻的印象。

除了以上所述外，我们能够成为至交的重要原因还在于我们在各自精神和经历相对困难时候所给予的相互宽慰和支撑。我因为一生没有出过校门，对社会了解甚少，尤其在待人接物方面多有欠缺和懵懂。虽然自己也知道这是个缺点，但往往禀性难移，就难免得罪人。阮老师回到天津后，也从各个方面听说一些我的情况，因而每每在交谈中对我进行宽慰和帮助。他一方面对我本人的性格缺陷给予善意的批评建议；另一方面又想尽各种办法，为我在人际关系方面的某些缺失做幕后的修补弥合工作。不仅如此，在一些人生重要时刻，阮老师作为我的长辈，也往往给我做出重要点拨提示。20世纪80年代末的群体活动中，我在中文系范围内做过一些自发组织活动。阮老师鼓励支持我的参与精神，同时也善意地建议我做好自我保护。这些关心和帮助都使我深受感动，在心底把阮老师视为良师和挚友。

人非圣贤，凡人的一生难免遇到困难和挫折，阮老师也是如此。他从毕业留校工作到二度回南开，也遇到过一些麻烦和困难。“文革”中，他参与编导的《红灯照》曾红遍大江南北，但后来因台词中有犯忌词汇，遭到禁毁，并被迫离开南开，发落到湖北黄石师院任教。再次回到南开后，他也遇到一点麻烦，一度精神比较抑郁。作为曾经有过困境经历的人，我深知此时此刻是他最需要朋友关心鼓励的时候，于是便频繁出现在他的面前，开始没有点破，只是为他说些开心好笑的事情，希望能转移分散他的注意力，排遣一些不快。但好像不甚奏效，于是有一天我便捅破窗户纸，说出这个事情和我的态度：患难见真情。作为有过磨难和坎坷经历的人，深知在困难时候朋友不离不弃的重要。无论发生什么情况，我都是您可以信赖的朋友。在力所能及的范围内，我会尽我所能帮助您。我的态度让他十分感动，他热泪盈眶地抓住我的手，激动地说：“稼雨，我永远不会忘记你这个真正的朋友！”

1991年，前广东民族学院（今广东技术师范大学）向阮先生发出邀请，请他去那里就任中文系主任。经过反复权衡，阮先生决定接受邀请，前去赴任。临行前我跟他道别，他对我深情地说：“不管走到哪里，我们的友情都将长存。”他同时还对我的未来的人生和学术道路提出建议：排除一切人事干扰，把学术事业作为安身立命之本。

几十年来我的人生和学术道路，正是阮老师这些建议的践行过程。

去到广州不久，我就收到阮先生的来信。信中看出他在新环境中公务繁忙之余的踏实心态和踌躇满志、大展宏图的志向。这让我十分欣慰和放心，相信他会在新的平台上大展宏图。后来的情况证实了我的预想。在担任中文系主任几年之后，他很快升任广东民族学院副院长，同时也笔耕不辍，继续潜心学术，一直活跃在古代文论研究领域，长期担任中国古代文学学会副会长。

阮先生和我之间还有一段至今外人不知，但让我难以忘怀的事情。二十世纪九十年代中期，因某种缘故，我曾有过挪动工作单位的想法，具体目标就是阮老师已经做得风生水起、如日中天的广东民族学院。我给阮老师写信，表达了想去他麾下供职的意向，很快就收到他的回信，大意是这样：听到你要来广东工作的愿望，非常高兴。我甚至不由自主地做起如何给你安排工作和家属调动、住房等具体问题打算来了。但几天过后，我慢慢沉静下来，改变了想法。这是一次事关你今后事业发展方向的大事，我建议你还是慎重考虑。比较而言，广东和南开各有利弊。广东（尤其是我们这样的学校）这边比较开放，环境也比较轻松，选择性和机会比较多，但治学的平台显然不能和南开比。南开虽然在环境气氛方面不如广东，但却有深厚的学术传统和扎实的治学平台。以我多年对你的了解，你是个做学问的人，而且为此已经有了一定积累。在这种情况下，如果放弃南开的平台来到这里，从献身学术的角度来看，未尝不是一种损失。而且从轻重缓急权衡的角度看，为了实现学术理想，有些困难甚至委屈是可以和应该承受的。

阮先生的一席话，让我如梦方醒。好比人生路途中的岔路口，在我道路方向选择模糊不定、险些选错的情况下，是阮老师为我指明了正确方向。回顾这些年的历程，如果不是阮老师及时为我把握住人生道路方向，坚守学术道路，我的人生很可能是另一种情况。这一点，我至今对阮老师还心存感激之情。当时我非常认同他这番话的另一原因是，它又让我想起刘泽华先生曾经对我讲的一句对我影响至深的话："眼前的状况哪怕有千般不好，有一点还是聊可欣慰的，那就是，与反右、'文革'时期知识分子遭遇命运相比，毕竟是有做学问的自由的！对于一个真心想做学问的人来说，没有什么比能够有做学问的自由更重要的事情了！"于是，从那时开始，我就心无旁骛地坚守学术，坚守南开，无论发生什么风浪，都不曾发生过动摇。这个定力来源于阮先生的循循善诱。

大约从那以后，我们的关系开始处于平静保温时段，平常没事很少联系，重要节日报个平安，相互问候一下。印象中进入二十一世纪后，我们大概见过三次面。第一次是2000年秋季，当时由原南开中文系和东方艺术系组建了文学院。当时配合这个重要活动，邀请了部分校友参加庆典活动。阮先生作为校友代表，出席了文学院成立的庆祝活动。活动间隙，阮老师关心起我各方面情况，从事业到家庭，从住房到办公条件，事无巨细，都一一问到。当他得知我已经在三年前解决正教授职称时，特别高兴，向我露出会意的微笑。这微笑的内容只有我们俩能够意会——没有当年他的劝阻和建议，也许也就没有今天这样的时刻。不仅如此，因为正高职称的解决，其他方面很多硬件条件也都得到改善。他在学校时，知道我平常在简陋的平房办公室办公治学，冬冷夏热，比较艰苦，就特别关心地问我是不是还在那里办公？当听说原来那片平房办公室已经拆除，矗立于新图书馆南侧的新建文科楼范孙楼已经落成使用，正教授每人配备一间独立办公室时，他更是有些意外惊喜。因为这样的办公条件，在当时国内高校虽然不能说只此一家，但至少还是相当罕见的。至于住房，他就更加深有感触了。就在我们这次见面之前不久，我刚刚搬进位于学校附近白堤路龙兴里最后一次福利分房的居所——一套面积 100 多平方米的三居室住房。想起当年我刚分到筒子楼一居室在走廊做饭请他温居吃饭的情景，阮老师十分感慨地说：从你身上，既能看到你个人的成长进步，又能看到学校、国家和社会的变化。但我心里一直清楚和明白，这些变化和进步中含有阮先生的暗中助力。

第二次见面是 2011 年，我去广州开会，部分在深圳的老学生强烈邀请我去深圳逗留相聚，并且专门邀请阮老师从广州专程赶到深圳与大家聚会。这时阮先生已经退休，席间他向我介绍他再婚退休后的生活，锻炼、旅游、美食、文化休闲，一派其乐融融的景象，令人艳羡不已。

我们最后一次见面是在 2016 年。这一年是南开中文系 86 级本科生入学三十周年的年份。同学们经过反复磋商，决定举办一次隆重的纪念活动。他们把活动地点选在深圳，除了全年级同学外，还特别邀请了几位老师作为嘉宾参加活动。我和阮先生同时作为嘉宾应邀参加这次活动。

也许是上苍眷顾，为我们这次深圳相聚安排了充分的时间和机会。从报到到离会，前后有四天时间。除了和同学们的亲密团聚外，我和阮老师也有了最后一次亲密接触和畅叙友情的机会。10 月 29 日，正式活动的第一天上午，作为预热项目，举行了一次师生海岸亲情漫步活动。长达几公里的海岸线上，大约两个小时，师生们自由组合，悠闲漫步其间，款款话语，畅叙友情。这期间大约有一半多的时间，我是和阮老师在一起亲切话旧，从相识相知到久别重逢，从母校南开到彼此各自近况。行走间，我用单反相机为阮老师拍下数枚照片，不知不觉间，已经走到活动线路终点。

10 月 30 日上午举行主题纪念座谈会，我和阮老师作为教师代表在会上发言，分别向同学们表示祝贺，同时从各自不同的角度对同学们的未来寄予厚望。而当天晚上的联欢酒会则把这次活动推向高潮。

活动在下榻的深圳某赛艇俱乐部内露天餐厅举行，这里比邻深圳湾。当夜幕徐徐降临，随着酒一杯杯碰撞下肚，联欢节目一个个上演，临别话语一句句迸出，尤其是最后象征同学们入学三十周年的纪念蛋糕抬上，进入分割蛋糕的最后一个节目。想到吃完蛋糕，大家明天就要再次各奔东西，不知何日再次相见，全体师生激情澎湃，纷纷依依惜别，甚至抱头痛哭。

或许是上苍的安排，给我和阮先生的提供了如此美丽激情的最后诀别机会和场合。正是在这个欢快激动的场面中，热烈的气氛也再次激起我和阮先生的深厚友情。我们频频举杯，引吭高歌，握手拥抱，完成了最后一次见面所有具有纪念意义的仪式和环节。

深圳别离之后，我们主要继续保持微信的交流。我每每能看到他的“童心斋”送往迎来一批批老少客人，看到他一次次回顾自己的人生、事业和学术道路印记，看到他身体力行游览名山大川的豪情雅趣。我的微信朋友圈也经常能够得到阮老师的关注留言，往往不乏盛情鼓励和赞誉。每当我有新著出版寄给他，他也总是郑重其事地在微信朋友圈拍照晒出，表示祝贺。直到他生命结束的前一天，还给我晒出的母校操场核酸检测点照片点赞留言。

以他的健壮体魄和积极乐观的人生态度，在所有认识他的人的感觉中，他的生命道路应该还很长很长。所以他的离世让所有认识他的人都感觉意外、震惊和极度地悲痛惋惜。对我来说，阮先生是我生命中最重要的朋友之一。但可以肯定的是，他不是我关系最亲近的师友。我们没有过任何利益交往，唯一的一次单独吃饭，还是二十世纪八十年代我刚分到筒子楼单间之后请他们夫妇吃的那次温居家庭便餐。但是，在我们人生的重要关头，却能够相濡以沫、砥砺支撑，背后起到决定性作用的应该就是学人之间的精神和灵魂交往。这样的关系，或许就是人们传说中淡淡如水的“君子之交”吧？

2022年3月8日凌晨于津门雅雨书屋

（本文发表于《博览群书》2022年第六期，发表时有删削，这里是原文。）

肝胆相照，真情长存！

——痛悼挚友王小舒兄

三十年挚友突然撒手人寰，让人猝不及防；三十年的友情历程如山洪暴发，倾泻而至！

准确地说，我与小舒兄结识于31年前。那是1986年，王士禛故里山东桓台召开王渔洋学术研讨会。我校朱一玄先生与王士禛同梓，作为大会嘉宾受到特别邀请。朱先生知道王士禛的笔记小说在我研究范围，嘱我写文章，由他推荐并带我一起参加了这次盛会。

2010年作者为王小舒摄影

这次会议规格很高，当年的学界泰斗大腕云集，罗竹风、萧涤非、吴调公、蒋维崧、何满子等已故重量级学人都出席大会，袁行霈先生和袁世硕先生当时还算是年富力强的中年学者。这是我第一次参加如此高规格的学术盛典，大开眼界。但这次会议意想不到的另外一个收获是结识了王小舒兄。

大会的学术东道主实际上是山东大学的袁世硕先生，而帮忙操办会务的则主要是当时随袁世硕先生攻读硕士学位、即将毕业的三位学术新秀王平、王小舒、孙之梅。

因为会务频繁接触，加上同龄、同行的原因，我和三位很快熟悉起来。尤其令人难忘的一幕是，我提出建议，小舒附和，竟然邀请到何满子先生一起在晚上休息时间玩了一圈桥牌。虽然大家桥技平平，但作为桥友却建立起坚实而长久的友谊——这是当时怎么也没有料到的。

这次会议之后，我和袁世硕先生及其袁门弟子的友谊开始建立，并且一直没有中断。而造化和缘分原因，我和小舒竟然成为终身的莫逆之交。

1994 年接近年底，我的《中国文言小说总目提要》初稿完成后，专程到济南齐鲁书社找责任编辑周晶兄面交纸质版稿件，并商谈相关事宜。既然到了济南，小舒是我必须见的老友。何况当时他刚刚入住学校分下的两居室新居，特别邀请我去参观他的新居，给他“温居”。

在他的新居，嫂夫人鲍医生做了一桌可口菜肴，我和小舒享受了一次老友久别重逢的畅叙衷曲。这次相聚还有一个相互交流的重要信息是，我们将于第二年（1995 年）春季同时赴韩国任教。我在高丽大学，他在梨花女子大学。这个令人振奋的消息让我们对未来一年的重聚充满了期待和憧憬。

1995 年 3 月，我们先后抵达韩国汉城，安顿下来之后很快取得联系，开始了频繁的友情来往。

来到韩国之前，我因为从 1985 年硕士毕业留校工作后，十年间一直处于紧张拼命状态，身体疲惫虚弱，所以给自己规定把此次在韩国任教一年当成一次休养生息的调整机会。有了老友小舒兄同在汉城，可以说给这个计划又增加了更大的实现可能。

回想起那一年的时光，真的是有生以来唯一的一次在一种闲散的心境下，能够与知心朋友经常往来交流、构筑友情大厦的宝贵经历。当时中韩建交不久，赴韩国任教的中国老师不多，在汉城（后改名首尔）的更是屈指可数，而且不乏学界名家，如北京大学哲学系楼宇烈先生在延世大学，北京大学中文系钱理群先生在韩国外国语大学等。当时中国教授们的聚会分为三个圈子层次，最大的圈子是所有在汉城（乃至全韩国）中国老师的联谊活动，这种一般由中国驻韩国大使馆文化处组织。第二层面的圈子是各自校友及其外围，当时南开大学在汉城任教和求学的中文系系友多达七八位，经常自发举行活动，而小舒则是我们南开帮活动的积极参与者，与南开各位朋友都结下深厚的情谊。第三个层面的圈子就是完全私人化的小圈子了，而我和小舒的私人往来也是最为频繁的了。

我们往来的根本原因是从 1986 年第一次见面结识就感觉非常投缘，大有相见恨晚之感，所以之后十年之间没有中断联系。除此之外，初次来到异国他乡的那份孤独和寂寞感驱使我们经常互相交流，好似两个寒冬中的人凑在一起取暖一样。

高丽大学到梨花女子大学相隔有点距离，当时两校之间没有直达车，都需要走一刻钟左右的路之后乘坐地铁或公交车到达对方学校。相比之下，小舒来我这边的情况稍多一点，原因是小舒个人生活自理能力稍差，一个简单的事例是：我们在韩国上课，都要像韩国教授那样，穿戴西装领带去教室或各种交往场合。小舒自己不会打领带，他的领带是他贤惠的妻子鲍医生把领带结打好之后，告诉他使用时只需拉出系紧那根未打结的一头即可。他自己很少做饭，而且嗜酒，动辄自己跑到酒馆不好好吃饭就空腹独饮。这对他的胃伤害很大。我则生活能力稍好一些，不仅打小能自己做饭，甚至后来还修炼到能给朋友做结婚宴席了。去韩国之前我还特地了解了一些情况，做了充分准备，不但每天自己做饭吃，而且还把我的住所当作中国老师在汉城的一个活动据点，经常进行聚餐联谊活动。当时我在汉城的中国老师中小有名气，原因是我在汉城能够经常自己蒸馒头吃。去过韩国的朋友都会清楚，韩国有诸多以“馒头”命名的面食，但都是带馅儿的。唯一不带馅儿的真正的馒头却“踏破铁鞋无觅处”。而我从中国带去了酵母和蒸锅，自己经常蒸馒头。每次我外出参加其他中国老师举行的联谊活动，我问对方希望带点什么礼物，很多中国老师异口同声地说：“啥都不要，只要馒头一枚即可！”1995年暑假期间，小舒的恩师袁世硕先生到汉城参加学术会议。会上我看袁先生气色不佳，问小舒怎么回事？小舒说袁先生吃惯了馒头，在韩国吃不到馒头胃难受。我听到后立即责怪他为什么不提醒我开会过来给袁先生带个馒头。直到我离开韩国之后，1997—1998年在韩国任教的天津师范大学钟英华教授（现任天津师范大学校长）回国跟我见面后说：“我们在汉城还在使用宁老师留下的发酵老面做馒头！”

有这样的条件，我自然要给老友更多的照顾和方便。所以我就经常约小舒过来吃饭叙谈。每次他过来，我就备下两菜一汤，对酌起来，畅谈起来——那光景实在是如同仙境，此生难得，此生难得！

当然，那一年除了吃饭畅谈，还有许多一起汉城漫步的时光：一起参观梨泰院附近的韩国战争博物馆，一起沿汉江欣赏两岸风光，一起去汉城最美的校园庆熙大学欣赏秋景，一起随大使馆组织的中国教授团去江华岛欢度中秋佳节，一起去远在汉城东北郊外的汉城女子大学拜访我们

1995年作者与王小舒在韩国汉江畔合影

南开大学前辈鲁德才教授，一起去江南郊区的韩国精神研究院看望在那里求学的我的南开师妹刘春兰女士，一起去南大门、东大门与商贩讨价还价，采购物品，一起在明洞附近的影院观看中国电影《活着》……那数不清的一起组成了一年汉城生活的难忘记忆，也成为我们各自人生经历中最为宝贵的时段。

二十世纪九十年代中期，韩国的网络情况比中国稍好一点，但基本上没有普及，所以那时没有手机，更没有微信等。电话是人们进行沟通交流的最重要方式。虽然我们不能每天见面，但电话几乎是每天必通。大到天下大事，小到个人烦恼，无不尽情倾诉。

一年任教期满后，我没有选择续任而是回国了。小舒则又延续了一年。这一年间，我一直在担心他的身体，所以经常写信提醒他不要空腹饮酒。但我知道，他外表温文尔雅，骨子里却是个性情中人。酒会给他浇愁，却也会伤他身体。而他在给我的信中则说："稼雨，你离开汉城回国，让我顿时感觉空空如也！你在这里，我有话就给你打电话，嘴馋就过去打牙祭。你走了，让养成这些习惯的我非常非常不适应了！"

1996年底他也回国了，回国后我们依然保持联系。虽然毕竟与汉城那种简单的生活状态不同，但心有灵犀让我们总还像在汉城时那么信任、那么投缘、那么相互帮衬扶持。2000年，小舒和陈炎、廖群、仪平策诸君合作的《中国审美文化史》出版后，嘱我写篇书评，我和学生合作写了一篇《"道""器"之间的沟通——评〈中国审美文化史〉》(《社会科学辑刊》2002年第六期)。2013年9月，我在本溪出席"道教·中国：文化论坛"，会上见到当时风度翩翩的陈炎兄，他还专门就此表示了谢意。

从2000年开始，我在学术道路上经历过一些坎坷。在此过程中，小舒是这个世界上对我关怀最多、支持最多的朋友。他不仅热情鼓励我，让我控制情绪，看到光明未来，还发文章为我辩护。同时，他也善意地帮我分析情况，找出自己应该反省的不足。这样肝胆相照的朋友也可谓此生难得。

从我们各自回国后，我印象中我们只见过两次面。一次是2004年，他来南开参加明代文学年会。当时我刚从学校搬到校外，会议期间请他和同时与会的沈伯俊、欧阳建等几位学界同行到寒舍小坐，参观了我的雅雨书屋藏书。这次见面后他对我说："我发现你的生命轨迹有所变化，从过去的学术至上开始转入生活和学术并重。"这说明他很了解我，我的一点微小变化他都能够洞悉并立即准确领悟——这就是老友的内涵。

第二次是2010年，我去山东大学出席"古代文学研究现状与前瞻"研讨会。这次会议时间紧凑，小舒有课未能一直在会上，我们未能长谈细聊。好在会议期间我用单反相机给他留下最后一张肖像照，没想到这竟然是我们的诀别了！

最近这十年来，我知道他在事业上发展很快，不但论著频出，而且在教学方面也成就卓著。他不但连续多年参加高考命题，而且还身体力行，举办推出各种形式的讲座和网络课程，主持国家级教学研究项目，获得国家级教学奖，等等，堪称"春风得意"了。但与此同时，我已经有一种隐忧和预感，朦胧感觉有一种不祥之物在向他走近。我知道以他的诚实品格，不会在这些工作中掺假兑水，只能用实干去拼命完成。而这样对他本来不很健康的身体而言实在有很大的挑战和危险。所以最近这些年在电话中，我们很少交流学术学问，实际上每年电话中比较多的是就他说我的"生命轨迹变化"问题在交流，就是：如何调整心态，看破红尘，找到正确的生活态度。我经常跟他讲，人生短促，学术固然重要，但还需入得进，跳得出。广泛的生活经历和大自然的宇宙情怀，不仅可以陶冶性情，修身养性，本身对学术还会有境界上的冲击作用。这些他都十分认同，表示应该如此。但非常遗憾的是，我没有听到他的“生命轨迹变化”的消息，相反却不断收到他本人和家庭的不幸消息。

我和小舒最后的两次通话是在去年。一次是春节后我给他打电话，得知他夫人患结肠癌在上海治疗，小舒已经陪护了许久。我从他的声音里能明显感觉出他在心情和精神上遭受的重大冲击。一次是去年 5 月，陈炎兄去世后次日，我给小舒打电话通报此事。因小舒不用微信微博，所以当时他还不知道这个噩耗。我们就此再次相互共勉：为健康，为快乐，好好生活下去——万万没有想到的是，这是我们最后的通话了！

今年春节后，我按往年习惯给他打电话，没有接通。我知道平时寒假、春节他都要回上海去过，现在遇到夫人生病在上海治疗，更需要去上海了。所以我就打算过些日子再联系。几个月过后，我得到消息，说小舒本人也患上重症。听到这个消息我马上给小舒打电话，但始终没有人接。我想或者是他在治疗，不方便接听，或者是他不想把自己的不幸和灾难情绪分给朋友。今年 11 月我在新乡参加“世说学”国际研讨会，见到来自山东大学的小舒同事李剑锋教授，赶忙探问小舒情况。他说还在可控积极治疗中。我心里还比较坦然，怎么也不会想到死神正在一步步逼近我的小舒兄弟！

昨天夜半，我在微信上见到小舒猝然离世的消息，虽然有所准备，但还是不敢相信。我给发消息的朋友发信求证，今天早上收到答复确认后，才最终不得不接受了这个残酷的事实！

……

小舒，你太累了，到那边好好歇歇！等我也到了那个日子，过去再跟你相会，我再给你整出两菜一汤，我们继续对酌、畅谈……

2017 年 12 月 18 日泣于津门雅雨书屋

第四辑　滋学篇

王孝慈与《十竹斋笺谱》的刻印

2018 年 6 月，埃塞俄比亚姑娘汉娜·格塔丘（曾就读于北京大学）代表参加“一带一路”青年创意与遗产论坛的各国青年给中国国家领导人写了一封信。汉娜写信所用信笺引起了世人的广泛关注，因为该信笺是由明代《十竹斋笺谱》衍生而来的彩色信笺。

明末崇祯年间，书画篆刻家胡正言在南京主持印刷出版《十竹斋书画谱》和《十竹斋笺谱》。其中，融饾版、拱花两大雕版印刷绝技于一身的《十竹斋笺谱》更是中国版画印刷登峰造极之作。日前，国家图书馆以“西谛藏书系列笺纸”为题，重新刊印了馆藏明代彩色套印本《十竹斋笺谱》。我有幸得到一套。喜爱之余，不免产生兴趣，做些功课来了解它。了解之后，不免惊叹！

原来国图所藏这套明代《十竹斋笺谱》之前的藏主，竟然是我所在南开大学著名教授王达津先生的父亲——当

十竹斋笺谱

年誉满京城的收藏家王孝慈先生。

王孝慈先生为河北通县（今北京通州）人。他的父亲王芝祥清末任广西布政使，冯玉祥时期出任京兆尹（相当于北京市市长）。王孝慈生于1883年，原名立诚，字孝慈，以字行，监生，广西法政学堂毕业，曾任度支部主事，检查纸币清理财政处帮办，大总统秘书，政事堂机要局佥事，国务院秘书厅佥事，授五等嘉禾章。除政事外，王孝慈先生还酷爱中国传统文化，不仅喜爱研究京剧，著有《闻歌述忆》《清代燕都梨园史料续编》等，还是民国时期可以与郑振铎、鲁迅抗衡的大藏书家。郑振铎曾回忆自己的藏友时说："与余有同好者，在沪有鲁迅、周越然、周子竟诸氏；在平有王孝慈、马隅卿、徐森玉、赵斐云诸氏，搜访探讨，兴皆甚豪。有得必以相视，或一见奇书，获一秘籍，则皆大喜。”王孝慈藏品很多，其中一部重要精品就是明版彩色套印《十竹斋笺谱》。

数百年来，《十竹斋书画谱》和《十竹斋笺谱》流入并收藏于日本、欧洲，声誉遍及海内外。而这一声誉的得来亦即《十竹斋笺谱》这一中国版画精品之所以能够在中国和世界产生重大深远影响，其首要功劳当推鲁迅和郑振铎，以及该谱原藏主王孝慈先生。

从民国开始，在鲁迅和郑振铎推动下，曾两次刻印《十竹斋笺谱》。第一次开始于 1934 年。在此之前，鲁迅和郑振铎只是听说过《十竹斋笺谱》，未见真品。1933 年，郑振铎在北京王孝慈先生那里见到该谱真迹，惊赞其“人物潇洒出尘，水木则澹淡恬静，蝴蝶则花彩斑斓，欲习欲止，博古清玩，则典雅清新，若浮纸面”！后来郑振铎谈及他对该谱的重视和喜爱程度——“二十年来，余罗致版画书不下千种，于此书最为加意！”可见他对《十竹斋笺谱》珍爱到何等程度。郑振铎很快从王孝慈处借来该谱送给鲁迅过目。1934 年 2 月 9 日鲁迅致郑振铎信中说他“先前未见过《十竹斋笺谱》原本，故无从比较，仅就翻本看来，亦颇有趣”。而当鲁迅看了郑振铎送来的王孝慈藏《十竹斋笺谱》后，立即惊呼这是“明末清初以来文人士大夫清玩之最高成就”！当时，鲁迅和郑振铎刚刚编辑出版《北平笺谱》后不久，郑振铎趁热打铁，向鲁迅建议编辑出版《十竹斋笺谱》："尝于马隅卿许见王孝慈所藏胡曰从《十竹斋笺谱》，乃我国木刻之精华，继此重镌，庶易流传，北平印工当能愉快胜任。"并推荐王孝慈、马隅卿同任该书编辑。鲁迅于 1934 年 5 月 16 日回信说："加入王、马两位为编辑及作序，我极赞同，且以为在每书之首叶上，可记明原本之所从来，如《四部丛刊》例，庶几不至掠美。《十竹斋笺谱》刻成印一二批后，以板赠王君，我也赞成的，但此非繁销书，印售若干后，销路恐未必再能怎么盛大，王君又非商人，不善经营，则得之亦何异于骏骨。其实何妨在印售时，即每本增价壹二成，作为原本主人之报酬，买者所费不多，而一面反较有实益也。至于版，则当然仍然赠与耳。"（《鲁迅全集》这部分文字关于王孝慈的介绍过于简略）二人一拍即合，并得到王孝慈先生慨然应允后，即委托北京荣宝斋承担刻印工作。遗憾的是《十竹斋笺谱》印制过程前后延宕了七年，到 1941 年方始完成，以至鲁迅、王孝慈两位先生"均不及见其成矣"。

1936 年，王孝慈先生不幸逝世（按郑振铎的说法，"孝慈竟因书发痫死"），享年 53 岁。虽然他出身世家，本人在民国政府任职，收入不菲，但他的收入大多投入收藏，致使家境贫穷。到他去世时，家里已经无力安葬，只能把包括《十竹斋笺谱》在内的全部藏品出手，以解决丧葬费用。郑振铎对此记载道："孝慈家事极窘迫，不能不尽去所藏以谋葬事。笺谱遂归北平图书馆。"

这就是国家图书馆所藏《十竹斋笺谱》背后，王孝慈先生的故事。

国图收藏的这套明代彩色套印本《十竹斋笺谱》是目前唯一的全本。而南京十竹斋现藏版本，则是 1952 年经原文化部长郑振铎倡议，由北京荣宝斋刻印的《十竹斋笺谱》。

（本文原载于《中国美术报》（网络版）2019 年 5 月 8 日）

胡士莹先生的学术生涯与《话本小说概论》

胡士莹

校订完胡士莹先生的《话本小说概论》，我的脑海中胡先生的人格形象和学术品格也就如同照片在显影液中起反应一样逐渐清晰起来。

作者校点《话本小说概论》

关于胡士莹先生的生活时代和学术背景

生于1901年的胡先生可谓与世纪同生。他经历了晚清王朝、北洋军阀政府、民国政府（还包括日本统治时期）、中华人民共和国等四届政府，亲眼见证了中国由封建王朝向现代文明社会的转变。这个时期正值中国社会转型，各种内忧外患齐聚，国人饱受各种伤痛。这样的生存背景，注定了深受传统士大夫“天下兴亡，匹夫有责”观念影响的胡士莹和大多数文人一样，虽然没有投笔从戎，战死疆场，但心中却放不下那满目疮痍的祖国。抗战爆发后，正是胡士莹先生在上海任教时期。他以一个普通文人的身份，加入以吟诵爱国抗战诗歌为主调的文人诗社“午社”。1941年还应邀参加了夏承焘先生在上海发起的“龚定庵逝世百年祭”活动，畅诉爱国衷情。次年他在给夏承焘先生的词中写道“……甚日江山恢复，故国鹃声切，悲笳正咽。无穷心事，剩有诗肠杜陵热”，表达出与杜甫一样的爱国热情，并且还把独生子送到新四军，鼓励其奋勇杀敌，光复祖国。这样的经历和背景既是他人格的写照，又是他后来从事文学研究，解读文学作品和文学现象时比较关注社会现实的社会基础。

自明清以来，江浙地带一直就是中国文化的繁荣地区，可谓人杰地灵，名家辈出，硕果累累。胡士莹先生毕生生活工作在这个环境里，受到浓厚的中国传统文化的熏陶和影响，具备深厚的传统文化素养。据说他十岁之前就能把《四书》倒背如流，并且工于诗词，十五岁所写诗词已经享誉乡里。后来他无论是在家乡中学教书，还是在上海大学任职，都经常和同僚朋友往来唱和，吟诗诵词，多有佳作。1930年，他曾将填词佳作结集为《霜红词》在扬州出版，得到吴梅、浦江清、陈运彰等名家的盛赞。吴梅先生称他以其“婉和韶令之韵”的独具风格，抒写自己的“华年哀乐”，卓然成家。浦江清在长诗《寄题胡宛春霜红簃填词图》中，称赞说“蕙风（近代著名词人况周颐号）云殁疆村（著名词人朱孝臧号）耄，天下音声付年少。浙中并起有三人，宛春徐（声越）陆（微昭）皆驰妙”，而霜红词“风雅不随甲马废，通介竟与俗人殊”。词学家陈运彰后来也说：“胡君宛春尝衰其三十岁以前之作为《霜红词》，盖确乎能自树立者矣！”

不仅如此，胡先生还写得一手好字。他曾遍临汉唐名家碑帖，又能自成一家，风格自立。胡先生的书法曾在北京、上海、杭州等地展出，其小楷字帖《鲁迅诗选》（内分甲体、乙体）也曾由上海书画出版社为他出版，甚得书法界的好评。香港《书谱》曾载文称：“胡老工书法，生平临《兰亭序》数百通……其临冯承素兰亭，尤为神似，所见无出其右。”他的好友——复旦大学徐震堮教授在《〈宛春杂著〉序》中特别指出：“他晚年在杭州大学任教，主要讲话本小说这一门课，大家只知道他是这一方面的专家，除了少数几个老朋友外，很少人知道他在诗词书法方面的造诣，在当代名流中，是屈指可数的。”

另一方面，自近代，尤其是五四运动以来，西方学术思想和方法不断传入中国。而上海一直就是接受外来文化和学术思想的前沿和窗口。被称为“海派”的上海文化和学术明显具有以开放姿态吸收外来文化和学术思想的特质。处在这样的学术环境和背景中，胡士莹先生既有深厚的传统文化根基和国学功底，又能接受新思想和新方法，形成二十世纪中国学人特有的学术品格。

关于《话本小说概论》的学术价值

丹纳认为地理环境是影响和造就一个文学团体乃至一个文学时代的重要因素。我认为这个论断也适用于学术研究。江浙一带不但是自明清以来白话通俗小说的集中繁荣地，而且也是近代以来明清小说、戏曲研究名家辈出的地区。王国维、鲁迅、赵景深、叶德均、王古鲁、马廉、谭正璧、浦江清、任二北……都是江浙一带人。这些人都程度不同地受到故乡文化氛围的影响，把体现故乡文化特色的小说戏曲作为自己毕生从事的工作和事业。而胡士莹先生也是这个群体中的重要一员，他在话本小说研究领域作出的成就继鲁迅之后把该领域的研究推向一个学术制高点，不但惠及后人，而且至今也无能出其右者。

和传统的几种高雅文学样式（诗词散文等）相比，古代小说戏曲不但其文种的形成繁荣大大滞后，而且相应的学术研究也无法和诗文研究相比。现代意义上的古代小说戏曲研究大约是从王国维和鲁迅开始算起。《中国小说史略》和《宋元戏曲考》结束了中国古代小说戏曲研究以非系统的散点关注为特征的早期研究，进入以系统和逻辑为主要特征的现代研究视角阶段。他们不但为古代小说戏曲研究规划了系统蓝图，而且还提供了具体的操作范式。如同一个知名品牌有了品牌的设计理念和产品规格后，可以进入批量生产的阶段了。而胡士莹先生的《话本小说概论》

就是这些产品中的优质品。

《话本小说概论》的学术价值主要体现在以下几个方面：

首先，继鲁迅《中国小说史略》之后，第一次为作为中国古代小说重要组成部分的话本小说勾画了完整而详尽的图景。

从二十世纪开始，中国小说开始受到学者们的瞩目，出现一批筚路蓝缕的拓荒之作。他们从不同角度构建营造了中国古代小说研究的基本框架。但既然是拓荒，必然耕作未必细致，留给后人深耕细作的余地。就话本小说而言，在胡士莹先生之前或同时，学界已经有过一定的学术积累。鲁迅《中国小说史略》总共28篇，其中第十二篇"宋之话本"、第十三篇"宋元之拟话本"、第二十一篇"明之拟宋市人小说及后来选本"3篇均为话本内容，为话本小说勾勒了基本的轮廓框架。孙楷第有关话本小说的目录学成果、话本小说产生演变源流和作品存佚考证，也是相关重要成果。谭正璧《三言两拍资料》则将"三言二拍"几乎全部作品的本事源流做了全面的挖掘和梳理，是话本小说本事材料的重大突破。此外，赵景深和叶德均在有关话本的体制和起源等研究上均有重要建树。这些话本小说研究的重要成绩为胡士莹先生提供了充分的材料，但就一个小说文类的总体而言，其研究仍然处于零散的状态。

《话本小说概论》虽然出版于1980年，但从他做准备工作算起，已有半个世纪的历史。初稿于1962年已经完成，中间四易其稿。这种严谨和科学的学术态度和治学精神为该书的学术质量提供了坚实保障。该书共18章，57万字，从话本小说的起源到发展演变的轨迹脉络，从话本的体制到题材分类，从作品的思想分析到艺术特征分析，堪称是话本小说研究的大全之书了。

本书出版后，香港《大公报》刊出评论，称此书“关于话本小说应搜集的材料，基本辑录齐全；对于话本小说应作的评骘，也比较中肯；并为研究话本小说者提供非常全面的参考资料……本书题名《概论》，实际上它又是话本的簿录和提要，是一部很完整的专科工具书，可与鲁迅先生《中国小说史略》同为传世之作”。又说这部书“在中国小说史上应属‘别史’，以它自成一系统，在小说史里是能独树一帜的”。《文学遗产》发表书评还指出：“胡士莹先生……积累了大量的资料，在总结几十年来学术成果的基础上提出了一些自己的独到见解，写成一部六十万字的巨著。这种系统地、周密地研究一个专题的学风，很值得提倡。……《话本小说概论》的出版，除了它本身的学术价值之外，也体现了著者在一个专题上深入钻研、锲而不舍的科学精神，这种精神是很值得我们学习的。”

赵景深先生称此书为“内容丰富的、总结性的著作”，按我个人理解，就是指该书能在充分吸收前人成果的基础上，集其大成，自成体系。这应该是该书的重大学术贡献，同时也是对小说类型史写作的开创性尝试。

其次，新旧治学方法的有益尝试。

从经历和学术背景上看，胡士莹先生可谓以旧学根底为主，同时也受到二十世纪以来新学的影响。这成为他个人学术风格的主要特色，并且在《话本小说概论》一书中得到有益和充分的尝试。

《话本小说概论》一书的成功，主要得力于胡士莹先生过硬的旧学功底。他认为做学问要从基础工作做起："我以为真正做研究工作，必须首先研究目录学、版本学和校勘学。"在话本小说有关材料的搜集和占有，到各种相关材料的辨伪、钩沉、辑佚等，该书可谓达到了"竭泽而渔"的程度。其中有很多当时学界普遍没有看到和掌握的珍贵材料，该书第一次向世人披露。如根据明刊本宋懋澄《九籥集》提供的《负情侬传》信息，根据明代万历本《小说传奇》提供的《李亚仙记》材料，根据明何大抡的《燕居笔记》提供的《杜丽娘慕色还魂》原文等，都是当时非常罕见的材料。其他如前人未见未闻的拟话本集如《跨天虹》《美人书》《别有香》《跻春台》《壶中天》等若干种，著录各种话本、拟话本集达六七十种之多，并辑佚《王魁》《钱塘梦》《裴秀娘夜游西湖记》《张于湖宿女贞观》等宋元明话本、拟话本若干种，为国内外研究中国小说史的专家学者提供了很大的方便。二十世纪八十年代以后问世的各种与话本小说有关的目录学工具书，水平质量参差不齐。而是否参考使用了《话本小说概论》，以及参考使用程度如何，直接影响和制约了他们的工作成效和质量。这足以说明该书在话本小说文献材料方面的学术价值。

江浙地区的生长环境，尤其是五四运动之后的新学教育和在上海工作的经历，使胡士莹先生形成乐于接受新事物的学术理念。这一理念与新中国成立后意识形态环境大背景的相汇合，也就成为胡先生在书中对于话本小说发展过程中各种理论问题和规律问题探寻的勇气和动力所在。作为一位受过传统治学训练和熏陶的旧知识分子，他和新中国成立后大部分文学史的撰写背景相同，在几乎没有范本可以仿照的情况下，既要符合当时大的社会环境的要求，又要认真体现出文学史的真实面貌，这是难度很大的工作。赵景深先生在序言中提到该书“是精心结撰的、论断比较恰当的”，主要就是指该书能“将话本小说的起源、演变、社会背景、团体组织、表现方法诸问题，都试图用历史唯物主义分析问题。关于说话人的政治立场、思想倾向以及对于当时的影响，还有话本的分析方面也试图根据辩证唯物主义，一分为二地看问题”。

这样的提法在今天看来似乎有些“左”的味道，让人不敢恭维。网上也出现过质疑《话本小说概论》这方面问题的帖子。对此我以为倒是应该用历史的态度看待此事。理由有二：

其一，任何人都很难跳出自己的社会生存环境来思考和面对问题，社会科学研究尤其如此。从赵景深先生序言中可以看出，该书在二十世纪六十年代初就已完成初稿，后来几易其稿的内容，主要精力是放在思想和艺术评价等理论方面的探索和追寻。从那个时代过来的人会有那样的体会，虽然有人想以政治上的所谓进步来进行政治投机，但就多数而言，那种探索和追寻不是政治上的赶时髦，更不是政治投机，主要的还是出于对真理的追求和对学术的负责。这一点，尤其值得“文革”后出生的朋友们给予设身处地的理解。我个人以为胡士莹先生就是这样的学者。

其二，唯物辩证法和历史唯物主义对于话本小说研究未尝不是一种有效和可行的学术研究方法。把唯物辩证法作为放之四海而皆准的绝对正确方法是荒谬的，但反过来认为凡是染指辩证法和历史唯物主义便是大逆不道，也未必在理。话本小说是市民文学，它不仅反映市民阶层的生活，也传达市民阶层的观念和好恶。从辩证法和历史唯物主义的角度解读分析话本小说不失为一条重要和可行的研究渠道。从该书内容看，有很多地方用唯物论和辩证法来分析社会生活与话本小说起源发展和反映内容的关系，收到了很好的效果。正如赵景深先生序言中所言：“著者认真分析了各个历史时期的社会基础和阶级斗争，对于上层建筑之一——文艺的影响，对于说话和话本的影响，分析了人民群众在说话艺术发展中的决定性作用。也试用马克思主义的基本观点来分析历史现象，从而作出比较正确的论断。对唐代坊制的论述，也为宋代市民文艺的所以繁荣提出了新的论据。对明代后期风起云涌的市民斗争同说书及话本小说的关系，更有所发挥。”如果过滤掉那个特殊时代的特殊用语，我们不难把握作者在其中为努力探索社会生活与话本小说发展的内在关联而付出的良苦用心、艰苦努力和收到的良好效果。

其三，从胡士莹先生本人的学术立场来看看，虽然他愿意接受新事物、新思想，但并非出于赶时髦，也不能证明他就是一个极左思潮的痴迷者。他本人即便是在“文革”前，也能坚持真理，不跟风投机。早在 1958 年，针对社会上那种“作者的阶级出身即等于作品的阶级性”的简单化倾向。胡先生发表过《关于阶级观点的问题》一文，明确反对这种错误观点。他的这些意见在当时所谓“拔白旗”的运动中，曾经被扣上“否定作品的阶级性”的“资产阶级文艺观点”的帽子而遭到批判。“文革”初期，全国批判吴晗《海瑞罢官》的热潮甚嚣尘上，但胡士莹先生却敢于提出不同意见。这些都表明，他既不是一个以学术作为政治投机手段的人，也不是一个顽固坚持“左”倾思想的人。即便他的著作中有些过时的观点，也应该理解为他本人对真理的认识（即便是有局限的认识），而不能扣上极左的帽子。

关于本书的局限和话本小说研究的前景

不能否认，由于历史和作者本人的缘故，《话本小说概论》还存在一些局限和不足。了解和认识这些不足，看到话本小说研究的前景，对于学术事业是需要的，对作者和读者也是负责的。

首先，虽然用唯物论和辩证法来研究文学现象是可行和必须的，但仍然还是有个度的把握问题。超过一定限度就容易走偏，影响对文学现象的公正客观评价。作者在使用历史唯物主义作为价值坐标来评价话本小说发展历史的文学现象时，有时过于强调作者的政治立场和政治态度，甚至以此作为评价作者文学成就高下的准绳。这就难免失之偏颇，难以服人了。这集中表现在作者书中对凌濛初及其“二拍”的评价上。据赵景深先生序言，在作者最后一次修改稿中，“已把过去对凌濛初的评价偏高的地方做了修改”，理由是要“更进一步地从阶级观点来看问题的”，因为“凌曾经抗拒过农民起义军”。所以“冯梦龙的《三言》他用三节篇幅来论述，《二拍》只用一节，而且还和《石点头》等合在一起”。这样的处理显然不够允当。从后来学者们的研究成果来看，在反映明代社会新思潮和资本主义经济萌芽的形象描写方面，“二拍”有很多独特的价值和贡献，是可以和“三言”并为拟话本小说“双璧”的。这一点是今天的读者需要注意，并且在话本小说的社会学研究方面再下功夫的。

其次，文学研究，尤其是作为叙事文学特殊样式的话本小说，光有以唯物论和辩证法的研究还是不够的，还需要适合话本小说文体的多方位的研究角度。比如从思想史的角度看，话本小说的内容与理学、心学乃至朴学的关联；从叙事学的角度看，话本小说有着非常鲜明独特的叙事学表现特征，科学总结研究话本小说的叙事学规律和特征对话本小说研究极为重要。由于历史的原因，我们无法苛求胡士莹先生做到这一切。但今天的话本小说研究无疑需要补上所有学术的空缺。同时，我们应该对《话本小说概论》为话本小说的深入研究所做出的奠基和先期工作，表示由衷的敬意！

最后，关于话本小说研究相关材料的搜集。包括胡士莹先生在内的前辈学者完全依靠人工抄卡片和人脑记忆的方式去工作。这种在艰苦条件下坚韧的工作态度是值得今天的学者们认真学习的。尽管今天在古代文献电子化方面已经取得了巨大的飞跃，人们检索和搜集材料的手段和渠道与前辈学者相比也已经有了巨大进步。这些先进的现代化手段我们一方面要充分熟悉和使用，但另一方面，不能过分依赖电子文献。电脑是人做出来的，它无论怎么先进，也要滞后于人脑，也无法取代人的大脑的主观能动性。因此，像胡士莹先生这样老一辈学者那种严肃认真、一丝不苟、锲而不舍、持之以恒的治学态度和获取第一手材料的方法途径，今天的青年学者不但不应该摒弃，而且应该认真学习和使用。只有这样才有可能在前辈开创的学术领域继续探索，继往开来。

（本文发表于《中华读书报》2011 年 12 月 6 日，发表时有删节，这里是全文版）

感恩李泽厚著述对我学术思想的哺育影响

李泽厚

听到李泽厚先生逝世的消息，虽然感情上十分悲痛，难以接受，但作为细读过他很多著作的读者，我心里又有一份坦然和平静。因为我深深明白：李泽厚先生留给这个世界的精神财富远远超过他的物质生命。

迄今为止，我为不少已经去世或尚在世的师友写过怀念或评价文章，但他们都是和我有过直接交往的师友。李泽厚先生是我第一次专门写文章缅怀一位从未有过直接交往的前辈先生。因为近半个世纪的学术生涯，使我深深感到，我全部的知识结构和学术思想体系中，李泽厚先生的思想学说占据了相当大的比重。可以说，没有他的学术著作浸润哺育，也许就没有我本人的学术思想框架格局。

我在找出我个人手里购买并认真阅读过的李泽厚先生主要著作后〔计有：《中国古代思想史论》《中国近代思想史论》《中国现代思想史论》《美的历程》《美学论集》《美学三书》《中国美学史》（第一卷、第二卷）〕，便陷入深深的思考和怀念当中。

在系统接触李泽厚学术著作之前，我那点浅薄的哲学思想底子基本上来自两个方面。一是二十世纪六七十年代从进入中学学习到中学任教那十年时间里，从政治课堂到各种政治运动中学到了一些零散的哲学知识。其中主要是通过对毛泽东《实践论》《矛盾论》两部哲学论文的认真学习（个人认为这两部著作是毛泽东所有著作中学理性强、政治色彩较弱的两种），大致了解掌握了唯物主义认识论和辩证法的基本原理。二是在大学本科政治课上，又比较系统地把辩证唯物主义和历史唯物主义过了一遍〔我大学四年的政治课共四门课，32 个学分，640 课时。大一为中共党史，大二为哲学（辩证唯物主义和历史唯物主义各一个学期），大三为政治经济学，大四为国际共运史〕。虽然其中不乏政治色彩，但我本人一直乐意从知识学习的角度，从中获取对自己的知识体系有利的因素。这样，十多年的时间里，也还算是对哲学知识有了一点粗浅的了解和认知。

但是，从读本科学习开始，尤其是到了硕士学习和研究阶段，我越来越强烈地认识和感觉到，以往学到的那些有限的哲学知识，很难在具体的文学研究中派上用场。具体什么原因我说不好，但由此却明确产生一种渴望，希望能够有一种明快而透彻的哲学思想学说能够统摄和解决这些困惑和问题。

也正是在这个时候，李泽厚的学术著作不断问世，在学界不断产生巨大影响。我本人也成为他的学术著作产生学术精神营养作用的真正受益者。回想总结一下，李泽厚的哲学思想对我本人的学术积累和学术思想体系形成的影响主要有两个方面：

其一，在开阔学术视野基础上对于庞大复杂研究对象高屋建瓴、切中肯綮的统摄驾驭和精确概括。这方面的学养渊源应该和李泽厚先生受过康德重要的学术影响有关，但他能够把康德的这种学术路数应用于总结概括中国思想文化的复杂局面，收到言简意赅、以简驭繁的鲜明效果。这方面对我最先产生强烈冲击力并最先化为教学研究理论支撑的著作是二十世纪八十年代几乎无人不晓的《美的历程》。这部十几万字的小册子，却准确清晰地勾勒并总结出自先秦至明清三千年历史中各个历史时段的文学艺术主潮。我立即为其深刻见解和精湛表述所震撼，简直惊为天人。当时我自己的感觉是，以前看过若干部几十万乃至上百万字的文学史、艺术史、美术史，都没有留下如此清晰和深刻的印象。于是，这个清晰深刻的印象很快成为我在相关研究和教学工作中的理论武器。

首先是关于魏晋文化的总体把握。以往学界对于以魏晋风度为核心的魏晋文化潮流基本持否定态度。但《美的历程》中《魏晋风度》一章却从“人的主题”和“文的自觉”角度，对魏晋文化提出了全新的阐释和评价。这个评价很快被我所吸收消化，并在此基础上进一步拓宽拓深范围，在李泽厚、刘纲纪主编的《中国美学史》(第一卷、第二卷)中继续学习掌握李泽厚在魏晋文化问题上的深入阐述，并将其作为我最初进行魏晋风度研究的重要理论武器支撑(其他相关还有鲁迅和宗白华先生的论述)，成为我第一部魏晋风度研究著作《魏晋风度》(东方出版社1992年版)的主要参考文献，并且也是我长期进行魏晋文化研究的主要理论观点依据之一。

其次是关于明清文艺思潮的总体把握。我硕士研究生毕业后在南开中文系教学工作中承担元明清文学课程。从我上学读书到进入工作岗位，翻过不下十种文学史，并旁及哲学史、艺术史等，但基本框架都是从社会背景的综述到作家作品的陈述，很难见到那种高屋建瓴、提纲挈领把握明清文学总体潮流精神的论述。因此总是感觉难以对明清文学总体做出简要而精炼的概括总结。但是李泽厚《美的历程》中“明清文艺思想”一章，将此宏大的理论问题概括为“市民文艺”“浪漫洪流”“感伤文学”三大主题。我立刻感觉茅塞顿开，豁然开朗。这三大主题的理论观点不但很快成为我在明清文学教学备课时的宏观统摄线索，而且也成为我后来担任罗宗强、陈洪先生主编的南开本《中国文学发展史》中明清文学两章执笔时的基本理论框架。

其二，以思想家的高度和身份角色来认识和施行学术研究工作。人们通常都认为学贵创新，但如何能够真正做到学术创新却是多数人难以企及的学术境界。从我本人阅读李泽厚先生著述的感受来看，他给我留下印象最为深刻的一点就是，他始终能够从思想家的高度来把握和处理学术研究问题。这表现在两个方面：

一是从思想家的角度来总结评价学术研究对象。这集中表现在他著名的“思想三论”（《中国古代思想史论》《中国近代思想史论》《中国现代思想史论》）中。我看过诸多哲学史、思想史著作之后，再来看李泽厚的思想三论，突出的印象就是他对于中国历代思想史评价认识本身就饱含思想的分量。从他对于孔子仁学结构的解构分析（实践理性统领下的血缘意识、心理原则、人道主义、个体人格），到他把庄子的哲学上升到美学层面的分析；从墨家思想初探，到中国人的智慧总结，都能体现出他作为思想家在这些问题上的评价标准。我本人由此受到的教益就是在可能的情况下从思想文化的角度对研究对象进行分析和评价。关于《水浒传》，我曾发表过两篇文章，一篇是《水浒传民族心理特征探迹》（《河北大学学报》1988 年第一期），一篇是《水浒传与中国绿林文化——兼谈墨家思想对中国绿林文化的影响》（《文学遗产》1995 年第二期），前者曾被教育部通用语文教材作为《鲁提辖拳打镇关西》课文的参考材料（节选），后者也曾被多家媒体转引，在学界产生一定影响。而在《世说新语》与魏晋风度的研究中，我又花较大力气在魏晋玄学方面下过功夫，使我能够用玄学思想的核心精神和发展脉络来把握理解魏晋文化的总体精神和各段特征。我把魏晋文化的总体精神概括为四个方面：以超脱的精神追求取代现实的物质欲求；以个体的自由洒脱取代社会意志的规矩樊笼；以士人的道德良知取代皇权的势统控驭；以审美的人生态度取代现实功利的人生态度。我又以这个总体精神来把握魏晋风度的主潮与各个时段和侧面的主从关系。与此相关的还有我关于中国古代文化"三段论"的提出（《中国传统文化"三段说"刍论》,《求索》2017 年第三期特稿）等等。这些研究方法究其渊源，应该是从李泽厚先生那里得到的以思想史作为研究杠杆的启示。

二是其学说本身包含探索勇气和学术个性，形成独立具有思想家品格的学术门派。我读过的中国哲学史、思想史也不少，但个人认为其中最有学术个性和思想体系的便是李泽厚的思想三论和相关论著。这个学术个性和思想体系的核心点就是不囿于传统旧说，并力求突破之，以自成门户的思想体系来经营自己的整个学术大厦建构。李泽厚之所以在学界有那么明显突出的辨识度，思想家的底色是决定性的因素。

我本人的研究领域主要涉及三个方面：中国古代小说（以文言小说为主）研究、古代文学与文化研究、中国叙事文化学研究。其中第三个方面中国叙事文化学研究，是我本人在对百年以来中国古代叙事文学研究方法进行反思的基础上，对其沿用来自西方的文体史和作家作品研究的成绩和不足分别进行梳理和总结。我认为来自西方的文体史和作家作品研究虽然在很大程度上推动了中国古代叙事文学研究的体系建构和纵深开拓，但却在中国古代叙事文学以故事类型为重要生存状态的格局面前搁浅。因为故事类型（如王昭君故事、《西厢记》故事）本身由多种文体和多种作家作品构成，所以单纯的文体史和作家作品研究方法只能对故事类型进行割裂式的分解研究。鉴于这种情况，我在吸收西方主题学研究合理要素的基础上，提出了以故事类型研究为核心的中国叙事文化学研究方法，力图扭转由文体史和作家作品研究方法一枝独秀给中国古代叙事文学中故事类型研究造成的缺失局面。这个学说经过三十年的探索，已经逐渐趋于成熟，在学界引起较大反响和关注（参见《学术史视域下中国叙事文化学研究的得与失》,《南开学报》2020 年第三期）。

综上可见，如果说我本人这些年来在学术研究道路上能够取得一些成绩，那么这些成绩背后一个重要的思想理论支撑就是李泽厚先生的著述和思想。在他离世之际，我以坦诚的心扉，向李泽厚先生致以衷心的谢意，祝愿他在天国安享冥福，不断倾听读者们向他报告他的思想种子结出的诸多果实。

2021 年 11 月 4 日凌晨于津门雅雨书屋

向于植元先生请教求书记

于植元先生是二十世纪末大连市的文化名人和文化符号。今年是他诞辰 90 周年，让我想起早年与先生交往的点滴往事。

先生 1927 年生于山东文登大水泊村，自学成才。他 1979 年始任大连大学副教授，1980 年晋升教授，曾任大连大学副校长、大连师范学院院长、辽宁省文史馆馆员，首批享受国务院特殊津贴。他自幼受传统文化的熏陶，书法造诣颇深，尤以行草见长，进入了现代中国著名书法家 20 余人之列，主要从事中国古代文学、书法及书法美学、中日关系史的教学和科研工作，出版专著多种，10 多次到日本讲学。其书法及学识在日本和东南亚享有盛誉。

二十世纪后期，大连市虽然不大，但文化气氛比较浓。我于 1978 年考入辽宁师范大学中文系后不久，经老同事祝恩堂兄引荐，拜当时大连图书馆参考部研究员王多闻先生为师。当时“文革”后不久，几位“文革”中饱受磨难的大连市文化名人恢复自由和社会地位不久，心情愉快，经常在一起聚会。我有幸到王多闻先生桃源街的陋室参与过他们的一次聚会，除了王多闻先生和我同事祝恩堂兄外，还有辽宁师范大学中文系我的老师刘长恒先生，王多闻先生的两位同事杨力生（其哲嗣即为我大学同窗杨大健兄）和于文藻先生，再就是大名鼎鼎的于植元先生了。

王多闻先生陋室很小，连个客厅都没有，客人只能挤在窄小的卧室兼客厅中，但大家相谈甚欢，其乐融融，热烈气氛和雅致韵味并不在兰亭之下。

这次见面，于植元先生的风度学养给我留下深刻印象，但他当时在大连市名气甚大，社会活动甚多，我没有机会向他求教接近。

我硕士毕业在南开留校工作后，因专业工作的原因，一直与我辽宁师范大学中文系的老师苗壮先生保持联系。二十世纪九十年代初，因为当时辽宁春风文艺出版社林辰先生组织出版以大连图书馆明清小说藏书为主的《明清小说选刊》，所以当年王多闻先生家里聚会的座上客几乎都是这个选刊工作的主要班底，而进行具体策划组织的主要就是苗壮先生。

1997 年我在武夷山参加福建师范大学举办的小说史会议时见到苗壮先生，谈起各自这些年的工作，包括苗壮先生操劳的《明末清初小说选刊》和我的《中国文言小说总目提要》。不知什么由头，话题转到于植元先生上，我向苗壮先生表达对于植元先生及其书法的仰慕和喜爱之情。苗壮先生允诺为我穿针引线。

回到天津不久我给于植元先生修书一封，很快收到回信。我约好在 1998 年春节回大连探亲时专程拜见于植元先生。

当时我在大连的家距离于植元先生的府邸很近，都在大连市沙河口区五四路和高尔基路一带。那是一个冬季的夜晚，晚饭后七八点钟，我如约赴会。于先生在客厅兼书房接待了我。我们谈了古代文学、明清小说、书法等等很多问题，于先生的渊博学识和惊人记忆力给我留下深刻印象。

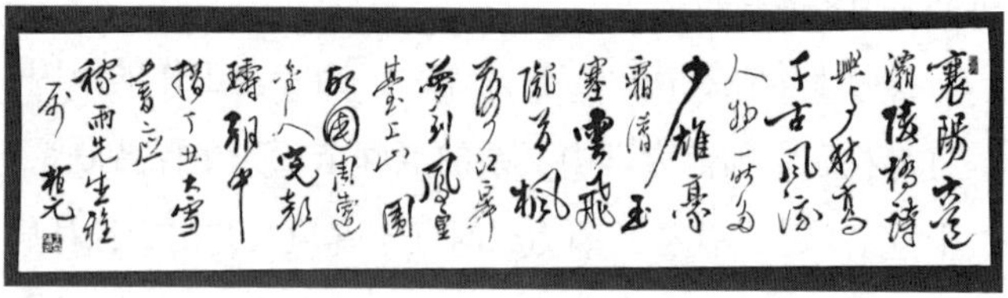

于植元先生为作者书写书法作品

开学回到天津不久，我就收到先生寄来的墨宝，内容为金代词人完颜璹的《朝中措》词：

襄阳古道灞陵桥，诗兴与秋高。千古风流人物，一时多少雄豪。

霜清玉塞，云飞陇首，风落江皋。梦到凤凰台上，山围故国周遭。

我在致先生的信中，希望求书内容能与乡情相关。先生选择此词，不仅以金代完颜璹与东北大连地望呼应，还以词的内容，表达故乡人对远在他乡的游子的深深眷念和极高期望。先生的文学修养，可见一斑。且书法纵横驰骋，恣意挥洒，代表了先生书法的水平。

多年来，我一直将此墨宝珍藏悬挂在书房重要位置，表示对先生的怀念和敬意。

2003 年，我听到先生不幸逝世的噩耗，十分悲痛。我想，牢记先生的鼓励和深情，做好自己的工作事业，不给乡梓抹黑丢脸，应该就是对先生最好的纪念了。

袁世硕先生的学术史意义与启示

汉代以来，以版本、章句、训诂为主要治学内容的考据之学与以总揽大意为特征的义理之学成为中华学术的两大阵营。考据之学的优势和特长是质实有据，学风质朴；义理之学则“略其玄黄，取其隽逸”。二者互为短长，相互砥砺，交替演进，循环出场。虽然不排除个别的包容现象，但总体上形成对峙局面。

1995 年在韩国首尔中国文学学术研讨会上作者与袁世硕先生合影，中间为韩国高丽大学中文系主任李东乡教授

2021 年在《袁世硕文集》座谈会上作者与袁世硕先生合影

二十世纪以来，在西方学术思想和方法影响下，传统考据和义理之学又受到西方思想与学术影响，被注入新的活力。从考据学方面看，胡适等人把西方实证主义的思想和方法带入中国传统考据学中，完善和补充了考据学的逻辑周延和细密手法，增强了考据学的科学性；从义理方面看，从西方各种哲学思潮、文艺思潮到马克思主义，极大地丰富了理论思辨的角度和方法。这些学界新变化不仅使考据学派和义理学派各自有了深入发展的空间，而且也激发和推动了若干学者试图将考据和义理融为一体，进而探索新的学术路径的创新愿望和学术实践。袁世硕先生应该可以从这个意义上，载入学术史册。

一方面，从专业领域的学术师承来看，袁世硕先生主要继承的是山东大学老一辈学者的考据学功底。从高亨、陆侃如、萧涤非、殷孟伦、蒋维崧，到袁世硕先生的导师冯沅君，基本都是这个路数。从这方面的成果看，袁世硕先生没有让他的师辈失望和蒙羞。《袁世硕文集》所收《蒲松龄事迹著述新考》《孔尚任年谱》以及若干古代文学研究的考据学成果应该是可以令其师辈满意的答卷。

另一方面，袁世硕先生的学术视野又并非囿于考据学。他一再强调古代文学研究要有“问题意识”，并强烈反对文学史研究中理论与作品的脱节。他几乎是以全面开放的态度，对来自西方的各种理论学说和方法观点进行遴选和吸收。从马克思主义的历史唯物主义和辩证法，到伽达默尔的哲学诠释学，以及西方接受美学三位理论家的代表观点——姚斯“期待视野”、费什“读者反应”和伊瑟尔“召唤结构”等这些让我们很多晚辈学人都颇感陌生的理论体系和学术思潮，袁世硕先生都有全面了解和批判式借鉴吸收。这些理论方法的吸收使用不但丰富了袁世硕先生本人学术成果的深度和厚度，而且也为中国传统的义理之学在当代的传承发展提供了极为经典的成功案例。

学术史的发展既需要学者本人的出色学术建构，又需要学术大师对学术后人进行悉心培育指导。袁世硕先生既是一代出色学者，又是一位出色的学术园丁。几十年来，他不但在山东大学校内培养了大批学术中坚力量，而且还教泽广被，对学界很多人都有培育指导之功。就在不久之前，袁世硕先生以92岁高龄，亲笔给我本人写了一封信，对我近年某成果中一不够严谨处进行严厉批评。已经年近古稀的我，还能够受到耄耋之年的袁先生如此厚爱，让我由衷感到这不仅是我本人之幸，更是学术之幸。当下学界师生关系冷漠恶化，不乏相互攻讦、甚至落井下石的情况，袁先生的高风亮节、坦荡胸怀更如高山青松，垂范于世。

纵观袁世硕先生的学术史意义，个人以为对学人有以下两点重要启示：

其一是对于学术良知的坚守。这表现在两个方面，一方面是不跟风，坚守自己的学术立场和良知。数十年来，学界不乏风波，山东大学也不乏风波。但在各种风波中，人们见不到袁先生有什么随风之举。另一方面是对于各种思想理论，袁先生是本着探求真理的初衷来学习消化，用之于学术研究之中，而不是成为各种思想理论在政治态度上抑或意识形态方面的附庸和吹鼓手，成为某种政治力量的帮闲。仅凭这一点，就足以令我本人和学界同仁肃然起敬，顶礼膜拜。

其二是对于学术史责任的体认实践。我个人认为，一位优秀学者的学术史责任包括三个方面：继承、创新、传送。这三个方面，袁先生不但做到了，而且做得非常圆满。无论是考据，还是思辨义理，乃至培养人才，袁先生都站到了我们这个时代的制高点上。他可以告慰我们这个时代的学术，也可以告慰整个中国学术史。

（本文为2021年7月参加《袁世硕文集》发行座谈会发言稿，曾节选发表于《中华读书报》。这里是原文）

凤凰枝文丛

三升斋随笔	荣新江　著
八里桥畔论唐诗	薛天纬　著
跂予望之	刘跃进　著
潮打石城	程章灿　著
会心不远	高克勤　著
硬石岭曝言	王小盾　著
云鹿居漫笔	朱玉麒　著
老营房手记	孟宪实　著
读史杂评	孟彦弘　著
古典学术观澜集	刘　宁　著
龙沙论道集	刘　屹　著
春明卜邻集	史　睿　著
仰顾山房文稿	俞国林　著
马丁堂读书散记	姚崇新　著
远去的书香	苗怀明　著
汗室读书散记	王子今　著
西明堂散记	周伟洲　著
优游随笔	孙家洲　著
考古杂采	张庆捷　著
江安漫笔	霍　巍　著
简牍楼札记	张德芳　著
他乡甘露	沈卫荣　著
释名翼雅集	胡阿祥　著

壶兰轩杂录	游自勇　著
己亥随笔	顾　农　著
茗花斋杂俎	王星琦　著
远去的星光	李　庆　著
梦雨轩随笔	曹　旭　著
半江楼随笔	张宏生　著
燕园师恩录	王景琳　著
鼓箧斋学术随笔	范子烨　著
纸上春台	潘建国　著
友于书斋漫录	王华宝　著
五库斋清史存识	何龄修　著
蜗室古今谈	丰家骅　著
平坡遵道集	李华瑞　著
竹外集	朱天曙　著
海外嫏嬛录	卞东波　著
耕读经史	顾　涛　著
南山杂谭	陈　峰　著
听雨集	周绚隆　著
帘卷西风	顾　钧　著
宁钝斋随笔	莫砺锋　著
湖畔仰浪集	罗时进　著
闽海漫录	陈庆元　著
书味自知	谢　欢　著
三余书屋话唐录	查屏球　著
酿雪斋丛稿	陈才智　著